OBSESSÃO

TARA MOSS

EDITORA
FUNDAMENTO
EDUCACIONAL

Editor e edição de texto: Editora Fundamento
Capa e editoração eletrônica: Tricem – Comunicação e Design
CTP e impressão: SVP – Gráfica Pallotti
Tradução: Christiane Basílio e Silva/Claudia Oliveira Dornelles

Design da capa: Darian Causby, HarperCollins Design Studio
Fotografia da capa: J&P Wegner/APL
Autor da foto da capa interna: Gavin O'Neill

Publicado originalmente em língua inglesa em Sydney, Australia por HarperCollins Publishers Australia Pty Ltd. em 2002. Esta edição brasileira é publicada sob licença da HarperCollins Publishers Australia Pty Ltd.

Dados Internacionais de Catalogação na Publicação (CIP)
(Câmara Brasileira do Livro, SP, Brasil)

Moss, Tara
Obsessão / Tara Moss; [versão brasileira da editora] – São Paulo, SP: Editora Fundamento Educacional, 2010.

Título original: Split

1. Ficção australiana – Escritores canadenses
I. Título.

08-05144 CDD-823

Índice para catálogo sistemático

1. Ficção: Literatura australiana 823

Fundação Biblioteca Nacional

Impresso no Brasil

Telefone: (41) 3015 9700
E-mail: info@editorafundamento.com.br
Site: www.editorafundamento.com.br

Este livro foi impresso em papel chamois bulk 80 g/m² e a capa em cartão supremo alta alvura 250 g/m².

OBSESSÃO

TARA MOSS

EDITORA
FUNDAMENTO
EDUCACIONAL

Prólogo

Mãos ásperas a sobressaltaram.

Susan Walker abriu instintivamente os olhos. Captou uma imagem vertiginosa do cômodo em volta dela – uma visão da própria carne aparecendo em retalhos através da meia-calça rasgada, um toque manual indesejado em sua perna – e fechou depressa os olhos outra vez.

Não conseguia suportar a cena.

A jovem sentiu aquelas mãos estranhas se movendo sobre seu corpo e se retraiu, mas as argolas metálicas que a mantinham amarrada não perdoavam. O mais leve movimento representava uma dolorosa ferroada nos pulsos e tornozelos machucados. Então, ela ficou imóvel e absorveu de novo a dor, deixando sair por entre os lábios um gemido de protesto. Já havia aceitado que não conseguiria escapar.

Susan podia ouvir movimentos à sua esquerda – ruídos de passos e de algo sendo arranhado –, mas não teve coragem de ver o que era. Depois do que tinha visto, não queria nunca mais abrir os olhos.

As mãos tornaram a percorrer seu corpo e um odor viril e pervertido inundou suas narinas. Ela se contraiu e se encolheu, torcendo-se de encontro ao metal que estava ao redor de seus pulsos e tornozelos, enquanto sua carne gritava em agonia. Ela queria desesperadamente desaparecer, escapar do corpo, fugir do toque daquele homem. Susan não queria sentir, ouvir, cheirar, provar ou ver – nunca mais na vida. De alguma forma, bloqueando seus sentidos, ela implorava para ser transportada para outro lugar.

"Deus, me ajude..."

Veio, então, uma pontinha de alívio. As mãos de seu raptor deslizaram sobre sua meia-calça rasgada e, com uma série de cliques metálicos, abriram as algemas ao redor de seus tornozelos.

Aquela sugestão de liberdade a deixou aturdida. "Vou ser libertada? Finalmente?" Seus punhos ainda estavam bem amarrados no espaldar da cadeira, mas pelo menos podia agora dobrar os joelhos. Ela desejava ardentemente esticar as pernas – levantá-las, chutar o ar, amenizar a dor –, porém, ponderadamente, preferiu cruzar as coxas.

"Que horas são? Que dia é hoje?"

Por quanto tempo tinha estado amarrada àquela cadeira de metal? Vários dias? Quarenta e oito horas? Ou apenas um dia e uma noite? Seu cérebro parecia confuso e lento. Não importava quanto esforço de concentração fizesse, não conseguia se lembrar de como tinha ido parar ali – nem por quê.

Novo alívio. Seus braços foram desamarrados. No entanto, antes que tivesse chance de se mover, Susan foi empurrada para a frente, batendo com o peito na ponta dos joelhos. Ela abraçou a si mesma, dobrando-se como um novelo. Ainda mantinha os olhos bem fechados. Todo o seu corpo doía, ressentido do longo período de imobilidade, e suas costas agora estendidas aliviavam um pouco seus músculos machucados.

Mas, não por muito tempo.

Os braços de Susan foram puxados para trás das costas, em seu estado debilitado a resistência não pôde ser mais que momentânea, e seus pulsos foram novamente algemados, com tanta força como antes.

O homem mandou que ela ficasse de pé.

Susan não se moveu.

– Não vou contar para ninguém, prometo. Por favor, deixe-me ir – implorou, murmurando no vão entre seus joelhos, enquanto abraçava o corpo numa atitude de autoproteção.

Já havia perdido a conta de quantas vezes e de quantos modos distintos tinha feito aquele apelo. Não queria erguer os olhos, não queria se levantar. Na verdade, nem mesmo sabia se *conseguiria* ficar de pé.

– Levante.

Um objeto duro e frio espetou suas costas. Uma arma.

– Agora.

Susan hesitou um pouco, mas obedeceu. Seu corpo se contraía de dor enquanto ela se levantava e os joelhos ameaçavam esmorecer. Um líquido morno escorreu por entre as coxas, aumentando toda a humilhação. Uma onda renovada de repulsa a invadiu.

"Ah, meu Deus, ele nunca vai me deixar ir embora..."

– Caminhe – continuou a voz.

Sua única vontade era rastejar até um canto qualquer e desaparecer, mas novamente obedeceu ao comando.

– Por favor, deixe-me ir... – pediu, dando um passo à frente.

Nenhuma venda. Nenhuma máscara. Ela havia visto muito e sabia disso.

– Por favor...

Susan foi conduzida até uma porta. As tábuas do assoalho rangiam sob seus pés. Ela ouviu uma porta sendo aberta e sentiu no rosto, como um tapa, o vento congelante que vinha de fora. Só então abriu os olhos. Eles ardiam, estavam secos e inchados, com remela e vestígios de lágrimas que mantinham os cílios grudados. Por um momento, sentiu a visão embaçada.

O céu estava um breu. Era noite. Ela havia perdido a noção de tempo. Seus pensamentos se confundiam. O que sua família pensaria de sua ausência? Eles estariam em pânico a essa hora. E seu noivo, Jason? Como ela contaria a ele o que havia enfrentado e o que tinha feito? Será que ele acharia que ela tinha alguma culpa naquilo? Como reagiria? Como ela explicaria isso para a mãe?

"Ai, mãe..."

Sua blusa, que havia sido rasgada, esvoaçava ao vento contra o peito, enquanto uma parte da gola lhe chicoteava o pescoço. Suas pernas se eriçaram por trás dos farrapos de náilon da meia-calça. Tremendo, assustada e com frio, Susan ficou parada diante da entrada, com a morte apontada para as suas costas. Soluçou sem chorar, murmurando incoerências.

Será que alguém estaria procurando-a naquele instante sob o imenso céu noturno?

Um bosque espesso a rodeava em todas as direções, a perder de vista. O vento jogava seus cabelos sobre o rosto, deixando fios aderidos a seus lábios rachados. Susan espremeu os olhos e tentou identificar onde estava, mas tudo o que conseguiu distinguir foi a vaga silhueta noturna das árvores. Não havia luzes a distância, helicópteros de busca... Nenhum sinal de vida, apenas uma floresta compondo um labirinto de cujo mapa ela não dispunha.

– Não vou contar para ninguém – repetiu com uma voz esganiçada que custou a reconhecer como sua. – Vou ficar quieta. Sei guardar segredos.

Ela tentou parecer forte, mas era impossível esconder o desespero.

Susan foi empurrada através de um atalho, com a arma ainda pressionada contra as costas. Resistia bravamente ao impulso de olhar para baixo. Não queria se ver daquele modo: com as roupas rasgadas, contundida e ferida, completamente vulnerável com os pulsos algemados para trás.

Mal podia distinguir alguns metros à frente, mas o cano da arma a impelia adiante. A trilha começava a se estreitar e Susan tropeçava em raízes nodosas e em pedras ainda úmidas de alguma chuva recente. Tentou diminuir o ritmo, mas a arma continuava a empurrá-la para a frente.

– Ande – comandou a voz atrás dela e Susan obedeceu.

Finalmente a trilha acabou. A arma foi abaixada. Susan estava no meio do nada, diante da fria e úmida escuridão da floresta. Rezava para que o pior já tivesse passado.

Sentiu um puxão nos pulsos e novamente ouviu o clique das algemas. Tinham sido removidas. Seus braços estavam livres. Ela os cruzou com força num abraço sobre o peito, esfregando os punhos machucados contra os ombros e o pescoço.

– Corra – ordenou a voz desprovida de emoção. – Agora.

"Correr?"

Sentia o corpo fraco e pesado. Ela estava descalça e o solo da floresta era pedregoso e irregular, coberto de rochas e galhos caídos. Correr para onde? Não havia nenhuma trilha, nenhuma luz que a pudesse guiar. Ela hesitou.

Um disparo.

O estampido a alarmou. A bala foi se alojar no chão, apenas a alguns centímetros de seus pés nus. Ela sentiu o deslocamento de ar e pedaços de terra atingindo suas pernas. Seus ouvidos zumbiam. Deu um salto.

– Corra, *agora*! – ordenou de novo a voz.

Susan correu às cegas, tropeçando e chorando por entre as árvores que pareciam querer agarrá-la com suas patas ásperas. Os galhos surgiam na escuridão, fustigando e ferindo suas pernas, prendendo sua blusa, arranhando e cortando sua pele. Não havia nenhuma trilha, mas ela tratou de avançar o mais rápido que podia, esbarrando nas árvores, deslizando em musgos e tropeçando em raízes escorregadias.

Susan Walker corria pelo bosque como uma presa condenada, consciente de que diminuir o ritmo significaria ficar mais próxima da morte.

Lá atrás, o cano da arma não a perdia de vista.

Ela era um alvo fácil.

Capítulo 1

"CORRA!"

"Não consigo correr rápido o suficiente... Mais rápido... corra! Tenho que aumentar minha velocidade, mas minhas pernas não vão responder, o uniforme vai prender meus movimentos, o peso do distintivo irá me atrapalhar. Minha arma é um traste de metal inútil, pesado e incômodo em minhas mãos escorregadias, mal consigo erguê-la... RÁPIDO! Antes que seja tarde demais! A porta está diante de mim, finalmente a alcancei. Sei bem que espécie de horror me espera ali atrás. Dou-lhe um golpe forte – *blam*! – e irrompo no recinto. Por entre as lascas de madeira que flutuam ao meu redor como asteroides, consigo vê-la, minha mãe, amarrada na cama e lutando para escapar da lâmina. O demônio olha para cima, bem dentro de mim, com labaredas vermelhas nos olhos. Ergo minha arma, está muito pesada, e me esforço para mirar entre as chamas. Aperto o gatilho, mas ele não responde, está emperrado. O demônio sorri com seus grandes caninos podres. Sabe que estou perdida. Labaredas voam dos seus olhos, cuspindo fogo e jatos de ar para me levar a nocaute. Ele se volta novamente para sua presa, minha mãe, e abaixa a faca..."

– Não!

Um barulho forte acordou Makedde Vanderwall de seu pesadelo. Ela se endireitou na poltrona e respirou profundamente.

"O que foi isso?"

Quando se deu conta de que o ruído tinha vindo de seus próprios lábios, ficou envergonhada. Tinha adormecido novamente e gritado enquanto dormia. Com os olhos inchados de sono, deu uma conferida ao redor. Alguns passageiros estavam olhando para ela e um rapaz lhe lançava um sorriso malicioso por cima de uma revista em quadrinhos.

"Droga."

Makedde desviou o olhar e passou as mãos frias e úmidas sobre o rosto. Ainda não se sentia muito bem. Outro suspiro profundo. A alça de sua bolsa estava enrolada no cotovelo. Ela desenrolou a alça e puxou a bolsa para junto de si. Levantou-se vacilante e esperou um momento, até que o corpo e a cabeça se acostumassem com o movimento da balsa. Limpou os cantos úmidos da boca, acomodou um cacho de cabelos loiros atrás da orelha com seus dedos esguios e, quando se sentiu mais composta, dirigiu-se à porta que levava ao patamar superior do Spirit of Tsawassen.

O fresco ar marinho atingiu Makedde numa lufada, assim que ela empurrou a porta. Já bem desperta, caminhou até a beira do convés, lutando contra o vento, e se debruçou sobre o parapeito. Inalou o ar salgado e observou as ondas. As Ilhas do Golfo se estendiam ao seu redor até onde ela conseguia ver: montinhos cobertos por abetos, que afloravam, afastados uns dos outros, em meio ao azul profundo das águas do Oceano Pacífico. A paisagem paradisíaca foi iluminada com os raios vermelhos e alaranjados de um pôr do sol espetacular. Reflexos dourados escapavam das ondas quando elas se chocavam contra o casco do navio e refluíam em jorros de espuma branca abaixo de Makedde.

"Lindo."

Makedde já havia feito essa travessia de balsa entre a ilha de Vancouver e a costa canadense inúmeras vezes em sua vida. Aos 5 anos de idade, segurando a mão de sua mãe, com um livro de colorir debaixo do braço e a boca e o queixo cobertos de sorvete de chocolate. Aos 10, pedindo mais moedas para jogar Pac-Man e Space Invaders no salão principal, usando uma calça jeans desbotada e uma camiseta de banda de rock. E aos 14, conferindo a maquiagem num espelhinho de bolso, preparando-se ansiosamente para sua primeira grande seleção de modelos em Vancouver, com um agente de Milão.

Ela cresceu rápido.

Mak, como gostava de ser chamada, foi trabalhar em Milão pouco depois dessa primeira seleção e mais tarde em Paris, Londres e Nova York. Isso foi só o começo. Graças ao seu biotipo escultural atualmente em voga, ela tinha passado a última década trabalhando como modelo em várias cidades ao redor do planeta. Era uma profissão muito boa sob diversos aspectos. Muitos trabalhos pagavam bem e ela conhecia, de quebra, vários lugares diferentes. Mas a fabulosa indústria da moda não chegou a lhe subir à cabeça. Mak nunca se sentiu muito encaixada naquele mundo plastificado de glamour entre cigarros e espelhos.

No momento, ela não estava nem em Paris nem em Milão. Estava relativamente perto de casa outra vez, morando e estudando na cidade de Vancouver. Os sonhos de um diploma e de uma vida fora da carreira de modelo estavam agora quase ao seu alcance, mas ela ainda tinha contas a pagar, como qualquer outra estudante.

Ela segurou os falsos cílios que teimavam em continuar agarrados às suas pálpebras. Já havia removido a maior parte da maquiagem depois da sessão de fotos, mas os cílios lhe agradavam. Só que agora estavam começando a dar coceira. Ela os arrancou e os atirou como pequenas asas negras de insetos, através do ar salgado para as ondas logo abaixo.

Aquela travessia de balsa de uma hora e trinta e cinco minutos até a ilha onde passara sua infância tinha se tornado um ritual repetido a cada duas semanas nos últimos meses. Não estava bem certa se fazia aquelas visitas mais por si mesma ou pelo pai. Podia ser que estivesse tentando compensar anos de ausência ou talvez buscasse relembrar um tempo em que as coisas pareciam seguras e normais. Era possível ainda que simplesmente gostasse da companhia do pai. Ela pensou bem e decidiu que provavelmente todos esses fatores contribuíam ao mesmo tempo.

Seu pesadelo havia se decomposto em algo distante e intangível, permitindo que Mak voltasse seus pensamentos para as preocupações mais importantes de sua vida real: sua insônia, seu pai e sua tese. Estava consciente de que havia outros temas borbulhando perigosamente sob a superfície, mas eram coisas com as quais ainda não estava preparada para lidar, ainda que fossem muito relevantes.

Makedde sentiu uma presença às suas costas. Olhou ao redor e viu um homem caminhando atrás dela no convés, um tanto próximo. Era um senhor, com um bigode escuro e as faces bem marcadas por rugas. Ao perceber que estava sendo observado por ela, o homem rapidamente desviou a atenção para o horizonte e continuou a caminhar. Mak sentiu nele um cheiro forte e persistente de tabaco. Tensa, viu-o atravessar o convés até desaparecer pelas escadas que conduziam ao pavimento principal. As solas de borracha dos sapatos do homem produziam um som abafado ao tocarem os degraus metálicos do barco. Assim que se certificou de que ele havia ido embora, Makedde voltou a contemplar o mar.

O crepúsculo se aproximava. Dava para ver o terminal de Swartz Bay do outro lado das águas – uma confusão de luzes e estruturas brilhantes à beira-mar. A balsa começou a tremelicar e emitir rangidos enquanto reduzia a velocidade e se preparava para atracar. Mak ainda observou a embarcação adentrando a área marítima do porto; depois, afastou-se do parapeito, com o cabelo todo despenteado e os fios emaranhados pelo vento. Dois círculos rosados enfeitavam suas bochechas, que, antes quentes de vergonha, tinham sido refrescadas pelo gelado ar marinho. Um rastro úmido de rímel descia logo abaixo dos cantos de seus olhos azuis e ela o limpou com a palma da mão.

Quando Mak atingiu o pavimento inferior da balsa, o Spirit of Tsawassen já estava praticamente pronto para o desembarque.

* * *

Perdida em seus pensamentos, Makedde não chegou a reparar nos cartazes afixados em vários murais espalhados pela balsa.

DESAPARECIDA – VOCÊ VIU ESTA PESSOA?

Os pôsteres mostravam o rosto sorridente de uma garota fotografada num momento de orgulho e alegria. Seus cabelos ruivos exibiam um penteado profissional e ela estava em trajes formais. Um lindo relicário em forma de coração lhe enfeitava o colo. Seus olhos brilhavam de otimismo juvenil. A foto que a Real Polícia Montada do Canadá usara no cartaz havia sido recortada de um retrato recente de noivado. Uma mão masculina jovem era parcialmente vista ao redor da cintura da garota – seu noivo posto de fora.

Susan Walker estava desaparecida há três semanas.

CAPÍTULO 2

Fidelidade.

Bravura.

Integridade.

O homem alto, de cabelos escuros e corpo em forma, vestido com uma calça cargo e uma camisa polo verde-musgo do FBI, contemplou longamente o selo do Departamento Federal de Investigação, isto é, o FBI, enquanto passava ali pela enésima vez. O símbolo, que mostrava a balança de pratos da Justiça rodeada por um anel de 13 estrelas, estava também no distintivo bordado na camisa do homem.

Fidelidade. Bravura. Integridade.

Ele conhecia bem o brasão e os princípios em que este se baseava, mas não era um aluno de graduação da Academia do FBI, que ficava na cidade americana de Quantico. As divisas na gola da camisa deixavam clara sua situação: não era um agente do FBI, mas tão-somente um convidado, um membro de uma organização policial de um país amigo recebendo treinamento especial. Ele não era um deles, algo difícil de se esquecer naquelas condições. Mas tinha seus aliados e, por sorte, os estranhos ao seu redor pareciam simpatizar com seu sotaque australiano. Isso o tornava querido aos olhos de um grupo que, de outro modo, teria grande tendência a isolá-lo. Apesar de lamentar o fato de conferirem um estereótipo injusto ao seu país, devia reconhecer que pelo menos era um estereótipo amigável.

O detetive sênior Andrew Flynn, do Departamento de Polícia do Estado australiano de New South Wales, estava ali para aprimorar suas técnicas de rastreamento de assassinos em série – tarefa para a qual tinha um talento inato, o que era, ao mesmo tempo, uma bênção e uma maldição. Mas ele não tinha alternativa senão afiar esse talento. E Quantico era o lugar certo para isso.

Não muito tempo atrás, havia desvendado o caso de assassinatos em série mais violento e de maior número de vítimas já ocorrido na

Austrália. Pior que os terríveis Assassinatos das Vovós ou mesmo que os Crimes dos Mochileiros, em que uma investigação de rotina em busca de pessoas desaparecidas havia levado à descoberta de diversos corpos desmembrados em diferentes estados de decomposição, devidamente embalados em tonéis de óleo guardados na caixa-forte de um banco falido. Um ano atrás, o detetive Flynn havia capturado o Assassino do Salto Alto, um criminoso sádico com fetiche por sapatos que atacava jovens mulheres atraentes em Sidney, para torturá-las e mutilá-las.

O caso tinha sido muito difícil e acabara por envolvê-lo pessoalmente. Flynn havia pago um alto preço pelo maior feito de sua carreira; um preço que ele jamais teria aceitado, se soubesse com antecedência. O peso da culpa se dependurou como uma bola de ferro em seu pescoço, impossível de ser ignorado ou esquecido. Se ele tivesse conseguido juntar antes as peças do quebra-cabeça, algumas vidas poderiam ter sido poupadas. Trabalhar naquele caso tinha virado sua vida ao avesso, quase arrastando junto sua reputação. Além disso, houve outro problema: seu envolvimento com uma testemunha. Uma jovem linda, inteligente, irresistível.

"Makedde."

Ele ainda pensava nela – e muito. Era bem verdade que naquela época andava muito sozinho e estressado, mas agora esses pretextos não valiam mais.

Andy estava tão absorto em seus pensamentos que parou de prestar atenção em seu rumo, o que era perigoso nas ruas falsamente pacatas de Hogan's Alley. De dia ou de noite, era bom permanecer atento por ali. Assim que Andy percebeu seu descuido, tornou a ficar alerta. Mesmo àquela hora, podia haver algum exercício tático em andamento.

Ele se encontrava bem no coração de Hogan, a poucos quarteirões do prédio principal da Academia do FBI. Já havia caído a noite e os edifícios tinham perdido o colorido dourado do pôr do sol. O céu estava límpido e as primeiras estrelas brilhavam no alto. Andy ouviu o murmúrio das árvores e acompanhou uma folha vermelha caindo a seus pés. O verão do Norte havia chegado ao fim e o inverno se aproximava.

Andy espiou para dentro das janelas escuras do Banco de Hogan, pressionando o nariz contra o vidro e colocando as mãos em concha ao redor dos olhos. Sorriu por um instante, pensando naquele curioso título de "o banco mais assaltado dos Estados Unidos". Àquela hora, porém, os bancários já tinham ido embora. Não havia nenhum assalto iminente; nenhum agente prendendo dublês de ladrões nem brandindo armas carregadas com bolinhas de tinta. Do mesmo modo, a Pousada Dogwood estava quieta. Dava para ver a porta do quarto 101 com as dobradiças quebradas – consequência de um exercício anterior. Quantas vezes aquela porta tinha sido arrombada? Naquele instante, porém, o hotel estava vazio: sem terroristas, barões da droga ou fugitivos. A cidadezinha de Hogan já havia encerrado seu expediente. A lanchonete estava fechada e os falsos criminosos tinham ido jantar em suas casas.

Ou não? Andy ouviu um rumor de pessoas correndo e logo avistou um grupo de agentes do FBI vindo de uma das muitas trilhas arborizadas. Suas camisas azuis, quase invisíveis sob a escassa iluminação do lugar, indicavam que se tratava de novos recrutas. Os jovens – moças e rapazes – pareciam cópias uns dos outros, marchando em fila, com as plaquetas de identificação balançando na mesma cadência. Todos exibiam dedicação, concentração, disposição – ainda não estavam exaustos, nem cheios de culpa pelos casos que não haviam conseguido resolver ou pelas vidas que não tinham sido capazes de salvar. Cada um deles havia dado seu sangue pelo privilégio de fazer parte daquele grupo. Todos, sem dúvida, tinham sentido em segredo um arrepio longamente esperado ao transpor pela primeira vez os portões da academia, onde se liam as seguintes palavras: "Por estas portas passa a elite dos que se dedicam às forças da lei."

Era o que eles queriam ser. A elite. Os melhores.

E era o que Andy desejava ser também.

Enquanto caminhava pelas ruas escuras de Hogan, Andy Flynn se via imerso em dúvidas. Mas elas tinham razão de ser: ele estava prestes a fazer uma loucura.

* * *

Por volta das 22 horas, Andy Flynn se achava acomodado em seu modesto quarto, recostado na cabeceira da cama. Olhou para seus pés descalços e reparou que eles não eram mesmo o seu forte. Uma vez, no ápice da paixão, Makedde Vanderwall havia beijado aqueles dedos. Andy nunca entendeu ao certo como ela tinha conseguido fazer isso. Mas ele havia gostado. Aquela mulher era capaz de todo tipo de surpresas.

"Concentre-se..."

O edredom tinha sido empurrado para a beira da cama e Andy estava sobre os lençóis, vestido apenas com uma cueca samba-canção. O quarto estava frio, mas ele sentia calor. O suor banhava seu peito.

"Mak."

Por sorte, havia conseguido reservar um quarto separado para alojamento em Quantico e, naquele momento, se sentia especialmente satisfeito por isso. Teria sido constrangedor ter que pedir a outro oficial, ou a um agente, para ficar fora do quarto enquanto ele estivesse falando ao telefone.

Uma agenda estufada repousava sobre seu abdome definido. Mak também havia dado beijos ali, mas era melhor não pensar nisso. Andy abriu a seção dos endereços e foi até a letra "V"; então, fechou os olhos e refletiu mais uma vez se deveria mesmo fazer aquilo. "Ligue, só isso." Lá estava ela: o segundo nome na página do lado direito.

Andy tinha apenas o número da casa do pai dela na ilha de Vancouver, mas sabia que Mak passava muitos fins de semana lá. Talvez tivesse sorte. Colocou a agenda no colo e pôs o indicador no teclado do telefone, mas então hesitou.

"Devo mesmo ligar?"

Um ano havia se passado desde que vira Makedde pela última vez, e tudo era bastante confuso. Embora tivessem conversado ao telefone umas duas ou três vezes no início do ano, isso era muito diferente de ficar cara a cara. Andy não sabia ao certo qual seria a reação de Mak ante a perspectiva de revê-lo. Contudo, sabia que não poderia postergar mais aquele telefonema.

Dentro de quinze dias, ele participaria de uma conferência na Universidade de British Columbia, no Canadá. Um de seus orientadores,

Bob Harris, um especialista do FBI em elaboração de perfis, iria até lá para apresentar um trabalho sobre psicopatia e análise de cenas de crime, e Andy o acompanharia. A conferência também incluía uma palestra do doutor Robert Hare, um estudioso muito respeitado no campo da psicopatia e professor emérito da universidade. Os dois "Bobs" se conheciam muito bem.

O problema é que a Universidade de British Columbia vinha a ser exatamente onde Makedde Vanderwall estudava. Claro, na visão dele isso não era exatamente um contratempo, mas acima de tudo uma boa desculpa para restabelecer o contato.

Até então, Andy havia protelado a decisão de contar ou não a Makedde sobre sua visita, mas a conferência na UBC se aproximava rapidamente. Mak tinha se graduado em Psicologia Forense e havia uma grande chance de que também fosse participar da conferência. Andy sabia que não seria muito apropriado simplesmente aparecer de surpresa. Por isso pensara em ligar antes para avisar.

Embora estivesse ansioso para a conferência, já conhecia a maior parte do que seria abordado nela. Andy comparecera ao curso que o doutor Hare dera em Quantico como convidado e também estava bastante familiarizado com as técnicas de elaboração de perfis que seu amigo, o doutor Harris, iria apresentar na UBC. A verdade era que queria ver Makedde. Finalmente os dois estavam no mesmo continente. Isso era o mais próximo que tinham conseguido estar um do outro em mais de um ano e, enquanto a distância entre eles diminuía, seu desejo de revê-la aumentava. No mínimo, encontrá-la novamente iria ajudar a removê-la de sua mente. Talvez ele até se decepcionasse e a centelha se extinguisse.

"Pouco provável."

Seu cérebro foi subitamente inundado pelas lembranças de Makedde sorrindo, atraente e brincalhona. Era impossível esquecer o fim de semana que haviam passado juntos – entrelaçados na cama dela, fazendo amor o tempo inteiro, perdidos num êxtase enquanto as velas ao redor se derretiam. E então...

Então tudo deu errado.

Bip.

Bip.

Bip.

O telefone emitia um som ritmado.

Andy percebeu que seu dedo ainda estava pousado sobre o teclado numérico. Abanou a cabeça, espantando aquelas vívidas lembranças, e colocou o fone no gancho.

Pegou-o novamente.

"Mak."

Hesitação.

"Será que é melhor cancelar minha vaga na conferência e esquecer tudo isso?"

Mas, em vez disso, preferiu discar.

Andy não sabia ao certo o que falar, se ela atendesse. "Não comece mencionando nada relativo à conferência, apenas converse sobre amenidades, sinta o terreno", disse para si mesmo e ficou olhando hipnotizado para o nome dela escrito na agenda.

Makedde Vanderwall. "Seu nome, sua foto, seu corpo vulnerável nas mãos daquele ser sádico. Eu a encontro, vejo sangue por toda parte... Ela está sangrando na cama, amarrada e nua, e aquele verme sorri para mim... Ele sabe quem sou eu e zomba de mim... Eu miro e atiro: visão em túnel, tudo o que enxergo é seu sorriso pervertido, todo o resto está desfocado... Miro no coração, puxo o gatilho, atiro para matar, mas..."

– Alô? – voz masculina.

– Uh – Andy hesitou, reprimindo um reflexo de ciúme.

Por um momento ficou imaginando se aquela voz seria de algum namorado de Makedde. Será que ela tinha um namorado? Por que não havia pensado nisso antes?

– Aqui é Andy Flynn. Makedde Va...

– Ah, detetive Flynn!

– Senhor Vanderwall?

Era o pai dela.

"É claro que é o pai dela... Você ligou para a casa dele, seu idiota, queria o quê?"

– Como vai, Flynn?

– Por favor, pode me chamar de Andy.

– E você pode me chamar de Les – pausa. – Como vai?

Andy quase havia esquecido aquele sotaque canadense da costa oeste. Era completamente diferente do som anasalado do estado americano da Virgínia, onde ficava Quantico.

– Tudo bem, Les, obrigado.

Outra pausa. Aquela voz... Andy a tinha ouvido pela primeira vez num quarto de hospital em Sidney. Havia conhecido Les Vanderwall enquanto Mak dormia, ferida e cheia de suturas.

– Ótimo... Há quanto tempo, né? – disse Les.

Andy percebeu um tom de reserva.

– Sim, bastante.

A linha estava com chiados e havia um atraso na transmissão de voz que tornava o momento ainda mais desconfortável. Com toda a tecnologia à disposição do FBI, seria de se esperar que ao menos a linha telefônica funcionasse perfeitamente. Mas Andy foi em frente, tentando não perguntar logo de início por Mak:

– E, então, como tem passado?

– Muito bem, obrigado. Suponho que queira falar com Makedde.

– É, se...

– Bem, Mak não está aqui agora.

O ânimo de Andy se abateu.

– Mas estou esperando-a. Está vindo para o fim de semana.

"Ótimo."

Andy não tinha o número do apartamento de Mak na porção continental de Vancouver, nem iria perguntar. Verificou o relógio de pulso. Passava um pouco das 22 na Virgínia. Portanto, 19 na ilha de Vancouver. A que horas ela chegaria? O que ele deveria dizer agora?

O pai de Makedde decidiu primeiro, indo direto ao ponto:

– E como vai o andamento do caso?

– Bom, parece que vai levar ainda algum tempo. Há muitas evidências para reunir...

– Muitas vítimas – disse Les.

Andy sentiu uma conhecida pontada de culpa.

Sim, muitas. Muitas vítimas.

Les Vanderwall era um inspetor-detetive aposentado e, como acontecia com quase todos desse ramo, essa aposentadoria era apenas um detalhe técnico. Andy sabia que Les havia fuçado algumas informações por conta da filha. Ele teria feito o mesmo, se fosse o pai de Makedde. Mesmo assim, não queria falar com Les sobre os Crimes do Salto Alto. Definitivamente, não era uma boa ideia discutir qualquer caso com o pai de uma testemunha-chave.

"Ele é o pai de uma vítima, Andy."

Assim que esse pensamento lhe ocorreu, Andy relembrou a voz de Makedde, tremendo de emoção: "Eu sou uma sobrevivente, Andy. Não uma vítima. Nunca nesta vida me chame de vítima."

Pausa incômoda na conversa.

Chiados na linha.

– O caso está em ótimas mãos – assegurou Andy.

– Você não está trabalhando nele?

Era coisa que Les Vanderwall já deveria saber. Andy tinha certeza disso.

– Estou passando por um treinamento na academia do FBI no momento – respondeu. – Estamos montando uma nova unidade de identificação de perfis de criminosos em New South Wales.

– É mesmo?

– É, e tenho boas chances de liderar uma das divisões da unidade.

– Parabéns.

– Obrigado – respondeu Andy, reparando na falta de entusiasmo de seu interlocutor. – Estarei envolvido no julgamento, senhor Vanderwall. Não se preocupe com isso. Vou cuidar para que sua filha seja tratada da melhor forma possível.

Les não respondeu. Tribunais não eram lugares sensíveis e ambos sabiam disso.

– Bem, direi a Makedde que você ligou – Les disse finalmente.

– Obrigado, Les. Talvez eu tente novamente amanhã.

– Vou dizer a ela.

Andy desligou e deu um grande suspiro. Jogou-se de costas na cabeceira da cama e cruzou os braços, com a agenda ainda no colo.

No quarto frio, ele estava banhado de suor.

Capítulo 3

No escuro, as árvores debruçavam suas silhuetas às margens da estrada de Pat Bay. Makedde dirigia rapidamente, vinda de Swartz Bay, enquanto luzes brancas passavam por seu carro dos dois lados e pontilhavam a estrada atrás dela de faróis vermelhos. Zhora, seu Dodge Dart Swinger azul-turquesa, ano de 1969, precisava de algum tempo para chegar aos 80 quilômetros por hora, mas assim que conseguia respondia bem.

Makedde sentia que carros, sobretudo os mais velhos, mereciam nomes. Antes de seu Dodge Dart, ela tivera um fusca chamado Bette Davis. O nome de seu carro atual havia sido escolhido em referência a um ser replicante de um de seus filmes favoritos. "Ela foi treinada para um Esquadrão da Morte extraterreno", havia dito Bladerunner. "Fale da bela e da fera... ela é as duas coisas." Era Zhora, a Replicante. Por outro lado, Zhora, a máquina, era um veículo temperamental, de duas portas, capota conversível, assentos de couro e motor original – outra variante da bela e da fera. Zhora era uma raridade, encontrava-se como um original de fábrica, ainda que não tão perfeito. Um dia Makedde planejava consertar os defeitos e vender Zhora, talvez para um colecionador de Darts, mas esse dia não parecia nada próximo. Ainda havia muito serviço para aquele carro.

No ano anterior, Mak havia aprendido tudo sobre o funcionamento interno dos carros. Ao contrário de algumas outras resoluções suas – praticar esgrima, estudar mandarim, aprender a fazer malabarismos –, Mak tinha motivos para fazer daquela a sua grande prioridade. Nunca mais na vida ela iria confiar em outra pessoa para ajudá-la com problemas mecânicos. Nunca mais aconteceria de se encontrar diante de um capô aberto sem a menor ideia do que estava vendo.

Mak entrou com Zhora pelo subúrbio residencial de Victoria e dobrou na Rua Tiffany. No fim do quarteirão, parou diante de uma casa de dois andares em estilo clássico, semelhante a muitas outras da região.

A casa de seu pai.

Aquele tinha sido o lar da família. O lar de Les e Jane Vanderwall e suas duas filhas, Theresa e Makedde. Uma família. Agora, o único ocupante da casa era um aposentado viúvo que envelhecia sozinho.

As luzes estavam acesas dentro da casa. Apesar de seu pai ter controlado bastante o consumo de eletricidade quando Makedde era criança, ela tinha certeza de que, naquela noite, ele estava sozinho em casa. Suspeitava que o novo hábito, deixar as luzes acesas e a televisão ligada baixinho no cômodo ao lado, era uma forma de lidar com a solidão do lugar. Ela se lembrou de quando descobrira o rádio ligado no ateliê da mãe no porão: pela primeira vez, viu que o cavalete de madeira ainda estava no mesmo lugar, segurando o quadro inacabado de pássaros marinhos à beira da praia.

Makedde estacionou Zhora diante da entrada da garagem, o Lancer branco de seu pai estava lá dentro, e foi até o porta-malas pegar sua pequena sacola de roupas para passar o fim de semana. Uma linha fina de ferrugem manchava a pintura azul-turquesa perto de um dos para-lamas traseiros. Ela franziu o rosto.

"Preciso consertar isso."

Com sua malinha na mão e dois grossos livros de psicologia sob o braço, Mak foi até a porta da frente, que seu pai havia deixado destrancada para ela. O cheiro de batatas quentinhas e manteiga derretida saudou-a logo na entrada. Ela ouviu o crepitar de alguma coisa sendo frita no fogão.

– Oi, pai! – chamou em voz alta.

Largou suas coisas sobre uma mesinha e jogou os sapatos sobre uma pilha de outros calçados. "Nunca tenho sapatos suficientes", pensou. Três pares alinhados, todos para os mesmos dois pés.

Seu pai apareceu no topo das escadas, vestido com uma camisa em que se lia ROOTS CANADA em grandes letras, ao lado da figura de um castor sentado. Mak também usava uma camisa assim na Austrália, até alguém contar para ela que o termo "root", lá, tinha um significado bem diferente, de intercurso sexual. Para não falar do castor, que também queria dizer outra coisa...

– São quase 21 horas. Você ainda não jantou? – perguntou ao pai. Ele normalmente comia antes das 19 horas.

– Resolvi esperar você. Já comeu?

– Na verdade, não ainda – disse Mak, subindo de meias as escadas acarpetadas para dar um grande abraço no pai. – O forte das balsas aqui em British Columbia não é a comida. Vômito com vista para o mar.

– Ah, Makedde, não é assim tão mau – disse ele sempre diplomático.

Ela contemplou o pai. Com alguns centímetros acima de 1,80 m, ele era ligeiramente mais alto que a filha primogênita de pernas compridas. Ainda era um senhor bonito, em seus cinquenta e tantos anos, e tinha todos os cabelos preservados na cabeça. O tom grisalho dos fios combinava bem com os olhos penetrantes, parecidos com os de Paul Newman. No entanto, o pai parecia cada vez mais magro e isso preocupava Makedde. Ele vinha perdendo peso desde que Jane morrera.

Os dois jantaram na pequena mesa redonda da cozinha, deixando que a sala de jantar continuasse com sua tarefa de acumular poeira. Les havia preparado uma caesar salad condimentada com alho e um prato de batatas com salsichas. Seus dotes culinários vinham melhorando lentamente no último ano. As salsichas estavam deliciosas, o que lembrou Mak do quão distantes estavam seus dias de modelo adolescente vegetariana.

– Como tem passado? Você parece um pouco cansada – ele comentou.

Ela levantou os olhos do prato.

– Estou bem. Tenho estudado muito. Ah, a propósito, consegui outro trabalho para a semana que vem. Uma daquelas drogas de catálogo para lojas de departamentos, mas o fotógrafo é bom. Serve para pagar as contas.

– Ótimo. Seria bom dormir bem antes da sessão de fotos. Você está com uma expressão meio acabada.

"Ah, obrigada."

– Por favor, pare com os elogios, está começando a me encabular. Pai, sério, estou bem. A sessão de hoje foi meio puxada, só isso. Era para um outdoor, mas aí, já viu... sempre aquela coisa de "última foto, última foto"... Acho que, se ouvir isso de novo, vou dar um grito.

– Sei – disse o pai, olhando fixamente para ela.

– Eu estou *bem* – Mak repetiu.

Torceu para que ele não começasse de novo com toda aquela história sobre insônia e tal.

– Hummm – murmurou ele, não parecendo nada convencido.

Comeu mais uma garfada de batatas e ficou olhando para a toalha de mesa enquanto mastigava. Tinha alguma coisa em mente. Les Vanderwall quase nunca fazia esse tipo de observação casualmente. Não era do seu feitio. Talvez por ter conduzido muitos interrogatórios ao longo da vida, o ex-inspetor-detetive tinha uma quedinha por declarações com segundas intenções e perguntas capciosas. Por mais descontraído que fosse o tom usado, o tópico não desapareceria assim, sem ser novamente discutido.

Comeram por alguns minutos em silêncio, porém Mak sentia que havia alguma pergunta que seu pai queria fazer. Isso a estava deixando tensa. Finalmente, resolveu pegar o touro pelos chifres e disparou:

– O que foi, hein?

– Estava conversando recentemente com uma amiga sobre a forma como as pessoas reagem ao estresse... Você sabe, distúrbio do estresse pós-traumático... vimos muitos casos assim nos quadros policiais...

"Oh, aqui vamos nós."

– Sim, conheço o distúrbio. E daí?

– E daí que estou preocupado, Makedde. Fiquei imaginando se você chegou a pensar em ver alguém a respeito do incidente em Sidney...

O "incidente em Sidney". Era assim que todos se referiam àquilo.

– Pensar em ver alguém? Acho que "psicoterapia" é o termo que você está procurando.

– Só para conversar sobre isso com alguém. Alguém imparcial e com experiência no assunto. Você mesma disse que talvez devesse...

A prega entre as sobrancelhas formou dois pontos de exclamação gêmeos e os olhos de Les se encheram de evidente preocupação.

– Esse foi um comentário casual que eu fiz um ano atrás, mas no fim não precisei de terapia e ainda não preciso. Nada mudou. Eu estou bem. Não tem razão para se preocupar, pai. Garanto a você, estou ótima –

disse Mak, olhando em seguida para a comida que esfriava no prato. – Só não entendo o motivo de ficar trazendo de novo essas coisas à tona sem necessidade, principalmente agora. Já discuti esse assunto com a polícia sabe Deus quantas vezes. Além do mais, teve aquela assistente social em Sidney, como você deve lembrar. Falei sobre isso com ela. Foi o suficiente...

O apetite de Mak deu uma reviravolta e ela ficou olhando para a metade restante de seu prato de carne morta. Do âmago de sua mente, veio um clarão com a imagem de corpos mutilados e ela sentiu imediatamente aquela sensação de calor que antecede uma febre. Expulsou aquela visão e se concentrou em beber alguns goles de água. A sensação fresca do copo entre seus dedos e o líquido escorrendo pela garganta ajudaram Mak a se recompor. Mas seu dedão direito começou a latejar, exatamente onde o cirurgião o havia costurado. Ela ignorou.

– Mak, você conversou apenas uma horinha com a assistente em Sidney!

Isso era bem verdade.

Ela tentou mudar de assunto, empurrando todos os pensamentos sobre Sidney de volta para uma caixa escura e batendo a tampa com força.

– Quem é essa sua amiga com quem você ficou conversando essas coisas?

Les Vanderwall olhou bem nos olhos da filha.

– Não se preocupe. Não estou usando você como pretexto para conversa. Lembra quando lhe falei de uma mulher que encontrei na cafeteria em Robson uns meses atrás? A doutora Ann Morgan... Ela era casada com o sargento Morgan, da polícia de Vancouver...

Mak se recordou de uma menção a um encontro fortuito do tipo. Seu pai estava lhe fazendo uma visita na porção continental de Vancouver na época e ficara passeando pelas lojas perto da Rua Robson para matar o tempo, enquanto Mak terminava uma sessão de fotos. Ele reconhecera a doutora Morgan na fila para pagar o café. Já haviam se encontrado antes, numa festa a que ela comparecera com o então marido. Quando Jane Vanderwall faleceu, a doutora Morgan ficou sabendo e enviou um cartão de condolências. Les e Ann começaram a conversar na cafeteria.

Mak tinha visto o tal marido, sargento Morgan, uma vez ou talvez duas. No entanto, nunca simpatizara muito com ele. "Era casada com... Hum, escolha interessante de palavras."

Les continuou:

– Mas, então, eu estava falando com ela outro dia. Ela está aqui, na ilha agora, visitando alguns amigos. Ann tem uma ideia da sua situação. Nada específico, claro...

Makedde sentiu sua garganta se estreitar. Suas têmporas começaram a latejar.

– E o quanto exatamente ela sabe da minha situação, especificamente ou não? – perguntou. – E, a propósito, qual é a minha situação?

Mak sabia que suas palavras soavam como defesa, mas não se importou.

– A doutora Morgan está envolvida nessa área – disse ele em tom suave e cauteloso. – Ela é psiquiatra. Já devo ter dito isso a você.

Não tinha. Na verdade, aquela era a primeira vez em que Makedde escutava seu pai falar de uma psiquiatra com um tom favorável. Muitas pessoas na polícia, principalmente os oficiais mais antigos, tinham uma tendência a suspeitar de psiquiatras e psicólogos. Eles eram vistos como empecilhos ao trabalho da polícia, profissionais que livravam a cara de bandidos se baseando em conceitos como insanidade legal e responsabilidade reduzida.

Seu pai havia protestado quando Makedde anunciou a intenção de seguir a carreira da Psicologia. Será que agora ele estava sugerindo que a filha deveria consultar um? Se fosse isso mesmo, os tempos com certeza tinham mudado muito.

– Não me diga que você acha que eu tenho que ver uma psiquiatra. Daqui a pouco, você vai dizer que eu deveria estar tomando antidepressivos – disparou Mak.

Ela tinha a impressão de que muitas drogas psiquiátricas eram excessivamente prescritas para os pacientes, por conta da influência gananciosa da indústria farmacêutica. Seu pai sabia bem dessa sua desconfiança.

– Fique calma. Ninguém aqui está falando em remédios. Você tem estado muito tensa com a sua tese e tudo o mais. Não tem dormido bem. Não pense que eu não consigo ver isso.

Aquilo doeu. Seu pai via o que estava por trás dos protestos dela. Não dava mesmo para esconder nada dele. Ela lutou para não empurrar o prato e abandonar a mesa. Em vez disso, apertou os lábios, olhando novamente para a refeição pela metade. Seu pai tinha boas intenções. Na verdade, ele era até bem-intencionado em excesso.

E o pior: ele estava certo.

Les insistiu:

– Apenas reflita sobre isso. Conversar com um profissional pode ajudar você.

Mak sabia que ele esperava uma resposta, mas ficou apenas olhando para o copo de água. Uma gotinha rolou da borda, desceu pelo copo e terminou fazendo uma mancha úmida na toalha de mesa.

Les repetiu:

– Apenas reflita sobre o assunto.

Mak não disse nada, e o pai mudou de assunto, consciente de que havia atingido seu objetivo: ela iria pensar a respeito.

– Então, Theresa e Ben vêm jantar amanhã aqui e vão trazer a pequena Breanna – comentou Les.

– Ah, é? – Makedde se esforçou para dizer. "Que maravilha!"

– Espero que você esteja em casa nesse horário. Você e sua irmã quase não têm se visto ultimamente.

Isso era verdade.

– Hum.

– E Ann deve passar por aqui também. Seria bom se você estivesse presente.

"Se isso for uma armação, vou pular fora."

Makedde balançou a cabeça e não disse nada. Se seu pai tinha uma nova amiga que queria visitá-lo, isso era bom. Na verdade, era ótimo. Mas, se ele estivesse se intrometendo de novo em sua vida e estivesse trazendo uma psiquiatra para encurralá-la, as coisas mudariam completamente de figura.

Mak pegou seu copo e o levou aos lábios. Bebeu alguns goles enquanto o pai comia. Pensou em como, depois de tantos anos viajando o mundo, estar perto de casa lhe dava ao mesmo tempo uma sensação de conforto e de claustrofobia.

"Ele tem razão, você sabe disso. Você está começando a bambear."

– A propósito – disse seu pai, retomando a conversa –, você recebeu uma ligação esta noite.

– Hum? – murmurou Mak.

Estava dando graças por seu pai não ter feito comentários sobre sua falta de apetite.

– Era o detetive Flynn.

De repente, o ar faltou para Makedde. Depois de um momento, ela de algum modo conseguiu dizer um "ah" numa voz razoavelmente estável. Ela empalideceu por um instante e depois sua pele clara ficou vermelha como um tomate.

Les fingiu não perceber. Pegou mais um pouco de batatas cobertas por generosas porções de manteiga e sal, colocou-as na boca e mastigou com irritante lerdeza. Em vez de falar sobre o telefonema, pegou mais um pouco de salada da tigela e passou para o prato.

– É mesmo? Andy? – disse Makedde. – Hum... legal.

Les espetou algumas alfaces com o garfo e levou à boca. Mastigou ruidosamente. Mak perguntou:

– O que ele disse?

Seu pai tomou mais um gole de Coca-cola Light. Os cubinhos de gelo tiniam no copo. Mak odiava quando ele fazia isso.

– Caramba, o que ele disse? Era sobre o julgamento? – Mak insistiu.

– Não. Não falou muito sobre nada. Só perguntou de você. Estava ligando de Quantico – respondeu o pai, enquanto mastigava devagar a última garfada de salada.

– Quantico? Onde fica a academia do FBI?

– Isso.

– Hum.

Silêncio.

– Ele disse que provavelmente tentaria ligar de novo amanhã – acrescentou Les.

Agora era Mak que enchia a boca de comida. Os restos de sua refeição haviam esfriado, mas ela mal percebia. Mastigava em silêncio, sem sentir o gosto, enquanto seu cérebro dava voltas.

* * *

Mak não conseguiu pregar o olho naquela noite. Quando amanheceu, ela havia contado cada saliência no teto de seu quarto de infância.

CAPÍTULO 4

Era de manhã e o Caçador observava as folhas mortas e as farpas caídas dos pinheiros descerem flutuando no rio de Nahatlatch. Ele procurava escutar os ruídos por trás do curso constante das águas. O ar havia conservado a umidade da madrugada, as rochas estavam escorregadias e as copas das árvores que se debruçavam nas duas margens do rio desapareciam no meio da névoa.

Chovera a noite toda e tudo estava úmido, fazendo com que a estrada que vinha de Squamish fosse traiçoeira em alguns pontos, mas ele conhecia bem o caminho e tinha podido chegar com tranquilidade. Agora estava próximo ao Rio Fraser, entre Lytton e Bostonbar, uma região pela qual nutria um carinho especial. Quando era pequeno, seu pai o levava com o irmão para passearem na natureza selvagem e intocada. Por isso, naquela manhã úmida, a névoa parecia se integrar ao seu corpo, enquanto ele escutava sentado. Aquele lugar tranquilo partilhava seus segredos mais sombrios como uma muda testemunha de seu poder.

Ele escutou e esperou. Era verdade que nem sempre era um homem muito paciente, mas podia sê-lo quando queria – e naquele local úmido não havia pressa.

Um estalo.

Percebeu um movimento a vários metros de distância, vindo de trás das árvores. O Caçador emergiu de seus pensamentos e ficou subitamente atento. Cruzou com cuidado as rochas escorregadias, afastou-se do rio e se aproximou da margem do bosque, a uma distância segura da fonte do ruído. Abrigou-se atrás das grandes raízes retorcidas de um pinheiro caído e esperou.

Sua paciência foi recompensada. Logo, um belo animal saiu do meio das árvores, primeiro com passos tímidos, para em seguida continuar com mais rapidez até a clareira. As patas finas e graciosas do animal se moviam no solo irregular com uma delicadeza inesperada para seu tamanho. O

Caçador admirou a comprida face cor de canela, a cabeça, os chifres finos e retorcidos em forma de galhos. Era um belo veado de cauda branca.

O cervo saiu da moita, olhando para um lado e para o outro com seus grandes olhos escuros, como uma criança antes de atravessar a rua. Lentamente, aventurou-se até a margem do rio para beber um pouco de água. O ritual era repetido de manhã cedo e no fim da tarde. Mas naquela tarde ele não beberia mais nada. O bonito par de chifres seria mais uma bela aquisição para a parede da toca do Caçador.

Ele esperou que o cervo estivesse bem no centro da clareira, esforçando-se para engatilhar a arma sem alarmar o sensível animal. O cervo deu mais alguns passos, com sua longa cauda em forma de folha levantada. O Caçador observava aqueles movimentos com uma paciência cada vez menor.

Queria matar.

Em surdina, preparou o tiro.

Ficou completamente imóvel, com os pés separados, segurando com o braço esquerdo sua Winchester 270. Sua mandíbula se contraiu. Dar um tiro preciso requeria uma boa dose de autocontrole, mas o Caçador era um mestre na arte de dominar a respiração e apertar delicadamente o gatilho. Estava confiante. Tudo pronto. Mirou com cuidado a arma no longo pescoço do cervo. Acariciou o gatilho devagar, com carinho, sentido o poder da morte em suas mãos. Lentamente, apertou...

O animal girou a cabeça e bufou, alarmado, como se adivinhasse o que estava por vir.

"Você é meu..."

Bang!

O cervo correu assustado de volta para a beira da floresta, em grandes saltos ondulantes, fazendo oscilar sua larga cauda branca. Cerrando os dentes com força, o Caçador puxou o ferrolho para trás e mirou um pouco à frente do veloz animal para um segundo tiro.

O cervo urrou. A bala perfurou o pescoço dele, e seus grandes olhos negros giraram na direção de seu algoz. O Caçador viu naqueles olhos a centelha de um medo selvagem e o estúpido choque com a violência.

Aquilo o arrepiou. A criatura antes graciosa agora se debatia sobre as pedras úmidas, com as patas traseiras tremendo e as dianteiras tentando agarrar o vazio. Finalmente, caiu sobre as rochas, batendo forte com a cabeça.

A restrição de caça para a seção 3 da região interior sul era de um veado de cauda branca. Essa espécie não era tão comum nos arredores de Nahatlatch quanto perto do Rio Peace.

Essa conquista apenas confirmou ao Caçador sua crença: ele era o melhor e mais habilidoso caçador do mundo.

No trajeto de volta para a caminhonete, passou por uma área aparentemente desinteressante e diminuiu o ritmo para analisar melhor o ponto. Contemplando aquele emaranhado de folhas, sentiu uma descarga de adrenalina semelhante a quando havia alvejado o cervo. Um bom observador teria notado a ligeira inclinação da cabeça do Caçador e a expressão orgulhosa que seu rosto assumiu. Mas seriam precisos olhos muito mais treinados para perceber que aquele local havia sido recentemente mexido.

Um corpo de mulher jovem apodrecia sob o cobertor de terra. Ela havia dito que seu nome era Susan. Não mentira. Os jornais falavam dela como Susan Walker e a mãe dela a chamava de “minha garotinha” na televisão.

Satisfeito, o Caçador se afastou da cova rasa, com uma postura altiva e orgulhosa.

Era a temporada de caça, e os resultados estavam sendo bons.

Capítulo 5

O telefone tocou várias vezes naquele sábado e, em todas elas, Makedde se levantava num salto, apurando nervosamente os ouvidos para as falas de seu pai, até se convencer de que não era Andy Flynn.

Ele não telefonou. De qualquer modo, Makedde não sabia como teria agido se ele houvesse ligado. Não estava pronta para falar com ele de novo, mas a curiosidade a instigava.

"O que ele está fazendo lá em Quantico? Por que me telefonou?"

Às 15 horas Les Vanderwall recebeu uma ligação de Theresa. Ela chegaria lá com seu marido, Ben, e o bebê dos dois, Breanna, em menos de uma hora. Embora já tivesse sido alertada para a visita, Makedde realmente não estava com disposição para ver a irmã. Assim que percebeu quem era ao telefone, correu para o escritório e mergulhou os olhos no *Manual diagnóstico e estatístico das doenças mentais*, permanecendo com o nariz enfiado no livro até mesmo depois de ouvir a campainha, uma meia hora mais tarde.

* * *

– Makedde? Mak? – chamou Les, pontuando a fala com algumas batidas na porta do escritório.

– Fale, pai.

A porta se abriu.

– Sua irmã está aqui com Ben e Breanna. Saia daí e venha dar um alô para eles – chamou Les, olhando com espanto para a filha curvada sobre o grosso livro.

– O.k. – disse Mak, colocando um marcador de página no ponto em que havia parado. – Só um minutinho.

Quando ela fez menção de se levantar, o pai girou e voltou para a companhia da filha mais nova, comentando num sussurro:

– Ratinha de livros, já viu...

Não é que Makedde não amasse a irmã. Ela amava. O problema era que Theresa tinha o dom de irritá-la com freqüência. E Mak não andava muito tolerante com implicâncias naqueles dias. Não sabia ao certo se a causa dessa intolerância era a falta de sono adequado ou o excesso de hormônios pré-menstruais circulando no sangue. De qualquer forma, era arriscado receber uma visita de Theresa quando se sentia assim. Mak não queria ter reações mal-educadas.

O misterioso telefonema de Andy não havia ajudado nem um pouco a melhorar o humor dela, nem o sono. Aquele homem significava confusão e Mak sabia disso. Por um instante, chegou a imaginar que seu problema fosse falta de sexo. Não, esse era o tipo de avaliação ridícula que sua amiga Jaqui Reeves faria.

"Você está bem. É só um pouco de tensão pré-menstrual e o estresse da tese para redigir."

Mak espantou os pensamentos sobre Andy de sua mente e caminhou pelo corredor acarpetado.

Com 1,75 m – a exata altura da mãe –, Theresa era cinco centímetros mais baixa que Makedde. Tinha 23 anos, enquanto Mak tinha 26. Seu belo rosto era uma versão ligeiramente mais branca e arredondada do de Makedde e raramente recebia maquiagem. Seus cabelos, cortados pouco acima dos ombros, eram naturalmente lisos e de um tom louro escuro.

Theresa se vestia sempre de modo conservador; embora ninguém na família fosse particularmente religioso, ela parecia sempre pronta para ir à missa. Mak achava que ela gostava desses modos afetados. Theresa vestia calças compridas e uma camisa de algodão abotoada na gola.

Seu marido, Ben, era um rapaz bem-apessoado, que trabalhava como contador, tinha nascido na ilha e nela ia morrer. Nenhuma ameaça de imprevisibilidade. Ben tinha a mesma altura que a esposa e seu rosto liso parecia lhe dar menos ainda que seus 26 anos. Vestia uma camisa xadrez em tom azul bebê, do tipo que Mak imaginava num lenhador jovem. As roupas do cunhado e da irmã vinham da mesma loja de departamentos – Eddie Bauer. Os cabelos de Ben eram castanhos, provavelmente alisados com creme. Mak tinha ímpetos de bagunçar aquela cabeleira engomada – só umas mechinhas já ajudariam bastante.

"Nossa! O que é que me deu?"

Distribuição de abraços pela sala. Mak se sentia distante e formal. E estava preocupada com sua atitude nada positiva. Qual seria seu verdadeiro problema? Teria algo a ver com sua irmã parecer irritantemente racional e perfeita aos olhos do pai? Casada, com uma filha... Na maior parte do tempo, a vida de Mak era uma preocupação para Les, enquanto Theresa era para ele uma mulher estável e bem resolvida. Previsível. Uma pessoa polida se referiria a Makedde como "voluntariosa". Sempre indo parar em algum lugar diferente. Sempre se metendo em encrenca.

Theresa e sua família se dirigiram à sala de estar escoltados por Les. Mak seguiu atrás, mantendo uma distância razoável, enquanto tentava se preparar psicologicamente para aquela visita.

Será que algum dia ela se encontraria sentada naquela sala, com seu marido e seu filho, vendo o pai sorrir como um menino diante da cena? Tão cedo isso não aconteceria, ao que tudo indicava.

Quando Mak tinha 20 anos, sua família a havia incentivado a se casar com um garoto da vizinhança chamado George Purdy. Quando ela descobriu que ele a traíra, terminou o namoro e atirou o anel de noivado numa sacola cheia de caixas de leite e pacotes de feijão, na fila do supermercado.

* * *

Quarenta e cinco minutos se passaram, em meio a fotos de bebê, antes que Theresa começasse com seu discurso de sempre: quarenta e cinco minutos mais tarde que de costume.

– Papai me falou que você não tem andado muito bem – disparou.

Mak piscou e levantou os olhos de uma pilha de fotos de Breanna com uma touquinha rosa de bolinhas amarelas na cabeça. Não havia dúvida: o comentário tinha sido dirigido a ela.

– Como disse?

– Pelo que ele contou, você passou a última noite em claro, andando de lá para cá – respondeu Theresa.

– Insônia – murmurou Les entredentes, do conforto de sua poltrona no outro lado da sala.

Ele tinha nas mãos o álbum de Breanna brincando com uma bola alaranjada.

– Pai, não tenho insônia – disse Mak. – Só fico com um pouco de dificuldade para dormir às vezes. Nada sério.

Se Les tornasse a tocar no assunto "psiquiatra", Mak teria ímpetos de esganá-lo.

Theresa estava com Breanna no colo e a balançava devagar. O rostinho adorável da menina se voltou para Mak e se abriu num sorriso luminoso. Era tão contagiante que Mak não pôde conter um sorriso de volta. Breanna era muito simpática, não havia como negar. Seus cabelos claríssimos formavam uma coroa de cachinhos ao redor da cabeça; as orelhas eram ligeiramente inclinadas para fora; a boca parecia uma cereja e os olhos inquisidores tinham a amplitude e a cor otimista do céu azul.

– Mas "dificuldade para dormir" não quer dizer que você tem insônia? – provocou Theresa.

O sorriso de Makedde se apagou. Ela encarou em silêncio a irmã, que, por incrível que pareça, mal tinha começado a artilharia. Theresa continuou:

– Não consigo entender por que você ainda quer essa droga de pós-graduação depois de todo aquele pesadelo em Sidney. Isso, para não falar do incidente com Stanley. Também, Psicologia Forense! Não me admira que você não consiga dormir. Sempre lendo sobre psicopatas e estupradores...

"Isso foi golpe baixo, mana."

Os cabelinhos da nuca de Makedde se arrepiaram. O episódio com Stanley havia acontecido anos antes e ele agora estava na cadeia. Aquilo não tinha nada a ver com sua área de estudos. Era completamente irrelevante. E o que ela queria dizer com "droga de pós-graduação", a propósito? Mak nunca se metera com as aspirações de Theresa a uma vida doméstica, como dona de casa e mãe de família. Quando a irmã não falava mal da carreira de modelo, que "não era intelectual o suficiente", dizia que Psicologia Forense não era um assunto apropriado. Parecia que, não importava o Makedde fizesse, Theresa sempre tinha uma opinião negativa para dar a respeito.

– Universidades não são lugares muito seguros hoje em dia. Principalmente um *campus* grande como o da UBC – prosseguiu Theresa, dirigindo seu comentário para a sala toda, como se se tratasse de um serviço de utilidade pública. – O que foi mesmo que eu ouvi outro dia? Uma em cada três estudantes já foram sexualmente abusadas ou assediadas lá. Eu disse UMA EM TRÊS!

– Pois eu lembro que essa matéria falava de uma em cada seis estudantes, o que já é chocante o suficiente sem o seu tom de exagero – retrucou Makedde com suavidade. – Mas essas cifras estão sendo questionadas.

– Uma em seis, que seja – desdenhou Theresa, tomando fôlego.

"Ah, não, ela ainda não terminou o ataque!"

De fato, Theresa foi em frente:

– E aquela garota desaparecida... Como era mesmo? Walker? Susan Walker. Você sabe, ela estudava na UBC. Morava no *campus*. Eu vi o noivo dela no noticiário esta semana, implorando alguma informação sobre o paradeiro da menina. A mãe chorava... Eles acham que ela foi raptada. Não sei como você pode se sentir segura lá, principalmente depois do que passou.

"Não acredito que ela teve a coragem de tocar nesse assunto."

Ben ficou calado. Theresa não:

– Sem falar nessa história de colocar drogas em bebidas. Aconteceu de garotas acordarem na cama de homens estranhos sem lembrarem como foram parar lá. Eles usam *ropnol* nelas. Virou moda agora.

– É Rohypnol – corrigiu Makedde.

A droga era um tranquilizante permitido por lei em sessenta e quatro países, para tratar insônia, ansiedade, convulsões e tensão muscular. Apesar de ser ilegal no Canadá e nos Estados Unidos, sempre dava para arranjá-la no mercado negro.

– Os homens que ficam rondando esses *campus* hoje em dia...

Mak encarou a parede branca a seu lado. Se olhasse ainda mais de perto, seria capaz de perceber as pinceladas de tinta dadas por sua mãe. Assim, conseguiu bloquear completamente a voz de Theresa, enquanto esta continuava com o seu pronunciamento sobre os perigos de Vancouver, o *campus* da UBC e a vida da irmã em geral.

Makedde quis dizer a Theresa para parar de fazer com que o pai de ambas tivesse razões para se preocupar ainda mais, porém segurou a língua. A insônia estava drenando suas forças e ela estava cansada demais para discutir. Olhou então para Breanna, à procura de inspiração. A garotinha perscrutava a sala com seus grandes olhos azuis, saltando da boca da mãe para a do avô, depois novamente para a boca da mãe e, por fim, para a gola da camisa de Theresa, que resolveu puxar. Sua mãozinha foi delicadamente retirada dali, sem que isso interrompesse o palavrório de Theresa.

Makedde só olhava, sem escutar. Parecia que uma locomotiva a vapor fazia círculos em seu cérebro. Ela então se desculpou e avisou que precisava voltar aos estudos, citando os prazos para a entrega da tese. No escritório, abriu o livro na seção marcada, sobre distúrbios de personalidade, mas não conseguiu manter os olhos abertos por muito tempo. Sua cabeça logo desabou sobre o livro e Mak mergulhou num sono perturbado.

* * *

Na hora do jantar, Makedde saiu do escritório e caminhou pelo corredor, esfregando os olhos e aspirando o cheiro da comida. Entrou na sala de jantar, deu uma espiada à mesa e...

"Uh!"

Havia uma pessoa estranha ali, uma mulher, conversando com seu pai. Assim que viu Makedde, ela se levantou da cadeira e estendeu o braço para um aperto de mão.

– Olá, Makedde. Eu sou a Ann.

"Meu Deus, a psiquiatra!"

O rosto da mulher tinha uma expressão calorosa e inteligente, emoldurada por cabelos curtos, ondulados e cor de mel. Makedde achou que ela parecia ter uns quarenta e poucos anos. Não era muito alta, fazia mais o tipo compacto. Usava calças compridas e uma blusinha social. Nas orelhas, dois brinquinhos de pérolas completavam seu agradável visual, iluminado pelo sorriso à la Julia Roberts.

Mak apertou a mão de Ann.

– É um prazer.

– O prazer é meu. Ouvi falar muito de você.

"Tenho certeza disso."

Ann leu a expressão de Mak e completou:

– Só boas coisas. Soube que você é uma estudante brilhante e uma modelo com uma carreira estabelecida.

Mak não sabia o que falar. Não poderia dizer que ouvira muito sobre Ann, porque não era verdade. Na noite anterior, seu pai dera algumas dicas sutis de que aquela mulher era importante para ele, mas Mak estava muito envolvida com seus problemas para tentar entender mais a fundo essa importância. Em vez disso, fora direto para a defensiva.

"Quanta estupidez da minha parte."

Mak se acomodou à mesa. Tudo estava já pronto: a comida feita, a mesa posta, os convidados sentados...

– Perdoem por não ter ajudado. Realmente apaguei... – desculpou-se Mak, deixando escapar uma risadinha nervosa ao perceber que estava dando oportunidade, sem querer, para que retomassem aquele tópico indesejado. – Podem deixar que a limpeza, depois, fica por minha conta!

Mak ficou olhando o pai servir arroz, frango e legumes à nova amiga. Ann sorriu ao agradecer e Mak imaginou ter percebido um olhar diferente no rosto do pai.

"Será que... eles... estão interessados um no outro?"

Mak observou de relance o dedo anular de Ann. Nada. "Era casada com o Sargento Morgan", o pai havia dito na noite anterior. Era. Obviamente, ela havia mantido o nome do ex-marido. Quando teria sido a separação?

– Então, você está visitando a ilha? – Mak perguntou num tom casual.

– É. Tenho alguns amigos aqui, mas moro na porção continental de Vancouver. Você também, não é?

– Isso. Em Kitsilano.

– Minha casa não é longe dali, mas não fica num lugar tão bacana como Kitsilano.

– É, eu gosto de lá.

– Eu ainda prefiro Victoria – objetou Theresa, engolindo em seguida uma garfada de arroz.

– É muito bonito lá também. A "cidade jardim"... O parque Butchart fica perto daqui, não é? Não vou lá há milênios.

Les levantou os olhos e disse um pouco sem jeito:

– Hummm... Podemos passar um dia lá na próxima vez que você vier aqui para a ilha... Que tal?

"Boa, pai! Vá em frente!", pensou Mak.

– Seria ótimo.

"Mal posso acreditar que estou vendo meu pai marcar um encontro romântico."

– O frango está ótimo – comentou Theresa, ignorando o resto da conversa, para acrescentar em seguida, com uma ponta de orgulho: – Fui eu que ensinei a receita ao papai.

Les sorriu.

– Bem, meu filho Connor acabou de dominar a técnica para se preparar uma torrada – comentou Ann, e todos riram. – Sei quando ele está cansado de fast-food, porque aí ele aparece de repente lá em casa e limpa a minha geladeira...

O toque do telefone interrompeu o assunto.

"Ah, não. Agora não."

– Eu não vou atender – disparou Mak.

O toque ecoou pela casa, com seu som amplificado numa espécie de coro através dos diferentes cômodos. Havia três aparelhos de telefone na residência dos Vanderwall e todas as pessoas à mesa olharam ao redor à procura do mais próximo, que ficava na parede da cozinha. Quer dizer: todos, menos Les Vanderwall. Ele ficou encarando Makedde.

– Não vou atender – ela disse. – Estamos no meio do jantar.

Mak era quem estava mais perto do telefone. Infelizmente, a rápida soneca não a tinha livrado da dor de cabeça, que parecia aumentar ainda mais a cada novo toque.

– Ah... mas que coisa! Eu vou atender, então – disse Theresa, arrastando a cadeira.

– Não! Não pegue esse telefone – objetou Mak, quase se levantando. – Estamos comendo.

Mas Theresa já estava a menos de meio metro do aparelho, falando qualquer coisa sobre como Breanna poderia acordar chorando com o barulho. Ela pegou o fone e respondeu:

– Residência dos Vanderwall, alô?

Mak esperou em silêncio. Seu coração batia incrivelmente rápido. Se fosse Andy, não estava com a menor vontade de falar com ele. Não naquele momento, com toda a família por perto... Principalmente, com sua irmã por ali e a convidada de seu pai também.

– Não, não é Makedde... É a irmã dela, Theresa. Quem fala? – pausa. – Andrew Flynn? Uau! Puxa, ouvi falar bastante de você, detetive! Está ligando da Austrália?

Mak pulou da cadeira, enquanto a irmã continuava a tagarelar ao telefone:

– A academia do FBI? Séééééério?

Os olhos de Theresa faiscavam de curiosidade. Ela jogou o peso do corpo sobre uma das pernas e colocou uma das mãos no quadril, voltando as costas para a sala de jantar.

Mak foi até a cozinha, caminhando sem fazer ruído no piso de azulejos, e gesticulou para chamar a atenção da irmã enquanto sussurrava: "Não estou! Eu não estou em casa!"

– É mesmo? Que interessante! – exclamava Theresa ao telefone, passando o peso do corpo para a outra perna enquanto ignorava a frenética mímica da irmã. – Ah, ela está aqui agora.

Theresa sorria ao estender o fone para Makedde, que viu uma nota de "vá se danar" naquele sorriso. Mak deu um passo para trás e abanou a cabeça.

Depois de ficar alguns segundos oferecendo o fone, Theresa trouxe-o novamente para perto do rosto e repetiu:

– Makedde está aqui ao lado, vai falar com você agora.

Em seguida, estendeu novamente o aparelho para a irmã, com um sorriso ainda mais largo.

"Idiota."

– Alô... oi.

– Makedde? – perguntou a voz bem conhecida.

– Oi, Andy. Tudo bem com você?

Havia alguns chiados na linha.

– Tudo. E você como está? – perguntou ele, e o sotaque australiano acelerou o coração de Makedde.

– Bem, obrigada.

"Na verdade, não muito."

Mak deu uma espiada na sala de jantar através da porta da cozinha. Ann era a única educada o suficiente para não ficar reparando nela. Ben e Les olhavam para ela, e Theresa fazia o mesmo abertamente, ainda na cozinha, a apenas meio metro de distância.

– Só um instante. Vou trocar de aparelho – disse Makedde, voltando-se em seguida para a irmã: – Pode segurar isto aqui um instante até eu pegar o outro telefone?

Mak caminhou depressa pelo corredor até o escritório do pai e fechou a porta. Pegou o telefone de pé mesmo: não queria ficar muito confortável. Quando ia falar, percebeu que a irmã conversava outra vez na linha com Andy.

– É mesmo? Você está há quanto tempo aí? – Theresa estava perguntando.

– Obrigada! – exclamou Makedde bem alto. – Já peguei o telefone, pode desligar agora!

– Bem, até logo, detetive Flynn. Foi um prazer falar com você – despediu-se Theresa.

Mak ouviu o clique do telefone e aguardou por mais alguns segundos até ter certeza de que a irmã saíra da linha.

– Desculpe-me...

– Imagine, tudo bem. Sua irmã parece legal.

– É...

Mak se inclinou sobre a escrivaninha e ficou observando o escritório do pai. Uma foto emoldurada da formatura dele na academia estava pendurada na parede, ao lado de uma placa em homenagem aos excelentes serviços prestados à corporação. Os lábios de Makedde sempre se contraíam ao ver aquela foto. O pai parecia tão jovem e ávido de vida... Seus cabelos ainda não estavam brancos, e o rosto era liso, sem rugas, de traços fortes. Mak continuou:

– Meu pai me disse que você ligou ontem...

– Foi, mas você ainda não tinha chegado.

"Sim, mas como é que você sabia que eu estaria aqui?"

Mak tinha consciência de que essa pergunta não seria educada, poderia dar uma ideia de suspeita, e preferiu não fazê-la em voz alta. Além do mais, provavelmente teria sido apenas uma suposição, certo? Andy deveria imaginar que ela visitava o pai com frequência e tinha o número da casa de Les. Fazia todo o sentido telefonar para lá, se ele quisesse falar com ela.

"Mas falar o que comigo?"

Makedde virou de costas para a parede com a placa e a foto e ficou olhando para a prateleira onde se enfileiravam diversos bonés empoeirados, trocados com outros departamentos de polícia de várias partes do continente. Ela ficou contemplando os emblemas bordados: Departamento de Polícia de Vancouver, Unidade Poligráfica do Texas, Departamento de Polícia de Los Angeles, Unidade Especializada em Armas e Táticas, FBI...

A linha ficou muda por um longo e desconfortável período.

– Há quanto tempo, não é? – ela finalmente falou. – Então, quer dizer que você está ligando de Quantico... Já deve ser bem tarde na Virgínia!

– É. Passa um pouco das 23. Como eu estava dizendo ainda agora para sua irmã, estou aqui para um treinamento.

– Na Unidade de Ciências do Comportamento?

– Essa mesmo. O Comissário de Polícia deu o sinal verde para organizarmos uma nova Unidade de Elaboração de Perfis em New South Wales. Tecnologia de ponta. Tudo lá vai ser de altíssimo nível, só o melhor. Parece que tenho uma boa chance de ficar como responsável por uma das divisões da unidade. Talvez possa até coordenar a unidade inteira no futuro.

Por uma fração de segundo, Mak sentiu uma inesperada onda de raiva, por perceber que ele estava se beneficiando indiretamente do pior tipo de violência, da tragédia que havia acontecido. Mas ela sabia que era injusto pensar dessa forma e tentou expulsar essas ideias da mente.

– Que ótimo – respondeu.

– Pois é...

Aquele sotaque australiano. Aquela voz. Tudo isso desencadeava emoções contraditórias dentro de Mak. Ela havia se apaixonado por Andy, mas logo em seguida fora invadida pela desconfiança e chegara mesmo a temê-lo. Ele salvara a vida dela em Sidney e ela odiava o sentimento de estar em dívida. Não conseguia evitar esse sentimento sempre que pensava em Andy e, naquele momento, com a voz dele em seu ouvido, parecia que havia um balão em seu peito, inflando-se mais e mais a cada respiração. O fato de terem dormido juntos só tornava tudo ainda mais complicado. E o pior era que ela ainda pensava sobre o assunto.

– Olhe, não posso me estender muito. Estamos no meio do jantar – falou de repente, sentindo-se meio culpada logo em seguida, apesar de ser verdade.

– Ah, me desculpe... Vou deixar você jantar.

– Não, não precisa. Eu...

– Não, de verdade, me desculpe. Por favor, volte a jantar com a sua família.

Ele se fechara como uma ostra. Mak sabia, por experiência própria, que esse tipo de comportamento era bem do estilo de Andy.

Silêncio.

– Bem... então, obrigada por ligar.

– Se cuide.

– Você também. Tchau.

Makedde desligou e ficou olhando para o telefone. Seu rosto estava em chamas e seus olhos doíam. Será que Andy só queria conversar? Ou será que tinha algo mais a dizer? Mak lutou contra uma vontade desesperada de ligar de volta para ele. Sentou-se na cadeira do pai e pôs a cabeça entre as mãos. A última coisa de que precisava era começar a pensar outra vez em Andy Flynn. Tinha necessidade de paz e não havia paz a ser encontrada ali.

* * *

Makedde imaginou que sua comida já estaria fria quando voltasse à mesa. E estava mesmo.

Quatro pares de olhos a encaravam com expectativa enquanto ela se sentava, mas Mak não disse nada. Theresa abriu a boca para falar, mas alguma coisa na expressão da irmã fez com que ela interrompesse o gesto antes de emitir qualquer som. Quando abriu novamente a boca, foi para contar para Ann as gracinhas de Breanna.

Ótimo.

Capítulo 6

– Telefone para você, sargento – anunciou a voz do agente Perry, interrompendo um raro momento de tranquilidade na mesa de comunicação. – Linha 4.

O sargento Grant Wilson, da Real Polícia Montada do Canadá, suspirou e empurrou para trás a pilha de papéis em que trabalhava.

– Vou atender – respondeu, sem ter certeza de que Perry ouviria.

Grant pegou o telefone e apertou o botão que piscava, o quarto de cima para baixo em seu sofisticado aparelho. Ele preferia o sistema antigo. Era bem mais simples.

– Wilson falando – disse.

– Oi, Grant – saudou uma voz familiar do outro lado da linha. – É o Mike.

Já havia percebido.

– Oi, Mike.

O cabo Michael Rose e Grant eram colegas havia muito tempo, apesar do fato de Mike, aos 34, ser dez anos mais novo que ele. Os dois haviam seguido carreira na Real Polícia Montada do Canadá. Os dois moravam no mesmo bairro, e suas esposas eram amigas. As duas passavam o tempo juntas, enquanto os maridos trabalhavam até tarde, e o esquema funcionava muito bem para todos. A filha de Grant, Cherrie, até achava Mike interessante, mas havia uma diferença de quinze anos entre ela e ele. Mike e Grant faziam halterofilismo juntos três vezes por semana e Grant se sentia orgulhoso por superar a carga recorde do amigo mais jovem em dois quilos e meio, ainda que sua filha não o achasse tão bonito quanto o outro.

– E aí, o que você conta, Mike? – perguntou Grant.

– Ai... Temos um grande problema...

Grant ergueu uma sobrancelha, inclinou-se na cadeira e começou a apertar e soltar a ponta de trás da caneta, fazendo cliques. Amanda detestava aquilo, então ele procurava se lembrar de não fazer o mesmo em casa.

– O que houve? Seu irmão se meteu em encrenca de novo?

Clique. Clique.

O irmão de Mike, Evan, era um sujeito bastante problemático. Provavelmente teriam que prendê-lo algum dia.

Clique. Clique.

– Não, não tem nada a ver com ele. Recebemos uma ligação pedindo para verificar um relato em Nahatlatch. Dois caçadores disseram que o cachorro dela começou a cavar algo que parecia um corpo enterrado sob uma folhagem espessa. Imaginamos que pudesse ser algum tipo de animal, mas não, é uma pessoa mesmo. Uma mulher morta.

Clique. A mão de Grant ficou quieta.

– Uma mulher morta?

– Sim. É o que parece.

Grant refletiu por um momento.

– Você esteve lá?

– Estou exatamente aqui agora. Eu, Symmons e Kent. Não muito longe do rio.

– E o que você está achando?

– Sei lá, o negócio é feio. Não consigo entender como ela pode ter vindo parar aqui sozinha vestida dessa maneira.

– Vestida como?

– Ela está com uma camisa de botões e uma saia, pelo que pudemos ver.

– Uma saia?

– É. E meias-calças pretas de náilon. Com certeza, não se trata de nenhum caçador perdido, nem de algum praticante de caiaque em correntezas de rio, nada do tipo.

Grant balançou a cabeça.

– Você acha que pode ser uma garota de programa?

– Não, não quis dizer isso. É difícil ter certeza, mas para mim não parece. O estilo é um pouco conservador, mesmo com a saia e as meias. Parece mais uma garota de família.

– Por quanto tempo ela ficou enterrada?

– Não muito tempo, os peritos acham. Três ou quatro dias, por aí. Está fresca. Em péssimo estado, mas fresca.

Grant tentou não imaginar a cena.

– O.k., Mike, vou me encontrar com você. Estarei aí em cerca de uma hora...

Capítulo 7

Makedde Vanderwall sempre corria sozinha, normalmente depois de anoitecer. Nada conseguia assustá-la o bastante para fazer com que mudasse esse hábito. Ela via beleza na escuridão, em tempestades com trovões e nessas corridas solitárias no meio da noite.

Mas aquilo deixava o pai dela enlouquecido.

Sempre que Mak visitava a ilha de Vancouver, saía para uma corridinha em volta dos lagos próximos. Seu melhor tempo para a trilha de onze quilômetros dos lagos Elk e Beaver era de quarenta e quatro minutos. Nada mau para alguém que não fazia exatamente o tipo compacto, como a maioria dos melhores corredores de longas distâncias pareciam ser sempre.

Durante o dia, ela normalmente corria ouvindo um discman, mas, quando se exercitava à noite, preferia o silêncio e a segurança de uma pequena lata de spray de pimenta para autodefesa. Os bosques ficavam bem escuros naquela hora, mas, em vez de ficar assustada, Mak se sentia protegida, como se a noite fosse um grande e confortável cobertor. O céu estava limpo e a Lua e as estrelas iluminavam o caminho para ela. Além do mais, Makedde conhecia a trilha como a palma da mão. Havia poucos corredores à noite e ela preferia assim. Não tinha ido até o lago para se socializar ou encontrar os amigos da ilha. Fora até lá para correr e refletir.

"Por que Andy me ligou? Por que é que minha irmã e eu não estamos conseguindo nos dar bem? Será culpa minha? Precisa ser assim tão difícil? E será que Ann Morgan vai virar namorada do papai?"

Ann parecia uma ótima pessoa. E já fazia quase dois anos que a mãe de Makedde morrera. O pai estava sozinho. Ele ficaria bem mais contente se tivesse uma namorada.

Enquanto corria, Mak observava as águas quietas cintilando sob o luar. Talvez fosse a época do ano, mas a visão daquela Lua brilhante e alaranjada reinando majestosamente no céu sobre o lago trouxe à sua mente o Halloween: aquele dia mágico de que Makedde se lembrava tão bem.

"Mamãe... inclinada sobre mim... acordando-me no escuro..."

Sua mãe, Jane, sempre lhe dava comida e a colocava na cama logo depois da escola no dia 31 de outubro. Mak costumava dormir logo, profundamente, sabendo que quando acordasse seria quase um novo dia – o Halloween, o dia em que não havia sol, e os monstros e bruxas saíam sorridentes, prontos para assustar. Era um dia especial, em que todos os bombons de chocolate e as balinhas que ela adorava costumavam ser alegremente depositados em sua fronha. Um dia diferente, em que Mak podia fingir que era um monstro e sair de porta em porta com seus pais e a pequena Theresa a reboque, sendo cumprimentada por seres estranhos: vampiros, lobisomens e extraterrestres que sorriam e lhe davam doces.

Era um dia mágico – e um dia de noite.

* * *

Na parte continental de Vancouver, sob a mesma Lua brilhante, o sargento Grant Wilson, da Real Polícia Montada do Canadá, se achava no meio de outro bosque, contemplando o assassinato sem sentido de Susan Walker. Uma garota não muito mais velha que sua filha, Cherrie; uma garota que tinha medo do escuro e que, no fim, não teve a menor chance.

Capítulo 8

O Caçador estava calmamente sentado diante de uma mesinha num canto distante do bar dos estudantes. Segurava uma lata de cerveja numa das mãos e o jornal na outra, enquanto observava todo e qualquer movimento no ambiente.

Aquele era um lugar barato, mal iluminado e mobiliado com cadeiras e mesas simples de madeira, além de um carpete verde e marrom. Uma longa bancada de madeira se estendia à esquerda do Caçador. Era uma noite calma e todos os banquinhos estavam vazios. Sua única companhia era o atendente do bar, com sua cara de raposa. O rapaz estava inclinado sobre a bancada, polindo uma caneca com expressão de tédio. Em seu rosto juvenil, não barbeado, viam-se alguns tufos de pelos aqui e ali.

Aquele bar era um local de caça fabuloso durante a temporada certa. E essa temporada tinha acabado de começar. Era setembro, o início de um novo semestre acadêmico, e isso significava uma nova leva de alvos: garotas de todas as partes do país e algumas até de outros continentes. Garotas espertas, que estudavam... Cada uma representava um novo desafio, enquanto tentavam se encontrar, fazer novos amigos, divertir-se.

"Perfeito."

Ele observou um grupo de rapazes e mulheres de aparência comum jogando sinuca no outro lado do bar. Todos se vestiam de modo semelhante: jeans e tênis ou botinhas de caminhada. O Caçador havia se vestido do mesmo modo e se misturava bem ao ambiente. Mas nenhuma daquelas mulheres despertou o interesse dele.

"Paciência."

Estava demorando um pouco para o bar ficar cheio, mas tudo bem. Não era necessário se desesperar. Ele preferia mesmo chegar mais cedo, garantir um bom lugar e sentir a atividade crescente no local. Podia ficar invisível. E, se notasse que havia despertado alguma atenção indesejada, bastava se retirar.

Estava no controle.

O Caçador era esperto. Conhecia a importância da estratégia. Seus planos eram flexíveis o suficiente para se adaptarem a qualquer surpresa e ele só dava o bote sob condições perfeitas. Essa lição tinha sido aprendida da forma mais difícil. Claro, depois de agarrar a presa, tudo mudava de figura. Quem vence pode fazer o que quiser depois.

Ele já estava quase desistindo, quando uma garota entrou e imediatamente chamou a atenção dele. Quase como se houvesse captado uma espécie de sinal de radar, ele ergueu a cabeça e se deparou com ela, andando na direção do atendente do bar. Era uma garota de cabelos castanhos, um pouco baixa e magra, mas ainda assim atraente. Usava um casaco cinza de tecido macio, jeans justos e botas de couro reluzentes com saltos quadrados. Parecia que ficaria bem também sem essas roupas. A garota dava a impressão de ser um pouco insegura ou de estar meio tensa. Isso foi o que mais atraiu o Caçador. Ele logo a classificou como uma nova estudante começando o primeiro período na universidade.

Um alvo possível.

Ele elevou ligeiramente o jornal, de modo a cobrir a metade inferior da face, e ficou observando a garota através de seus óculos sem grau. Viu quando ela parou a menos de um metro da bancada e olhou ansiosamente ao redor. O Caçador fingiu ler o jornal quando o olhar dela passou por ele. Mas ela mal se deu conta do homem encolhido no canto e continuou a avaliar o ambiente. De relance, os olhos da jovem pareciam vermelhos e um pouco inchados.

Depois de um instante, ela se aproximou do atendente entediado e perguntou onde ficavam os telefones. O Caçador achou a pergunta surpreendente, considerando que ela tinha acabado de passar por uma série de telefones públicos, na entrada do bar. Obviamente, ela não estava prestando muita atenção. Estava preocupada com algo. Nervosa.

Ele sentiu a adrenalina crescer. As condições pareciam bem favoráveis.

O atendente apontou para a entrada, mal tirando os olhos da caneca que polia. A garota agradeceu educadamente, sem qualquer sotaque facilmente identificável, e saiu.

O Caçador foi atrás, movendo-se calmamente pelo recinto, com uma mão no bolso e a cabeça baixa, como se estivesse cansado. Caminhava rente à parede, sem chamar a atenção.

Os toaletes ficavam bem perto dos telefones e ele sabia que conseguiria ouvir a conversa da jovem por trás da porta do banheiro masculino. Ao chegar mais perto, viu de relance a bancada de telefones e a garota discando um número. Entrou então no banheiro masculino, que felizmente estava vazio. Ótimo. Apoiou as mãos na parte interna da porta e colou o ouvido no revestimento barato que imitava madeira.

– Brian? Brian, se você estiver aí, atenda esse telefone – o Caçador ouviu-a falar. – Atenda, por favor. Por favoooor... Olhe, eu estou no bar dos estudantes. Onde você está? Brian, eu...

A jovem parou no meio da frase e deixou escapar um grunhido de frustração. O Caçador espiou pela fresta da porta para ver o que ela iria fazer em seguida. Viu quando a garota repôs o telefone no gancho e tateou os bolsos da calça jeans à procura de moedas. Ela precisou tirar o casaco para alcançar os bolsos de trás e ele pôde ver um pedaço de pele branca e nua. Finalmente, ela encontrou uma moeda e discou de novo.

– Brian, aqui é a Debbie de novo... – disse, olhando de relance para o relógio de pulso e vibrando a mão no ar ao ver que horas eram. – Já são 20h40. Não sei por quanto tempo mais vou ficar por aqui, mas... venha para cá.

O Caçador esperou até que ela desligasse e rapidamente se postou atrás dela.

– Ei, Debbie? Nossa, pensei mesmo que era você...

* * *

Muitas horas mais tarde, Debbie Melmeth acordou em meio a um silêncio inquietante. Tudo parecia tão calmo que ela se sentia como uma afogada enredada em plantas aquáticas no fundo de um lago congelado.

Nada.

Uma respiração.

Era a dela, um tanto entrecortada. Ela abriu a boca para ver se entraria água. Nada aconteceu. Não se afogara. Não estava morta.

Debbie rolou a cabeça para o lado e tentou manter os olhos abertos. Estava desorientada. Tudo parecia terrivelmente errado, mas não sabia a razão exata. O silêncio em volta era assustadoramente estranho. Mas, enquanto lutava para recobrar a consciência, seus ouvidos começaram a captar alguns ruídos. Sons leves e misteriosos, mas ainda assim sons.

Debbie não sabia se ria ou chorava. Sentia-se entorpecida, como se estivesse bêbada. Lembrou-se de que Brian não estivera no bar. Ela tinha telefonado para ele, porém não o encontrara em casa. Mas havia um homem charmoso no bar. Ele se dirigira a ela. Ela provavelmente bebera muito depois daquilo. Será que ele lhe oferecera alguma bebida? Algo estava errado. Sua mente alterada não conseguia entender exatamente as circunstâncias, mas Debbie sabia que algo estava definitivamente errado.

Tentou relaxar e se concentrar em sua respiração. Não tinha ideia de quanto tempo passara daquele jeito, ouvindo o próprio respirar, com a mente girando devagar em círculos, tentando captar os confusos sinais de seu corpo... até que escutou um ruído novo.

Clinque.

Clinque-clinque.

Parecia vir de outro recinto.

Seus olhos se recusavam a entrar em foco, mas ela pôde perceber que se encontrava sentada numa cadeira, em algum tipo de sala mal iluminada. Tinha um cheiro estranho e desconhecido ali.

Novamente ouviu um barulho de metal tinindo e precisou lutar contra uma onda de náusea. Sentiu uma vontade incontrolável de rir, mas uma grande cortina escura se desdobrou dentro dela, apagando as luzes. A inconsciência logo se apoderou de Debbie.

* * *

Algum tempo depois, ela tentou falar. Sabia que havia alguém ali, alguém que poderia dizer o que havia de errado com ela, alguém com respostas para dar. Tentou perguntar o que ela estava fazendo naquele local. Usou todas as suas forças para conseguir compor a frase, mas, ainda assim, o resultado não passou de uma sequência arrastada e incoerente de vogais e consoantes.

– Uuuuuuquuuuuuééé...?

Ela riu alto sem querer. Sua tentativa ridícula de falar pareceu engraçada por um momento. Mas não havia nada de divertido naquilo tudo. Por que então o riso? Melhor seria ficar quieta e tentar se concentrar. Não conseguia mover os braços nem as pernas – "por que, em nome de Deus, não consigo mexer meus braços e minhas pernas?" – e lhe parecia que sua mente a traíra. Seu cérebro havia se convertido numa geléia pastosa. Ela nunca estivera assim tão bêbada! Como podia ter deixado que isso acontecesse? Não conseguia mover seus membros! Era como se estivesse grudada à cadeira.

Tentou olhar para baixo. Sua visão estava borrada, funcionando muito mal, mas ela conseguiu entender por que era impossível se mexer. Seus tornozelos estavam presos à cadeira por algum tipo de algema metálica. Mesmo sem ver os pulsos, que se encontravam presos atrás das costas, pôde perceber que eles também estavam algemados.

Alguém havia feito aquilo e essa pessoa não estava longe dali. Ela não tinha ideia de quem fosse, de quando tudo acontecera, nem do motivo ou de quão perto essa pessoa estava, mas sentiu uma presença próxima e tentou novamente falar, desta vez um pouco mais alto.

– Uuuuuuquuuuuuééé...?

Parou e tentou outra vez, confusa com sua incapacidade de falar decentemente. Toda vez que tentava, só conseguia articular os mesmos ruídos incoerentes.

"O que está acontecendo?"

Decidiu analisar o ambiente e foi quando viu pela primeira vez os animais. Eles estavam por toda parte: ursos, panteras, lobos, raposas, cervos. Todos mantinham seus olhares fixos nela, terrivelmente reais.

"Não pode ser real. Não pode ser."

Isso foi tudo o que conseguiu ver.

Debbie queria proteger seu rosto daquelas garras afiadas e daqueles dentes arreganhados. Queria se proteger. Os animais vinham de todas as direções e ela entrou em pânico. Contorceu-se nos ferros que a prendiam e gritou. A sala girou num borrão indistinto e o chão duro de madeira foi bater em seu rosto. Viu-se então caída de lado, com a bochecha pressionada contra a madeira e com seu corpo pesado dobrado sobre ela.

Escutou passos vibrantes se dirigindo apressados em sua direção, fazendo ecos no piso. Alguém se aproximava. Ela tentou falar, mas sua boca estava comprimida contra o assoalho. Seus lábios se moveram inutilmente e, com o canto de um olho, Debbie viu que um homem se inclinava em sua direção. Logo foi afastada do chão, empurrada no ar com cadeira e tudo e atirada de volta à posição original. Os animais estavam novamente com os dentes arreganhados para ela e naquele momento um rosto humano se juntou ao grupo, o rosto de um homem de pé diante dela. Debbie via tudo dobrado, quadruplicado, depois dobrado de novo...

E então o reconheceu. Era o homem que havia lhe oferecido um drinque, só que agora estava sem óculos. Ele fizera tudo aquilo com ela. Ele armara a emboscada. Debbie queria gritar, mas tudo o que conseguiu emitir foi um risinho desesperado, risinho de pessoa alterada por drogas, tão longe da alegria quanto o terror poderia estar.

Capítulo 9

Grant Wilson não gostava de cavalos. Inclusive, quando pequeno, quebrara sua perna tentando mostrar ao pai, também um oficial da Real Polícia Montada do Canadá, o quanto detestava cavalos. A égua da família, Daisy, certa vez o jogara no ar a uns três metros de altura, fazendo com que Grant aterrissasse sobre uma árvore.

Entretanto, isso não importava porque, de um modo geral, a Real Polícia Montada do Canadá passava pouco tempo "montada". Havia, claro, ocasiões especiais, como no famoso "Passeio Musical", quando a Rainha veio visitar Vancouver, mas Grant não participou daquilo. Não, nada do tipo... Agora usavam viaturas policiais em vez daquelas criaturas imprevisíveis que empinavam. Ademais, naquela parte do Canadá o raio de atuação da RPMC estava bem além das possibilidades de um cavalo.

Grant se achava na área de floresta vizinha ao Rio Nahatlatch, à procura de pistas. Fazia muito frio e ele caminhava por entre as árvores, mesmo com o sobretudo e as várias camadas de uniforme, lutando contra um arrepio enregelante nos ossos – e no cérebro.

Aquele era o lugar onde o corpo da garota havia sido desovado. O local ainda estava iluminado para a equipe de perícia. Aquele cadáver representava mesmo um grande problema, como Mike havia dito. A área onde o corpo fora encontrado já havia passado por uma investigação exaustiva e eles agora estavam ampliando o raio de busca. Como um idiota, Grant resolvera ajudar. Àquela hora, ele devia estar em casa com a esposa. Ela precisava dele.

"Droga."

Grant tentou não pensar na esposa adoentada e fez um esforço para se concentrar no trabalho que tinha em mãos.

Naquele momento, na cidade, estavam concluindo a autópsia. Tratava-se de uma adolescente, o que incomodou Grant. Ele imaginou a filha e não gostou de pensar nela enquanto caminhava pelo bosque em busca da arma de um homicídio.

Não estava gostando nada da história. De vez em quando, precisavam cuidar de algum caçador desafortunado por aquelas bandas. Já houvera dois ou três ataques de ursos e um disparo acidental também. Contudo, nada parecido com aquilo. Pelo menos, não que ele conseguisse recordar. Aquela garota não tinha nenhuma razão para estar sozinha ali.

Grant não sabia se conseguiria aguentar o arrepio no corpo por muito mais tempo. Estava ficando tarde. Teriam que continuar na manhã seguinte. Ele fez meia-volta e, balançando a lanterna para a frente e para trás enquanto caminhava, se dirigiu para Mike. O solo da floresta era espesso e irregular, com raízes expostas e plantas que espalhavam seus ramos pela terra. Foi até uma clareira e olhou ao redor. O cabo Michael Rose estava conversando com um dos agentes, gesticulando bastante enquanto falava. Mike sentiu a aproximação do amigo, levantou os olhos e encerrou a conversa em seguida, indo então até Grant.

– Logo vamos ter que encerrar isso por hoje, não é? – disse.

– É – concordou Grant. – Você tirou as palavras da minha boca. Esse pessoal vai acabar ficando doente se nós os mantivermos por aqui.

– Amanhã, quando estiver claro, arrumamos mais uma equipe de buscas para ajudar.

– É.

De repente, latidos agudos chamaram a atenção dos dois e eles giraram ao mesmo tempo, à procura da origem do som. Uma voz ecoou na escuridão, enquanto uma lanterna tremeluzia por entre as árvores, a distância.

– Sargento!

Grant começou a correr, seguido por Mike.

Era Symmons. Ele estava com um dos condutores de cães farejadores perto do rio.

– Achamos ossos aqui! – gritou. – Ossos!

Ossos? Mike e Grant se entreolharam enquanto corriam. Poderia ser de algum animal... um cervo, talvez? Isso era o mais provável. Mas o latido interminável continuava, cada vez mais agudo. A cadela estava realmente alarmada.

– Ossos humanos? – perguntou Grant, assim que emergiram do meio das árvores.

– Espere... Acho que sim. Ella está enlouquecida – respondeu Symmons, quase sem fôlego, ainda que tivessem sido Mike e Grant a correr.

Ella continuou a latir sem parar, girando em círculos em torno daquele ponto.

– Boa menina, Ella. Boooooa menina! – disse o condutor do cão, acalmando o animal, para em seguida se virar para Grant e Mike: – É, parece que ela realmente encontrou alguma coisa por aqui.

Um grande osso descarnado estava cravado no solo da floresta, alguns passos à frente. Poderia ser um osso de qualquer mamífero. Grant se sentiu um pouco desapontado, depois de correr tanto, mas também um tanto aliviado.

Dois membros da equipe de perícia foram até lá.

– Vamos analisar – disse um deles, e se retirou.

– Você sabe, pode ser apenas um... – Mike começou a falar, mas logo interrompeu a frase.

Alguém direcionou uma luz para a área onde estava o osso e ficou claro que tinha mais coisa ali. Algo semelhante a uma caixa torácica despontava no meio da lama e das raízes. Uma caixa torácica inconfundivelmente humana. Quer dizer, a menos que os cervos locais tivessem começado a usar blusas...

– Mais luz! Mais luz! – gritou um policial da equipe. – Parece que encontramos um segundo corpo!

Capítulo 10

Já era noite e finalmente Makedde se sentia relaxada. Estava enrodilhada no sofá de seu modesto apartamento na parte continental de Vancouver, lendo uma cópia do esgotado *Psicopatia – teoria e pesquisa*, do doutor Robert D. Hare.

"O que mais uma garota pode desejar?"

Mak queria estudar a fundo o assunto antes da conferência sobre psicopatia do dia seguinte. O livro, publicado em 1970, era mais velho que ela, porém fornecia uma base abrangente para entender as pesquisas de ponta sobre os quais ela ouviria falar durante o congresso, nos próximos dias. Ela já havia estudado bem *Máscara de sanidade*, de Hervey Cleckley, e lera também algumas vezes o clássico do doutor Hare, *Sem consciência: o mundo perturbador dos psicopatas entre nós*, mas nos últimos meses seu apetite por informação sobre o tema andava insaciável.

... Durante períodos de relaxamento e de estimulação dolorosa, o padrão da atividade adrenérgica (sistema nervoso autônomo simpático) e colinérgica (sistema nervoso autônomo parassimpático) é exatamente o mesmo em indivíduos neuróticos e indivíduos normais...

Na mesinha ao lado do sofá, havia um pratinho de macarrão pela metade.

Entretanto, cessado o estímulo, a atividade autonômica dos indivíduos normais...

O telefone tocou, interrompendo a concentração de Makedde. Ela esticou o braço e pegou o fone, sem tirar os olhos da página. Já podia adivinhar quem era.

– Tudo bem, pai? – disse.

– Tudo. E com você?

– Também, obrigada – respondeu e aproveitou para ler mais uma linha.

Experimentos recentemente descritos por Malmo (1966) reforçam a hipótese de Rubin...

– Como você tem passado? – perguntou o pai.

A importância da teoria de Rubin para o entendimento da psicopatia está em que algumas das características dos psicopatas são aproximadamente opostas àquelas dos indivíduos neuróticos...

– Você tem dormido? – continuou Les, desta vez aumentando o tom da voz.

Ele percebera que ela não estava lhe dando total atenção.

Mak tirou os olhos da página.

– Hummm... dormir?

Ela franziu as sobrancelhas e olhou para o teto, fingindo se esforçar mentalmente para responder, ainda que sua única audiência fossem as plantas de casa. Enfim, tornou a falar:

– Ah... Isso de novo. Vocês superestimam essa história.

– Makedde...

Ela tirou o telefone da orelha enquanto o pai falava ainda mais alto. Com a outra mão, Mak marcou a página em que estava e pôs o livro no colo.

– Pai – disse finalmente –, fique tranquilo. Eu estou bem. Estou dormindo bem.

Mentira.

– Você quer enganar quem? – Les retrucou. – Ann acredita que pode ajudar você. Ela entende tudo sobre esse assunto e disse que gostaria de conversar com você a respeito ou então de lhe recomendar outro profissional.

– É mesmo?

– Acho que você deveria ouvir o que ela tem a dizer.

– Ah, você acha? A propósito, quando foi mesmo que ela se divorciou? – perguntou Makedde.

Pausa.

– Parece que se divorciaram alguns anos atrás.

"Bingo."

– Sei...

– Mas o que tem uma coisa a ver com a outra?

– Nada – respondeu Mak, pensando em quão interessado seu pai estaria em Ann. – Só vi o jeito como você estava olhando para ela... Gostei dela, pai. Parece uma boa pessoa.

– Ótimo. Talvez você resolva levar em conta os conselhos dela. Ann me pediu para lhe dar o telefone dela, caso você precise.

– Tudo bem, pode falar.

Les recitou o número e Makedde o anotou por educação, sem a menor intenção de usá-lo.

– Ah, outra coisa: você recebeu outro recado do detetive Flynn.

– Andy?

"Não acredito nisso."

– Ele deixou um telefone de Quantico e pediu para você ligar para ele. Mas avisou que só vai estar nesse número até amanhã à tarde.

– O.k.

Mak anotou, despediu-se do pai, desligou e ficou olhando para os algarismos. O pedaço de papel em suas mãos tinha dois números de telefone de pessoas com quem ela não tinha a menor vontade de falar. Conversar com qualquer uma das duas seria remexer no que estava quieto.

De qualquer modo, já era tarde na Virgínia para ligar para Andy. Ficaria para o dia seguinte.

Talvez.

* * *

Naquela noite, Makedde sonhou com psiquiatras, agentes do FBI e psicopatas. E com o demônio. Pouco antes de ela acordar gritando, ele lançou chamas pelos olhos e Makedde, vestida com o uniforme policial do pai, caiu para trás, com as mãos inutilmente paralisadas no gatilho da arma. Mais uma vez, o demônio tirou violentamente a vida de sua mãe diante de seus olhos.

Isso foi às 3 horas.

Ela não conseguiu voltar a dormir depois.

Capítulo 11

Harold G. Gosper, professor e doutor em Psicologia Social, chegou à Universidade de British Columbia às 8h30 e escolheu um assento na parte de trás do auditório. Usava seu paletó preferido, uma peça verde-musgo que combinava com as calças de veludo, e uma camisa lilás de botões. Enquanto arranhava, tentando limpar, uma manchinha de pasta de dentes em sua calça, pensou vagamente nos protestos de sua esposa quando ele saíra de casa. Qualquer coisa sobre a inconveniência de se usar a mesma roupa por quatro dias seguidos. Mas não importava. Ela mal falara com Gosper nos últimos dias e ele não estava nem aí para o que ela pensava.

Umedeceu a mancha de pasta de dentes com um pouco de saliva. Quando se deu por satisfeito, tirou a mão dali e a deslizou sobre seus cabelos engordurados. Acomodou-se melhor na cadeira dura de plástico e passou a língua nos lábios. O professor Gosper havia escolhido aquele ponto afastado da sala justamente para poder deixar o recinto sem ser notado quando a palestra começasse a ficar muito entediante. À sua direita, havia portas pesadas de saída. Seu posto oferecia uma vista completa da sala e de seus ocupantes. Ele gostava de observar pessoas, com certeza bem mais do que assistir a palestras sobre psicologia. Gosper se interessava por Psicologia Social, não por Psicologia Forense, e a verdade é que não tinha tempo para psicopatias e para as teorias do doutor Hare sobre a mente dos psicopatas.

Claro, o doutor Hare havia ganho diversos prêmios e medalhas, e sua Lista de Pontos para a Psicopatia (LPP) era amplamente aceita como uma das principais ferramentas para o diagnóstico de psicopatas. Hare escrevera também um livro extremamente popular, *Sem consciência: o mundo perturbador dos psicopatas entre nós*. Gosper sabia muito bem de tudo isso, mas, ainda assim, achava aquela pose de guru de Hare difícil de engolir.

Em seu íntimo, Gosper estava quase convencido de que sua secreta implicância não tinha nada a ver com o fato de seu manuscrito ter sido recusado diversas vezes.

Será que algum editor do doutor Hare estaria na conferência?

Com os braços cruzados, Gosper se recostou na cadeira e observou a sala sendo lentamente preenchida. Um grupo de policiais uniformizados em fila recusou as etiquetas de identificação oferecidas na entrada. Eles pertenciam ao Departamento de Polícia de Vancouver e se moviam numa massa compacta em direção às longas mesas repletas de pães e bolos de chocolate. Depois de perceberem que a comida ainda estava coberta por filme plástico, decidiram apenas tomar café. Ficaram ali, girando em torno das máquinas de café, com copinhos de isopor vazios nas mãos. Suas doses de cafeína ainda não estavam prontas, provavelmente teriam que esperar até as 9h.

Diversos estudantes entraram, de jeans e tênis, e entabularam conversas com os mestrandos que trabalhavam como voluntários na distribuição das etiquetas. Dois homens, que Gosper imaginou serem policiais civis, estavam diante da longa fila de cabides para casacos na parte de trás da sala e conversavam com gestos animados.

Conforme os presentes foram se acomodando na sala, definiu-se um padrão na escolha dos assentos. Estudantes ansiosos e amigos dos palestrantes se sentavam à frente, em pequenos grupos, enquanto os membros da polícia de Vancouver e da Real Polícia Montada do Canadá ocupavam as fileiras de trás, sem se misturarem. O meio do auditório era basicamente preenchido por estudantes de Psicologia, com cadernos e bolsas a tiracolo.

Um rapaz de camiseta e jeans se acomodou a alguns assentos de distância do professor Gosper, que reparou que o jovem havia trazido o próprio café num copinho de uma conhecida rede de cafeterias.

O grande auditório se encontrava quase lotado, porém mais pessoas continuavam a chegar. Havia estudantes e policiais, mas ninguém que se parecesse com um editor. Os palestrantes também não estavam presentes. Gosper permaneceu observando.

Perto de 8h50, entrou uma estudante que chamou a atenção do professor. Ela era alta e atraente, e vários rapazes interromperam suas conversas por alguns instantes para admirá-la. A garota parecia nem reparar. Ela estava vestida com uma calça preta e uma blusa de gola de cor caramelo. Seus longos cabelos loiros caíam por trás dos ombros. Nada de brincos, pulseiras ou anéis. Algo em sua maneira de se vestir ou na qualidade de suas roupas a distinguia da maioria dos estudantes.

Gosper sabia quem ela era. Makedde Vanderwall. Um nome bastante estranho, na opinião do professor. Ele não conseguia imaginar onde alguém teria ido arranjar um nome como aquele. Seria irlandês? Galês? Ela exibia alguns traços nórdicos, mas Gosper não tinha notícia de nenhum nome como aquele na Escandinávia. Na realidade, o nome mais próximo de que já ouvira falar era o japonês "Makaira", que significava "feliz". Mas a origem do sobrenome de Makedde – Vanderwall – era claramente holandesa.

O professor Gosper também sabia que Makedde era uma estudante brilhante; que ela trabalhava nas horas vagas como modelo; que seu mestrado seria na área de Psicologia Forense; que no momento ela trabalhava em sua tese sobre as variáveis capazes de afetar a confiabilidade dos depoimentos de testemunhas oculares. Sabia também que a garota andava particularmente interessada, nos últimos tempos, na área da psicopatia e tinha certeza de que ela estaria presente à conferência.

Makedde fora aluna de Gosper na disciplina P203, Introdução à Psicologia Social e da Personalidade, no segundo ano do curso, mas só nos últimos tempos tinha despertado o interesse do professor. Ao contrário, porém, do que ocorria com outras pessoas do *campus*, o interesse de Gosper em Makedde não tinha nada a ver com seus óbvios atributos físicos, pois era de natureza puramente profissional. Ele tinha razões para acreditar que Makedde daria um excelente objeto de estudo do ponto de vista psicológico. No início do ano, alguém da universidade havia comentado com ele o envolvimento de Makedde num episódio de assassinatos em série, na Austrália, durante as últimas férias de verão. Um caso sensacional. Pelo que soubera, ela havia sido raptada por um assassino em série e só se salvara porque os policiais conseguiram entrar na sala e resgatá-la no último instante. Ela fora a única vítima sobrevivente entre... umas dez?

Makedde se esforçara para colocar uma pedra sobre o assunto desde que voltara para o Canadá, no que era ajudada pelo isolamento geográfico da Austrália e pelas leis canadenses, que proibiam a divulgação na mídia de nomes de vítimas em casos de crimes como aquele. Mas era difícil manter o caso totalmente em segredo por muito tempo, ainda que ela houvesse agido com empenho nesse sentido.

O professor Gosper tinha muita curiosidade em se sentar algum dia com ela para conversar e discutir essa experiência. Ele queria aplicar alguns testes em Makedde: o Questionário Multifásico de Personalidade de Minnesota, o Teste de Percepção Temática, o Teste de Percepção da Dor e a Técnica Holtzman de Percepção de Manchas de Tinta, só para começar. Dependendo do que encontrasse, talvez aplicasse também o Questionário de Depressão de Beck e o Questionário de Ansiedade de Beck.

O que exatamente acontecera lá na Austrália? Quanto do episódio ela conseguiria ainda recordar? Como lidava com as lembranças? Quais foram os efeitos dessa experiência em sua percepção do mundo ao seu redor? De que maneira isso ocorreu? Quão exatas eram suas percepções como testemunha ocular depois do que ela sofrera? Será que ela examinaria o próprio caso em sua tese?

O professor Gosper esperava publicar em revistas especializadas um relatório comentado exclusivo sobre a experiência traumática por que Makedde passara. Ele já havia até mesmo deixado alguns recados para que ela entrasse em contato, mas a garota sempre os ignorara. Mulheres daquele tipo sempre pensavam que todos tinham interesse em levá-las para a cama.

Makedde caminhou na direção de Gosper, depois mudou de rumo e se dirigiu a outro corredor de assentos. Ele não tinha certeza, mas era possível que ela tivesse percebido a presença dele.

“Droga.”

Agora Makedde estava a pelo menos doze filas de distância de Gosper. Ele viu quando ela se desvencilhou da bolsa, com um pouco de dificuldade, e jogou um caderno e uma caneta sobre a cadeira. A calça de Makedde caía perfeitamente bem nela, e a cor caramelo da blusa combinava com os cabelos loiros. Era uma jovem muito atraente.

Gosper percebeu que o rapaz a seu lado contemplava Makedde com admiração.

– Cuidado com essa aí – comentou o professor.

O jovem se voltou para ele com um sorriso amigável. Era um rapaz de boa aparência, com pouco menos que 30 anos.

– Por quê? – ele perguntou.

– É a Princesa de Gelo. Muita areia para o caminhãozinho da maioria – respondeu Gosper. – Ela é como a Catarina de *A megera domada* – continuou e se sentiu satisfeito com a analogia.

– Geladinha, então... – riu o rapaz e tornou a olhar para Makedde.

Gosper fez o mesmo e viu que Makedde mexia na bolsa à procura de algo. Quando o jovem parou de admirá-la, voltou-se novamente para Gosper e se apresentou:

– Meu nome é Roy Blake. Muito prazer.

Ele estendeu a mão e o professor a apertou.

– E eu sou Harold Gosper, professor de Psicologia Social.

Até onde era do conhecimento de Gosper, Roy não estudava na universidade e não parecia ser um estudante visitante de alguma faculdade das redondezas. Talvez se tratasse de algum policial civil.

– Acabei de começar a trabalhar na segurança do *campus* – disse Roy, esclarecendo a dúvida do professor antes que este se desse ao trabalho de perguntar.

Gosper achou aquilo muito interessante. A UBC havia recentemente aumentado seu contingente de segurança, mas, na opinião dele, aquilo não passava de uma manobra política feita para contentar a opinião pública.

– Hummm... Deve ter a ver com aquele caso horrível da garota Walker, imagino...

– É – concordou o rapaz. – Aquilo realmente assustou todo o mundo. Além disso, teve aquela pesquisa...

– A pesquisa sobre os ataques e assédios sexuais no *campus*? Ah, eles andam colocando isso como manchete, de forma desproporcional...

Lamentável – comentou Gosper, balançando a cabeça em sinal de desaprovação. – Os números foram totalmente exagerados. Eles juntam dados de assédio sexual e abusos entre namorados ou colegas e colocam tudo num saco só. Fica parecendo que há homens das cavernas aqui, que batem na cabeça das mulheres com clavas e saem arrastando-as pelos cabelos... Este *campus* é tão seguro quanto qualquer outro. Aliás, mais seguro que a maioria.

O rapaz da segurança abanou a cabeça distraidamente. Estava olhando na direção de Makedde.

– Tenho certeza que sim – disse. – Sem dúvida.

Capítulo 12

O sargento Grant Wilson odiava telefones celulares. Se pudesse, usaria um pager ou mesmo um arcaico walkie-talkie em vez desses malditos aparelhos. Estava convencido de que aquele objeto estúpido algum dia lhe traria um tumor no cérebro, mas sua filha, Cherrie, disse que ele era como os ludistas que, no passado, destruíam as máquinas por colocarem nelas a culpa pela exploração capitalista e aconselhou o pai a mudar de ideia. De fato, Wilson não tinha como não possuir um celular.

Ele estava saindo do McDonald's, carregando uma bandeja de isopor com um bolinho inglês, uma batata *rostie* e um copo grande de Coca-cola, quando o aparelhinho irritante tocou.

"Droga", murmurou Grant e correu até o carro para apoiar seu café da manhã sobre o capô, para depois mexer nos bolsos à procura do telefone. Para ele, qualquer ligação era um mau sinal, especialmente no período da manhã. Talvez fosse Amanda com algum problema ou então Mike com qualquer coisa terrível para contar. Atendeu no sexto toque.

– Wilson falando – respondeu em tom áspero.

– Grant... encontramos mais um corpo – era Mike ao telefone.

Fechou os olhos e deixou cair seu peso sobre o lado da viatura, quase derramando a Coca-cola sobre o capô.

– Meu Deus... – exclamou, expirando forte, o que provocou um estranho ruído no telefone. – Espere um pouco, Mike, estou entrando no carro.

Grant segurou o celular entre o ombro e a orelha enquanto vasculhava novamente os bolsos, desta vez à procura das chaves. Assim que destrancou o carro e entrou, perguntou a Mike se o novo corpo estava no mesmo lugar, mesmo sem vontade de saber a resposta.

– Bem, não exatamente. Mas é perto, de qualquer modo. Uns duzentos e tantos metros de distância. O cadáver também é de mulher.

– Uma mulher – repetiu o sargento Wilson.

Seus olhos pousaram por um momento na pequena foto laminada colada no painel do carro: lá estavam ele e Amanda, sua esposa, alguns anos atrás, antes de ela ter ficado doente.

– Foram os cachorros que a encontraram – continuou Mike. – Os peritos acham que ela está lá há apenas algumas semanas. Isso a situa antes da garota Walker, mas bem depois da outra vítima não identificada.

– Ainda não sabem a identidade?

– Ela não estava vestida de acordo, considerando o clima. Só jeans e camiseta. Não achamos nada nos bolsos. O estado do corpo era deplorável.

Desde Susan Walker, já haviam descoberto outros dois cadáveres. Quantos mais ainda haveria?

– Precisamos de um especialista – Grant murmurou.

– O que você disse? – perguntou Mike.

– Falei que precisamos de um especialista. Esta história vai ficar pior. Estou sentindo isso.

Capítulo 13

Makedde abriu a tampa do vidrinho de colírio e jogou a cabeça para trás. Levantou o tubinho sobre um dos olhos – *plop* – e depois sobre o outro. Suas vistas secas se alegraram com o líquido.

"Preciso dormir. Preciso dormir."

Ela queria ter condições de ficar bem atenta durante a conferência e se maldisse por não ter sido capaz de dormir direito na noite anterior. Agora não havia mais tempo para sonecas, teria que recorrer novamente a uma boa dose de cafeína.

– Com licença...

Mak olhou na direção da voz. Liz Sharron, uma das assistentes do doutor Hare, estava sobre o tablado da sala, falando ao microfone. Ela tinha sido encarregada de boa parte da organização da conferência. Sorria e seus cabelos ruivos balançavam enquanto falava.

– O doutor Hare e outros palestrantes chegarão alguns minutos mais tarde por causa do trânsito – anunciou, girando os olhos, sempre carismática. – A nossa previsão é de que estejam aqui dentro de uns vinte minutos. Desculpem pelo atraso.

"Ótimo. Pausa para o café", decidiu Makedde. Ela fez menção de se levantar da cadeira, mas uma de suas botas pretas ficou inesperadamente grudada no carpete. Os cantos de sua boca se curvaram para baixo. Algo pegajoso tinha ficado aderido à sola de borracha.

"Que droga é essa?"

Habib, um dos estudantes de mestrado que estavam sentados perto dela, olhou para os pés de Makedde e fez uma careta quando ela puxou novamente a bota para cima. Mak deu-lhe um tapinha de brincadeira ao passar por ele em direção ao fundo da sala, mancando para não encostar novamente a parte grudenta da sola no carpete. Assim que encontrou um canto sossegado, Mak se agachou para ver o que era. Maravilha: uma longa e pegajosa tira de chiclete cor-de-rosa.

"Chiclete sabor melancia. Ótima escolha."

O cheiro de fruta artificial se elevava da massa rosada que era removida da sola. Mak tentava agora retirar o chiclete de seus dedos, quando alguém se dirigiu a ela:

– Olá.

Ela se levantou, com a gosma rosa na mão, e se deparou com um homem alto e bem apessoado. Com certeza, era ele quem havia falado... mas, com ela? Já o havia notado perto do professor Gosper. O rapaz era bem daquele tipo alto e bonito que chamava a atenção de Makedde. Só esperava que ele não fosse amigo do professor... Aliás, será que Harold Gosper tinha algum amigo? Pouco provável, em sua opinião. E, mesmo que tivesse, nenhum deles teria a aparência daquele rapaz.

O jovem olhou para o chiclete cor-de-rosa na mão dela e disse:

– Ah, deixe-me consertar isso para você...

Em seguida, deu uma corridinha até a mesa das etiquetas, falou algo com a garota encarregada das identificações e voltou com um pedaço de papel. Satisfeita, Makedde esfregou o chiclete no papel que foi logo amassado pelo rapaz. Os dedos de Mak continuavam pegajosos.

O rapaz desconhecido era bem alto, devia ter perto de 1,90 m, tinha cabelos castanhos cacheados e um belo rosto de feições regulares. Antes de se dar conta do que fazia, Mak já havia gravado os detalhes essenciais: sexo masculino, pele branca, olhos castanhos, bem barbeado, por volta dos 30 anos, tipo atlético e nenhuma aliança.

"Glup."

– Parece que estão bem atrasados – ele comentou.

Mak estudou o rosto do rapaz por um momento, enquanto ele mantinha os olhos na bolinha de papel que segurava. Ainda assim, ela não se permitiu contemplá-lo por muito tempo, por medo de que ele percebesse. O rapaz tinha sido delicado em ajudá-la. Qual deveria ser sua atitude?

– Eu me chamo Makedde – disse de repente, estendendo a mão pegajosa e trocando-a rapidamente pela outra antes que ele a apertasse. – Obrigada pelo... hum... pela ajuda com o chiclete.

– Imagine. Muito prazer, Makedde – respondeu o jovem, apertando firmemente a mão limpa dela. – Que nome bonito e incomum, esse seu.

– Ah, obrigada. As pessoas confundem o tempo todo.

– Como se escreve? Você pelo visto decidiu não usar as etiquetas de identificação...

– Também percebi que você não está usando. Escreve-se M-A-K-E-D-D-E. Deu para ver o problemão? – ela disse, revirando um pouco os olhos.

– Mas é um nome muito bonito: vale a dificuldade. Ah, e eu me chamo Roy. Roy Blake. Sou novo na equipe de segurança do *campus*. Pensei que seria interessante aproveitar para aprender um pouco sobre criminosos no meu dia de folga – disse o rapaz, rindo. – Soube que essa conferência vai ser boa. Você estuda aqui?

– Isso. Sou formada em Psicologia Forense, então isso é bem a minha área – explicou Mak.

– Hummm...

Perto da entrada, o movimento aumentou. O doutor Hare e os outros palestrantes finalmente haviam chegado.

– Ih, eles estão aí. É melhor eu ir buscar um café enquanto dá tempo – disse Makedde. – E aproveitar para lavar minhas mãos!

Os dois trocaram sorrisos.

– Bem, muito prazer. Aproveite a conferência.

Mak deu meia-volta e atravessou a sala, momentaneamente lamentando a despedida. Mas ficou ainda mais contrariada com o que viu em seguida: o professor Gosper caminhando em direção a ela.

– Makedde, eu est...

Ela não ouviu Gosper dizer mais que isso: passou correndo por ele e entrou depressa no banheiro feminino.

Felizmente, o seu trabalho cotidiano com a tese não implicava nenhum contato com Gosper, mas de vez em quando acontecia de se toparem no *campus* ou, pior ainda, ele a via de longe e corria ao seu encontro com a sutileza de uma locomotiva a vapor. O contato entre os dois se resumia sempre a ele dizendo algo na linha de "quero falar com você", seguido por uma recusa da parte dela. Esse comportamento de Gosper em relação a ela era algo recente. Mak não estava certa quanto ao que havia mudado, mas suspeitava que ele tivesse ouvido falar do caso dos Crimes do Salto Alto.

Seria pouco provável que o interesse do professor fosse de natureza sexual e não fazia parte das incumbências dele perturbar estudantes que não fôssem seus alunos dele – sendo assim, que outra coisa poderia ser? Mak concluiu que na primeira oportunidade Gosper a transformaria num ratinho de laboratório. E ficaria orgulhoso de si mesmo por isso.

Ela permaneceu no banheiro feminino por um longo tempo, o suficiente para ter certeza de que Gosper já estaria de volta ao assento dele. Quando Mak finalmente saiu do esconderijo, o doutor Hare estava sendo apresentado por um professor visitante desconhecido. Ela pegou apressadamente um copinho de café e jogou um pouco de leite dentro, esquecendo-se do açúcar na correria.

– Como muitos de vocês devem saber – começou o homem sobre o tablado –, a psicopatia é um dos achados clínicos mais importantes para a justiça criminal e os sistemas de saúde mental da atualidade.

O professor era baixo e gorducho, com uma cabeça tão calva que parecia ter sido polida especialmente para a ocasião.

– O crescimento do interesse teórico e aplicado nos distúrbios de personalidade tem a ver com o desenvolvimento e a franca adoção de métodos válidos e confiáveis para a avaliação desses distúrbios. O doutor Robert Hare, com seus mais de trinta e cinco anos de pesquisa de ponta, criou uma Lista de Pontos para a Psicopatia, o que finalmente deu a pesquisadores e clínicos um sistema comum de mensuração da psicopatia. Ficou comprovado que sua lista de pontos é capaz de prever violência e reincidência com uma precisão inédita, e ela deve desempenhar um papel fundamental no entendimento e no prognóstico de crimes no futuro. O doutor Hare é também autor de diversos livros e ensaios acadêmicos sobre o tema da psicopatia, incluindo seu título mais popular: *Sem consciência: o mundo perturbador dos psicopatas entre nós*...

Nesse momento, fez-se um burburinho entre os presentes. Makedde ouviu uma garota perto dela dizer à amiga:

– Você leu esse livro? É fantástico...

O professor que apresentava Hare continuou com a introdução:

– Ele presta consultoria a organizações de apoio às forças da lei, incluindo o FBI e a Real Polícia Montada do Canadá, e é também membro da comissão de aconselhamento criada pelo sistema prisional inglês para desenvolver novos programas para o tratamento de agressores psicopatas. Seus prêmios recentes incluem a Medalha de Prata do Centro Rainha Sofia, em Valência, na Espanha, em 1999; o Prêmio da Associação Canadense de Psicologia para Aplicações Notáveis em Psicologia, em 2000; o Prêmio da Academia Americana de Psicologia Forense para Aplicações Notáveis em Psicologia Forense, em 2001; e o Prêmio Isaac Ray, da Associação Americana de Psiquiatria em conjunto com a Academia Americana de Psiquiatria e Direito, também em 2001. Senhores e senhoras, é com muito prazer que lhes apresento o palestrante emérito desta conferência, doutor Robert Hare.

Makedde correu para o lugar dela, sentou rapidamente e pegou um bloco e uma caneta.

O doutor Hare acabara de subir no tablado. Ele sempre usava os vastos cabelos grisalhos e a barba cortados bem rente; seus óculos grandes, de lentes grossas, ampliavam ainda mais os olhos azuis e inteligentes. Hare já havia feito inúmeras palestras em sua carreira, mas ainda se via nele uma nota de timidez ao ir para a frente da plateia. Exibia uma postura humilde e parecia sempre ligeiramente constrangido.

– Obrigado a todos por estarem, hoje, neste auditório para aprender um pouco mais sobre psicopatia. Quero agradecer também às pessoas que trabalharam duro para que essa conferência acontecesse. Não importa a razão pela qual você está aqui: se você é um estudante, um policial, alguém envolvido com Direito Penal ou qualquer outro campo de estudo forense ou até mesmo um simples curioso. O tema da psicopatia é importante para você. Do ponto de vista estatístico, cada um de nós será afetado de algum modo por psicopatas em algum ponto de nossas vidas. É comum ver nos jornais manchetes sobre o impacto dos psicopatas na sociedade como um todo, porém esse impacto se dá também em nossos círculos mais próximos. Muitos de nós terão algum parente que, por infelicidade, será obrigado a lidar com um psicopata, e muitos de nós também já lidamos ou teremos que lidar com eles no futuro. Por isso é tão importante entender melhor esse distúrbio e o que ele pode representar em nossas vidas. Estimamos que o número de psicopatas seja de cerca de 1% da população. Para aqueles que estão aqui por conta de seu envolvimento com o sistema de justiça criminal, é interessante saber que nossa pesquisa concluiu que de 15% a 25% da população carcerária do Canadá é composta de psicopatas. Em nossa pesquisa, usamos como critério o corte de trinta pontos na Lista de Pontos para Psicopatia, ou seja, nossos critérios são bastante rigorosos. Como muitos de vocês devem saber, alguns pesquisadores argumentam que vinte e cinco pontos no teste já seriam suficientes para caracterizar o distúrbio. De qualquer modo, essa população carcerária psicopata não responde uniformemente aos métodos de tratamento existentes. Não fomos capazes de modificar substancialmente seu comportamento. Precisamos encontrar novas soluções para o problema. Foi pensando nisso que um colega e eu desenvolvemos um programa especificamente focado nesses indivíduos. Antes de dar mais detalhes, é preciso definirmos bem o conceito de psicopatia. Qual é o primeiro nome que vem à cabeça quando vocês pensam na palavra "psicopata"?

Hare ficou vasculhando o auditório com o olhar, até que alguém finalmente ergueu a mão: era uma mulher de meia-idade, muito bem-vestida. Provavelmente trabalhava na área de saúde.

– Ted Bundy – ela disse.

– Sim. Quem mais?

– Hannibal Lecter – outra pessoa falou, rindo.

Mak não conseguiu identificar o autor do comentário.

O doutor Hare sorriu.

– Sim, estes são os tipos de pessoas mais comumente associados à psicopatia. Ainda assim, "psicopata" não é sinônimo de "assassino em série" ou "maníaco do machado". A verdade é que é mais fácil você ser enganado por um psicopata do que assassinado por ele.

A plateia recebeu o comentário com algumas risadas e o doutor Hare sorriu novamente.

– A psicopatia é um distúrbio da personalidade definido por um conjunto de características afetivas, comportamentais e relacionais, que incluem ausência de sentimento de culpa ou de consciência, efeito reduzido de seus atos, emoções superficiais, comportamento frio e manipulador...

* * *

Por volta da hora do almoço, Makedde estava morta de fome e com o traseiro dolorido por causa do assento duro. Ela havia preenchido páginas e mais páginas com anotações e sua caneta estava começando a falhar, assim como a sensibilidade em suas mãos. Ela costumava fazer rabiscos e desenhos de quadradinhos e tabuleiros de xadrez em seu caderninho quando estava em meio a palestras ou conversas telefônicas entediantes, mas naquela manhã não houve tempo para rabiscos. A apresentação do doutor Hare fora simplesmente fascinante. Cada vez que ela contemplava os slides com resultados de tomografias computadorizadas nos cérebros de psicopatas e não psicopatas, um arrepio lhe subia pela espinha. Já tinha assistido a algumas apresentações das pesquisas do doutor Hare em outras ocasiões, porém ainda ficava hipnotizada todas as vezes que ouvia a respeito, e a nova pesquisa que ele apresentara com a ajuda dos slides era de fato surpreendente. Os achados funcionais das ressonâncias magnéticas em psicopatas evidenciavam uma ausência de ativação apropriada das regiões límbicas durante o processamento de palavras com forte carga emocional e isso era bastante interessante. Mais uma vez, Mak ficou se perguntando se o estudo da psicopatia não seria sua verdadeira vocação. Sem dúvida, sua falta de entusiasmo pelo tema escolhido para sua tese podia ser parcialmente creditado à sua obsessão por essa nova área.

Não podia deixar de se perguntar o que teria acontecido se o Assassino do Salto Alto tivesse sido diagnosticado como um psicopata anos antes de ter iniciado sua sequência violenta de ataques contra mulheres jovens de Sydney, contra sua amiga Catherine e contra a própria Makedde. Teriam sido capazes de detê-lo antes que fosse tarde demais? A propósito, cismou Makedde, até onde iria o conhecimento de Harold Gosper sobre o episódio ocorrido na Austrália?

Mak olhou de relance para onde Gosper estava sentado e percebeu que o bonito rapaz da equipe de segurança não estava mais lá. Havia, porém, outro jovem conversando com o professor, um tipo que estava mais para fisiculturista que para estudante.

"Espero que o sujeito não tenha sido contratado para me convencer", pensou Makedde, com uma nota de aspereza. Gosper deve ter se sentido observado, pois fez menção de girar a cabeça. Makedde então desviou rapidamente o olhar, antes que ele a visse. A última coisa que desejava era encorajar Gosper.

Depois do almoço, vários palestrantes internacionais foram chamados para apresentar o resultado de suas pesquisas sobre o assunto; a programação da conferência para o segundo dia parecia interessantíssima. De acordo com o programa impresso, um especialista em perfis criminosos do FBI, doutor Bob Harris, iria fazer uma palestra sobre psicopatia e análise de cena do crime. Esse era um tópico que Andy com certeza deveria estar estudando para seu trabalho futuro na Unidade de Elaboração de Perfis de New South Wales.

"Andy."

Mak não havia retornado a ligação dele. Nem mesmo sabia se iria, ou se deveria, fazê-lo. Ela procurou se ocupar com suas anotações e se concentrar no tema que tinha em mãos.

* * *

Quando Mak levantou novamente a cabeça, o auditório já estava quase vazio: as pessoas haviam saído para almoçar. Poucos ainda continuavam por ali: alguns dos palestrantes e mais alguns estudantes voluntários, ocupados na arrumação das coisas. Roy Blake, o segurança bonito que ela havia conhecido pouco antes, conversava com um dos professores num canto afastado. Gosper e seu coleguinha parrudo não estavam à vista.

Mak se levantou, satisfeita por não ter sua passagem obstruída por nenhum chiclete traiçoeiro desta vez. Mas, para a contrariedade dela, assim que chegou ao topo das escadas, depois da porta da saída, encontrou Harold Gosper esperando-a. Assim que o viu, Mak fez uma careta e desceu novamente as escadas em direção ao auditório.

"Será que este sujeito não vai mesmo se mancar e me deixar em paz?"

Mak estava exatamente no meio da escadaria, quando deu de cara com o segurança, Roy Blake, que subia sozinho em sentido contrário.

Com o choque, a pesada bolsa de Makedde caiu do ombro dela e voou para a frente, por pouco não atingindo as partes baixas de Roy. Se não fosse o rápido reflexo dele, Mak poderia ter sido responsável por arruinar a descendência do rapaz.

Completamente envergonhada, Makedde levou as mãos à boca.

– Oh! Mil desculpas!

O coração dela batia acelerado e isso fazia com que o sangue lhe aflorasse ainda mais à face.

– Que bobagem – disse seu salvador do chiclete. – Estou bem. Ih, você está ficando vermelha...

Mesmo estando um degrau abaixo de Mak, o rapaz chegava quase à altura dela.

"Nossa, ele é realmente muito alto."

Ela achava homens altos assim extremamente atraentes. Mak ainda se encontrava perto o bastante de Roy e logo percebeu que o perfume do rapaz exercia um efeito inebriante em seus sentidos. Qual era a fragrância? Obsession? Envy? Não era Azzaro... nem Old Spice...

– Você está bem? – perguntou Roy.

Ela preferiu não perguntar o nome do perfume.

– Estou bem. Quer dizer, mais ou menos – respondeu, pensando logo no professor Gosper lá fora.

Antes que pudesse se conter, acrescentou:

– Será que você poderia fazer o favor de me acompanhar até sairmos deste prédio?

Ele pareceu um pouco surpreso com o pedido.

– Claro, tudo bem. Há algo de errado? Tem alguém incomodando você?

– Não... não é nada que mereça preocupação. É só uma pessoa com quem não quero falar.

– Bem, então fico contente em poder ajudar – disse o rapaz.

A expressão de Roy era séria e sincera e Mak pensou que acalmar as pessoas e protegê-las eram algumas de suas tarefas na universidade. No entanto, a situação não pedia tanta seriedade. Afinal de contas, tratava-se simplesmente do professor Gosper. Irritante, porém inofensivo.

Ela julgou que deveria se explicar melhor:

– Na verdade, vi você sentado ao lado dessa pessoa. É o professor Gosper. Você o conhece? Não é nenhum amigo seu, é?

– Ah, não. Só troquei algumas palavras com ele esta manhã. Aliás, ele fala uma porção de besteiras, não?

– Pois é...

Os dois riram. A sensação de aperto no peito de Makedde diminuiu um pouco. Ela respirou fundo.

– Bem, então vamos – disse Roy, mostrando o caminho para Mak com uma das mãos, como um experimentado e atraente guia turístico.

Os dois subiram as escadas juntos e atravessaram as portas do prédio. Gosper se virou e abriu a boca para dizer algo, mas a fechou novamente em silêncio quando percebeu que Makedde não estava sozinha. Perfeito.

Roy e Makedde caminharam lado a lado por cinco minutos, o tempo necessário para chegar à cafeteria.

– Obrigada – disse Makedde. – Eu normalmente não convidaria um estranho para me acompanhar até o lugar de almoço, mas você não imagina como aquele homem me perturba...

– Deu para perceber.

Roy sorriu novamente e Mak sentiu que uma pequena parte da fortaleza de gelo que construíra a seu redor começava a derreter.

– Escute, você vai almoçar com alguém? Temos apenas mais quarenta e cinco minutos antes da próxima palestra. É melhor você comer algo. Não sei se você conhece bem o *campus*, mas esta cafeteria é o que há de melhor no raio da universidade.

– Seria um prazer para mim almoçar com você – Roy respondeu.

– Ótimo. Seria estúpido sentarmos sozinhos, cada um de um lado da cafeteria – Mak falou confusamente.

Makedde pediu uma bandeja de sushis e Roy fez o mesmo pedido. Escolheram uma mesinha e se sentaram um de frente para o outro.

– O sushi é bom por aqui? – perguntou o rapaz.

– Você mesmo vai descobrir. Não chega nem perto do sushi do Tojo's, claro, mas continua sendo minha comida predileta nesta cafeteria – disse Mak sorrindo para em seguida ajuntar: – Ah, e eu ainda não passei mal com ele.

– E você já passou mal com alguma outra comida por aqui? – quis saber Roy.

– Não exatamente... Mas sei de fontes confiáveis que o professor Gosper pegou encefalopatia espongiforme bovina depois de comer um hambúrguer.

Roy piscou algumas vezes e ficou olhando para ela sem entender. Mak esclareceu:

– A doença da vaca louca. Desculpe-me, meu senso de humor às vezes é meio estranho. Não foi engraçado.

"Com quem ele se parece? Um Marlon Brando mais jovem? Não, não exatamente. Ah, já sei quem...", pensou Mak e fez a pergunta:

– Alguém já lhe disse que você lembra um pouco Vince Vaughn?

– Quem?

– Você sabe... o ator.

– Não... não sei não.

– Ele fez vários filmes. *Curtindo a noite, Pela vida de um amigo...* Fez o papel de Norman Bates na refilmagem de *Psicose*.

– Eu lembro o Norman Bates? – perguntou Roy, parecendo alarmado.

– Não, não – assegurou-lhe Makedde.

– Talvez a conferência esteja fazendo com que você pense nele.

– Norman Bates não era um psicopata – argumentou Mak.

Roy franziu o rosto.

– Não? Desculpe a minha ignorância, mas não era ele que andava por aí matando pessoas vestido como a mãe?

– Sim, foi isso mesmo, mas ele estava mais para um psicótico que para um psicopata. São coisas bem diferentes.

– Ah, sim – fez Roy, cobrindo um bolinho de arroz com uma generosa porção de raiz-forte. – A propósito, por que você tem tanto interesse em psicopatas?

A pergunta provocou um arrepio em Makedde.

– Bem, o que eu posso dizer? É um campo de pesquisa interessante. O doutor Hare é mundialmente reconhecido como um especialista no assunto e também é professor emérito da universidade. Portanto, essa conferência é uma oportunidade única de nos atualizarmos com as pesquisas mais modernas na área. Vem gente de todo o mundo só para assistir às apresentações dele.

– E você aprendeu muito? – perguntou Roy.

– Acho que sim.

"Espero que sim", pensou Mak ao mesmo tempo.

– Então você acha que seria capaz de detectar um psicopata, se ele se aproximasse de você?

O rosto de Makedde empalideceu por um momento e logo Roy se apressou em pedir desculpas:

– Nossa, estou deixando você embaraçada. Perdão.

– Não precisa se desculpar – replicou Mak. – Foi uma pergunta perfeitamente válida.

– É que eu fico pensando no quanto esses acadêmicos e especialistas realmente sabem... Quero dizer, quando se trata da vida real. Claro, é fascinante ver essas imagens de cérebros e tudo o mais, mas quando você está aí fora, lidando com esse tipo de pessoa... Será que realmente ajuda?

O pai de Makedde às vezes lhe perguntava exatamente a mesma coisa. Lidar com psicopatas na rua era uma coisa bem diferente de examinar seus cérebros em laboratório.

– Acho que ajuda, sim – respondeu Mak. – O conhecimento é a melhor defesa.

– É, tem razão.

– Precisamos aprender mais sobre predadores humanos. Eu respeito muito os pesquisadores e tudo o que eles podem nos ensinar – ajuntou Makedde, tratando de mudar logo de assunto.

Ela não tinha a menor intenção de abordar sua experiência com um psicopata.

– Mas, então, como é o trabalho com a segurança? Muita coisa para fazer?

– Bem, eu estou há pouco tempo no *campus*. Eles foram pressionados pela opinião pública para aumentar a equipe de segurança. Ultimamente, houve um aumento nas denúncias... abusos, esse tipo de coisa.

– Desaparecimentos também. Vi outro dia o pôster de Susan Walker. Acho que me lembro de ter encontrado essa garota aqui na universidade.

– Horrível, não? Espero que ela apareça bem.

– Sim...

– Espero também que você esteja tomando precauções, Makedde.

Ela sentiu o dedão do pé latejar. Logo ele começaria a coçar loucamente e ela teria ímpetos de arrancar o sapato.

– Eu tomo meus cuidados. Faço aulas de defesa pessoal e carrego sempre um spray de pimenta... para ursos, é claro.

"Além disso, tenho também uma surpresinha no meu porta-luvas, mas isso não é exatamente legal..."

– Claro, para os ursos. Perfeitamente legal. Você é uma mulher esperta, Makedde. Eu tento avisar as mulheres para se cuidarem, mas elas não dão muita atenção.

Mak tinha muitas razões para ficar alerta.

– Imagino, mesmo...

– A propósito, por que aquele professor ficou na saída esperando você? – perguntou Roy, provando seu sushi com raiz-forte.

O ardor do tempero fez seu rosto ficar momentaneamente vermelho.

– Tudo bem com você?

Ele abanou o rosto e procurou água para beber.

– Nossa, isso é forte mesmo.

Será que ele havia pensado que fosse abacate, em vez de raiz-forte? De repente ocorreu a Makedde que ele talvez tivesse simplesmente copiado o pedido dela, sem ter comido sushi antes. Ela achava que todo mundo em Vancouver comia sushi.

– É uma longa história... Esse professor me acha interessante por alguma razão... – respondeu Mak.

– Ah, isso é bem compreensível – disse Roy sorrindo com as bochechas vermelhas.

* * *

A conversa dos dois se tornou mais profunda e mais relaxada conforme transcorria o intervalo para o almoço. Mak percebeu que Roy manteve o resto da raiz-forte bem longe da comida. Depois, já no auditório, Mak pediu licença e foi sentar sozinha para assistir às palestras da tarde. Queria preservar seu espaço e também não desejava parecer ansiosa, mas pensava na presença dele do outro lado da sala. Mak havia ficado agradavelmente surpresa por descobrir que ainda estava interessada em Roy Blake, mesmo depois de ele abrir a boca.

Karen Hughen, com seu rosto branco e sorridente, aproximou-se em silêncio e ocupou uma cadeira vazia ao lado de Makedde no meio da primeira apresentação. Karen era uma antiga colega de classe, com quem Mak acabara fazendo amizade.

– O rapaz é uma gracinha – sussurrou Karen.

– Quer dizer que você viu tudo?

As garotas conversavam sem se encararem, mantendo os olhos fixos no palestrante enquanto cochichavam como duas conspiradoras travessas.

– Pegou o número dele?

Mak riu sozinha, ainda sem girar a cabeça.

– Estamos no novo milênio, Karen – respondeu. – Eu dei a ele o meu e-mail.

Capítulo 14

Eram 20h02 quando o Boeing 747 da Air Canada começou seu lento procedimento de descida até o Aeroporto Internacional de Vancouver. A viagem desde Quantico havia sido difícil, particularmente na decolagem sob chuva do Aeroporto de Los Angeles, algumas horas antes, e o detetive Andy Flynn se sentia como se houvesse viajado bem mais que a simples extensão do continente norte-americano naquele dia. Parecia que havia circum-navegado o globo terrestre.

O avião se inclinou para a esquerda e fez um arco estreito através do céu escuro. A grande asa do lado de fora da janela de Andy se abaixou, revelando o topo da montanha de Grouse, que reinava iluminada sobre a cidade.

Empolgado com a visão, Andy se virou para o doutor Harris, ao seu lado, mas seu orientador estava dormindo, com a cabeça inclinada para o lado. A gravata de Bob estava frouxa e torta, e o maxilar caído dava a impressão de que ele estivesse tentando morder o nó. Andy resistiu à tentação de trazer delicadamente o amigo de volta ao mundo dos acordados. Sabia que Bob andava trabalhando em excesso e por isso cada minuto de repouso tinha extrema importância.

O avião sobrevoou a cidade em sentido sudoeste, rumo ao aeroporto. As turbinas rugiram na descida e em alguns minutos a aeronave tocou o solo, correndo em ligeiros solavancos sobre a pista, enquanto os flapes da asa ao lado da janela de Andy se levantavam para ajudar na frenagem aerodinâmica. O avião desacelerou e depois taxiou até o portão, onde finalmente estacionou.

Andy se levantou antes que o aviso luminoso de apertar cintos fosse apagado. Os outros passageiros fizeram o mesmo e o doutor Harris voltou à vida instantaneamente, como se alguma força misteriosa simplesmente houvesse apertado um interruptor em seu cerébro. Bob se levantou e pegou suas coisas no compartimento das bagagens como se tivesse acabado de acordar de um revigorante sono de dez horas sobre um colchão de plumas, não de uma soneca de meia hora numa poltrona dura e apertada de avião. Não era a primeira vez que Andy testemunhava a fantástica habilidade do doutor Harris de superar todos os tipos de obstáculos físicos e mentais. Tinha certeza de que Bob seria capaz de dormir num chão duro de madeira sem ficar com torcicolo, apesar da idade avançada.

Os dois não trocaram nenhuma palavra, apenas acenos de cabeça; seguiram os outros passageiros e saíram do avião. O doutor Harris carregava uma maleta e o notebook, com todo o material para a apresentação de slides no dia seguinte. Andy levava apenas uma bolsa com algumas roupas e um jornal amassado. Estava satisfeito por não ter trazido trabalho para fazer no avião. Provavelmente não tocaria mesmo nele. Sua mente não andava muito concentrada no trabalho. Ele estava cansado, sem dúvida, mas, muito mais que isso, estava distraído pela proximidade de Makedde.

Andy ficou observando seus pés se moverem sobre o piso acarpetado através da rampa e na saída do portão. Só levantou a cabeça ao ouvir o nome do doutor Harris sendo chamado. Para sua surpresa, viu que dois homens corpulentos de paletó esperavam os dois no aeroporto.

– Doutor Harris? – repetiu o mais baixo dos dois, com um melodioso sotaque canadense.

O homem deu um passo à frente, olhando para os dois em busca de reconhecimento. Parecia andar por volta dos quarenta e tantos anos e ser muito forte. Tinha o pescoço atarracado e uma grande cicatriz esbranquiçada ao longo do nariz, provavelmente lembrança de alguma briga de bar durante a adolescência ou de uma tacada errada num jogo de hóquei. Afinal de contas, aquilo era o Canadá. O colega do sujeito era um pouco mais alto e muito mais novo, mas exibia a mesma potência muscular.

– Sou eu o doutor Harris – disse Bob, erguendo a mão e se detendo a um metro de distância do homem.

Andy percebeu uma ponta de hesitação em seu gesto. Ele também não estava esperando o comitê de boas-vindas.

– Sou o sargento Wilson. E este é o cabo Rose – o homem da cicatriz disse, fazendo as apresentações no mesmo tempo em que estendia sua mão para Bob apertá-la. – Somos da Real Polícia Montada do Canadá. Podemos conversar?

Nesse momento, os dois policiais canadenses pararam para examinar Andy, com uma expressão pouco amigável.

– Tudo bem, ele está comigo – disse Bob.

– Eu sou o detetive Andrew Flynn, do departamento de Polícia de New South Wales, na Austrália.

– É, você está mesmo bem longe de casa – disse o cabo Rose, o mais alto e jovem dos dois, num tom que não agradou a Andy.

– O detetive Flynn está estudando comigo na Unidade de Ciências do Comportamento, em Quantico – explicou Bob.

Os policiais examinaram Andy de alto a baixo mais uma vez e depois se concentraram no doutor Harris.

– Bem, no que posso ajudar? – perguntou Bob.

Os quatro caminharam devagar pelo longo corredor até a esteira de bagagens, onde uma pequena cascata artificial acalmava as mentes estressadas dos passageiros exaustos com o ruído suave da água deslizando sobre pedras lisas e arredondadas.

A RPMC enviara dois de seus membros até lá para pedir um favor ao doutor Harris. Enquanto os homens passavam diante da relaxante cascata e da lenta esteira de bagagens, trocavam palavras apressadas. O sargento Wilson pintou um quadro espinhoso. Haviam encontrado os cadáveres de duas estudantes desaparecidas da UBC, Susan Walker e Petra Wallace, além do esqueleto de outra vítima não identificada, todos em covas rasas mais ou menos próximas.

Quando Wilson relatara esses achados ao doutor Hare, que prestava consultoria à RPMC, ele recomendara que se dirigissem a Harris, o especialista em perfis do FBI que chegaria para a conferência.

Wilson acreditava que aqueles cadáveres eram obra de um assassino em série.

Capítulo 15

Olhos de animais mortos encaravam Debbie Melmeth.

Ela estava sentada, vulnerável e exposta, no centro de uma sala estranha, amarrada a uma cadeira e rodeada por uma série de cabeças de ar pouco amistoso. Mas aqueles animais empalhados eram a única companhia dela. Debbie sentia fome e medo, e rezava para que alguém a ajudasse. Sabia que seu raptor não o faria. Ela suplicou, implorou... mas ele não cedeu em nada – apenas continuou a observá-la com um meio sorriso.

A fome e a dor em seu corpo desviaram a atenção de Debbie. Ela passou a língua pelos lábios, mas nem assim conseguiu umedecê-los. Parecia que o tempo havia parado.

Desde que havia sido confinada naquele terrível local, por um período de dois ou três dias, em sua opinião, recebera apenas algumas batatas fritas e uns poucos goles de cerveja. Nada além disso. Ela odiava cerveja e naquele momento, então, mais ainda. Mas parecia que seu algoz vivia à base da bebida. Ele costumava caminhar devagar pela sala, segurando uma lata aberta de cerveja e olhando para Debbie. De vez em quando, pronunciava algumas frases sem sentido, porém sempre refutando qualquer tentativa de diálogo. Nem tomava conhecimento das súplicas da garota. Só andava e bebia, depois tornava a dar mais alguns passos... Às vezes ia até Debbie, abria a boca da moça com suas mãos brutas e lhe despejava cerveja goela abaixo, ignorando os frouxos protestos que esse gesto provocava. Quando fazia isso, ficava observando impassível a menina engasgar com a cerveja ao engolir o líquido. Depois, simplesmente desaparecia outra vez.

Debbie tentava entender o que estava acontecendo. Não conseguia se lembrar de como chegara até ali. Estava ligando do telefone do bar para Brian... e depois? Ela simplesmente não conseguia recapitular tudo o que acontecera: só as estranhas idas e vindas de seu algoz.

Debbie era uma garota esperta. Certamente haveria uma maneira de escapar daquele lugar... Se prestasse bastante atenção e usasse a cabeça, encontraria uma saída. Se ela ao menos soubesse o que ele queria e por quê... Por que aquele homem ia e vinha? Em que parte do dia isso acontecia? Isso era impossível de saber... Não havia nenhum relógio na sala, nem nenhum outro visível, em outra parte da casa, quando a porta se abria. Também não havia janelas que captassem a luz exterior.

Um barulho interrompeu os pensamentos de Debbie. Percebeu movimento e ruído de passos no chão de madeira. Seu algoz apareceu na entrada escura da porta e, apesar de ele ter feito o mesmo inúmeras vezes nos últimos dias, o coração da menina ainda disparava quando isso acontecia.

O homem caminhou na direção de Debbie e estacou a menos de meio metro dela, impondo-lhe seu cheiro. De pé diante da garota, pôs-se a observá-la. A lâmpada nua pendente do teto iluminava as costas dele, fazendo sombra sobre Debbie, cujos olhos se encontravam na altura dos quadris de seu raptor. Ela continuava a esperar um deslize, uma deixa. Tudo aquilo era um jogo muito obscuro, sem regras nem objetivos explícitos.

Debbie não podia se mover, nem lutar. Já cansara de analisar mentalmente todas as possibilidades. Deveria cuspir na cara do homem, só pela breve satisfação da rebeldia? Mesmo que quisesse, sua boca estaria provavelmente seca demais para isso. Haveria algo que ela pudesse dizer? Qualquer coisa que pudesse tentar? Nos filmes de Hollywood, os personagens principais sempre encontravam as maneiras mais engenhosas de escapar. Mas por alguma razão essas maneiras lhe escapavam naquele momento.

Como uma resposta aos apelos nem sequer verbalizados, as mãos do homem se moveram em direção a ela. Por um instante, ela alimentou a esperança de que iria ser libertada. Mas, em vez disso, as mãos dele saíram dos quadris para a parte da frente da calça, a cerca de vinte centímetros do rosto de Debbie.

Ele abriu o zíper.

Uma onda de pânico invadiu a garota que gritou tão alto quanto era capaz.

– Não! Não! Não!

Ela queria chutá-lo, mas suas amarras a impediam. A cadeira estremecia e saltava, guiada pelos movimentos frenéticos de Debbie. Ela procurava ir para trás, para longe do homem e de seu zíper arreganhado, mas era impossível.

Seu raptor não parecia ouvi-la. Pôs a mão dentro da abertura da calça e trouxe o pênis para fora.

Debbie reagiu àquela visão com uma onda de repulsa que começou nos dedos dos pés e foi subindo até a cabeça, para em seguida descer novamente. Sabendo que seria impossível ir para trás, ela se contentou em virar a cabeça. Quando levantou o rosto para ver a expressão de seu raptor, percebeu que ele sorria – mas não era um sorriso verdadeiro, àquele a que ela estava acostumada... era uma imitação barata de um sorriso.

Depois de permanecer com o pênis exposto pelo que pareceu uma eternidade, o homem tornou a fechar o zíper de sua calça. Depois riu. Riu na cara de Debbie, fazendo o som mais horrível e sem graça que ela já vira sair da boca de um ser humano. Em seguida, ele se retirou da sala.

Ele não forçara Debbie a nada. Ainda. Ela temia que fosse apenas uma questão de tempo. Era preciso tomar alguma providência: elaborar um plano, ter algum tipo de controle sobre a situação. Debbie chegou a pensar em tentar seduzir aquele homem. Refletiu sobre o que conseguiria se pudesse convencê-lo de que iria cooperar de boa vontade. Se ele a soltasse apenas por um momento, talvez apenas para mudá-la de posição, então ela poderia ter uma chance.

"Qual o objetivo dele? O que ele quer?"

Debbie não sabia a resposta. E tinha medo de descobri-la.

Capítulo 16

Les Vanderwall chegou em casa com dor de cabeça, depois de deixar alguns de seus velhos companheiros entornando cervejas no bar Waddling Dog. Era meio cedo para voltar para casa, mas por alguma razão ele não se sentia bem. Sempre que isso acontecia, procurava investigar se haveria alguma ligação com a morte de sua esposa. Assim, acabou percebendo que ficava mal todos os meses no dia do aniversário da morte dela. Às vezes nem era o dia exato, mas apenas a hora do dia ou outro tipo de lembrança: uma corrente de ar ou algum odor especial, a caligrafia dela encontrada de modo inesperado num livro de receitas, um lugar memorável, uma frase. O médico da família disse que aquilo era comum e que as reações ficariam mais brandas com o passar do tempo.

Les tinha medo de se tornar antissocial. Seus colegas não conseguiam compreender verdadeiramente o impacto da perda da sua esposa. Nenhum deles havia passado por uma experiência semelhante, exceto John com um divórcio. Mesmo assim, não era igual, pois fora o John quem pedira a separação. Agora que Jane não estava mais lá, Les não tinha ninguém para se relacionar emocionalmente, como fazem as pessoas casadas. Estava sozinho em seu luto. Mas não queria incomodar as filhas: elas tinham as próprias vidas para cuidar.

Les Vanderwall se sentia um homem incompleto. Essa percepção estava gradualmente erguendo uma barreira entre ele e seus amigos. Isso poderia se tornar um enorme problema. Ele precisava se esforçar para se manter socialmente ativo. Sabia que, se se convertesse num eremita, não resistiria por muito tempo.

Cansado, subiu as escadas se arrastando e entrou na cozinha. A secretária eletrônica estava piscando.

"Les, aqui é Christopher Patrick... São 17h30. Você pode me ligar amanhã de manhã? Temos que resolver algumas questões sobre o espólio."

Christopher Patrick era o advogado de Les. Sempre havia questões pendentes sobre o espólio de Jane. Dezoito meses depois e aquilo ainda não terminara? Como assim? A única questão que importava para ele é que Jane tinha ido embora. Nada poderia mudar esse fato.

A máquina fez um bipe e passou para a segunda mensagem.

"Oi, Les, aqui é Ann. Estou ligando de Vancouver. Como você está? Eu, hum... estava pensando se você estaria na cidade. Quem sabe, poderíamos tomar um café? Você passou meus contatos para Makedde? Será um prazer ajudá-la de alguma maneira. De qualquer forma, falo com você mais tarde. Tchau."

O coração de Les se alegrou ao ouvir a voz de Ann.

"Gosto dela", pensou. "É uma boa mulher. Tony nunca a mereceu."

Assim que essas reflexões passaram por sua mente, sentiu uma pontada de culpa, mas não por Tony Morgan. Sua companheira de vida, Jane, tinha ido embora, mas ele não conseguia deixar de acreditar que ela o estivesse observando. Uma parceria como aquela acontecia só uma vez na vida, na opinião de Les, porém isso quereria dizer que ele estaria fadado a ser um viúvo solitário, agora que ela não estava mais lá?

O que Jane desejaria para ele?

Uma segunda chance?

Capítulo 17

Makedde acordou com o coração aos pulos e o alarme digital ecoando alto em seu cérebro.

"Tudo bem, tudo bem, já acordei! Já acordei!"

Ela sentou na cama, pegou o despertador na mesinha de cabeceira e procurou o botão de desligar na parte de trás. O pequeno relógio em estilo retrô, redondinho, com duas pernas de apoio, protestou escorregando das mãos dela e caindo no chão com estardalhaço, enquanto continuava a tocar com irritante insistência.

"Ah.... fique quieto!!!"

Aborrecida, Mak pegou o relógio do chão e tentou desligar o interruptor. Com os olhos ainda inchados de sono, ela leu os ponteiros prateados: já eram 7 horas. Aquele fato deprimente confirmava as suspeitas de Makedde de que nem todos os intervalos de sessenta minutos tinham a mesma duração. As horas entre a meia-noite e as 4 horas haviam transcorrido num ritmo insuportavelmente lento, enquanto as últimas três horas pareceram três segundos. Ela tinha a sensação de ter apenas piscado, não de haver dormido.

Makedde se lembrou de sua vida distante de "pessoa matinal", acordando renovada dia após dia, toda luz e doçura depois de mais uma noite de sono agradável e natural. Onde aqueles dias tinham ido parar? Onde Makedde Vanderwall tinha ido parar? Por sorte, não havia ninguém por perto para vê-la nestas suas manhãs: ela devia estar com uma aparência horrível. Por outro lado, será que de repente ela não estaria num estado de espírito melhor se tivesse companhia?

"Muito tempo. Muito tempo sem ninguém me abraçando enquanto eu sonho..."

O melhor era nem pensar nisso. Não tinha ninguém no horizonte próximo; mesmo assim, sua mente teimava em voltar às épocas de sua vida em que Mak não dormia sozinha. Pensou em todas as pessoas apaixonadas do mundo e em como estava definitivamente fora desse conjunto.

Makedde procurou esmagar a onda de sentimentalismo meloso assim que ela aflorou à superfície.

"Loucura."

Automaticamente, estendeu o braço e abriu a gaveta da mesinha de cabeceira. Tirou de lá uma pequena agendinha estilosa que havia comprado na lojinha de suvenires do Museu de Arte Contemporânea de Sydney e a abriu no dia 22 de setembro. Pegou o lápis em miniatura que acompanhava a agenda e escreveu:

Três horas de sono. Das 4 até as 7 horas. Tive um pesadelo com Andy me perseguindo no meio de uma floresta. (Que droga! Por que ele ainda tem que aparecer nos meus sonhos?) Ele segurava uma faca, e eu estava vestida novamente com o uniforme de policial do meu pai. Não consegui correr rápido o suficiente. Acordei antes que ele me alcançasse. Mas não vi o demônio desta vez.

Ela estava fechando a agenda, quando resolveu abri-la outra vez e escrever um último comentário:

Estou me sentindo péssima.

Mak fechou a agenda e esfregou os olhos.

"Droga. Realmente estou péssima. Por quanto tempo isso ainda vai continuar?"

Makedde havia pesquisado os distúrbios do sono e descobrira que uma recomendação comum era manter um diário de registro dos padrões de sono. Assim, em cada manhã da última semana, Mak havia diligentemente tomado nota de detalhes sobre seu sono ou sobre a ausência dele. Era deprimente ler aquelas anotações. Sentada na cama contemplando os relatos de seus pesadelos, ela se perguntou ceticamente se algum psiquiatra poderia, de fato, oferecer uma solução para os seus problemas. Como seria isso? O que Ann conseguiria extrair daquele diário? Mak estava consciente de que seus pesadelos eram manifestações abstratas do trauma que ela havia sofrido em seu passado recente. Mas e daí? Parecia pouco provável que ela fosse ganhar alguma coisa tendo um especialista qualificado para lhe mostrar o óbvio.

Mak colocou as pernas para fora da cama e se levantou num salto. Deu alguns pulinhos numa tentativa desesperançada de se livrar dos efeitos da péssima noite. Depois, calçou as pantufas e enrolou o corpo nu num robe branco bem felpudo. Sua preferência por dormir como viera ao mundo não tinha nada a ver com o famoso comentário de Marilyn Monroe, mas com o fato de Makedde ser hiperativa durante o sono: amassava e arrancava pijamas, calcinhas, shorts ou o que quer que estivesse em seu corpo enquanto dormia. Isto é, quando ela de fato dormia. Mais de uma vez, ela acordara sufocando, com uma camiseta enrolada em seu pescoço e o lençol e o edredom jogados cada um num canto do quarto.

Enrolada no robe, já na posição vertical, Makedde foi até o computador.

"Bem-vindo à AOL Canadá", saudou o site assim que ela colocou seu nome e senha. "Você tem novas mensagens."

O humor de Makedde melhorou um pouco e os cantos de sua boca se curvaram num sorriso sonolento. Ela tinha checado seus e-mails uma porção de vezes na noite anterior, mas não havia nada lá. Bem, pelo menos, nada de interessante. Mak esperava encontrar uma pequena mensagem de um certo rapaz...

Hmmmmm... A frase do dia. Alguns e-mails da lista de Psicologia Forense...

"Ahá! O que é isso?"

Um e-mail de um tal "BlakeR". Assunto: "Uma pergunta."

"Bingo!"

Olá, Makedde.

Gostei muito de conhecer você hoje. A conferência estava interessante, mas é claro que você foi o destaque. Não poderei ir amanhã...

"Droga."

Mas estava aqui pensando... O que você acha de nos encontrarmos para jantar depois?

"U-hu!"

Espero que você não me ache muito precipitado. Mande um e-mail ou, melhor ainda, ligue para mim.

Ela releu o e-mail. Duas vezes. Ele devia ter mandado a mensagem depois que ela saíra do computador, perto de 1 da manhã. Será que ele também era uma corujinha? Ela olhou a hora registrada no e-mail: 1:16AM. Bem tarde.

"Roy Blake."

Sim, ela estava curiosa. Mas... um encontro formal? Teria sido melhor se ele simplesmente aparecesse na conferência e os dois pudessem conversar casualmente, sem aquelas formalidades de um "encontro". Há quanto tempo ela não tinha um encontro do tipo? Um ano, talvez? Claro, isso se ela não levasse em conta o desastre com Henry. Mas aquilo não podia ser considerado um encontro, a rigor: ela tinha ido embora antes de a entrada ser servida.

Mak foi até a cozinha, colocou uma panela de água para ferver e pegou o necessário para preparar uma xícara de café.

Ela se pegou sorrindo, pensando na resposta que daria. Sentou-se então à escrivaninha e bebericou o café. Estava realmente considerando a hipótese de se encontrar com Roy, o que era estranho. Mas como responder?

Olá, Roy.

Obrigada pela mensagem. Também gostei de conhecer você. Preciso agradecer por você ter me salvado do professor Gosper e do meu chiclete. :-) Obrigada pelo seu convite, mas será que em vez de um jantar podemos nos encontrar para um café ou uma bebidinha? Para mim, seria bom por volta das oito. Se para você ficar difícil, podemos marcar outra hora no fim de semana. Ligue para mim.

Ela digitou o número do telefone e estava quase apertando o botão de "enviar", quando foi dominada por um sentimento de dúvida.

"Este rapaz é um estranho, Mak. Você realmente quer dar seu número de telefone para ele? Tem certeza de que quer encontrá-lo sozinha em algum lugar?"

Makedde reconheceu que seu temor era um tanto irracional. Ela não estaria completamente sozinha. Estaria num território conhecido se escolhesse o bar ou o café e poderia pedir licença e ir embora depois de beber algo, se fosse necessário. Além do mais, ele era um agente de segurança... bem, não que isso de fato quisesse dizer alguma coisa especial, mas pelo menos ele trabalhava no *campus*. Mak apertou "enviar" antes que seus receios a convencessem a desistir e logo a mensagem desapareceu no ciberespaço.

* * *

Às 8h50, Makedde chegou ao auditório da UBC e passou os olhos pela aglomeração crescente. Nada de Roy, como ele mesmo avisara por e-mail.

"Ótimo, nenhuma distração", ela disse para si mesma.

O professor Gosper também não estava à vista, o que significava que ela poderia relaxar. Makedde percebeu que havia um número consideravelmente menor de pessoas no segundo dia da conferência. Ou havia menos gente, ou os outros estavam atrasados. O doutor Hare havia atraído uma legião de estudantes universitários curiosos no primeiro dia, mas só os verdadeiramente interessados seguiriam frequentando as outras palestras. Provavelmente, haveria mais gente no período da tarde, para a apresentação do especialista do FBI sobre análise de cena de crime e suas relações com o conceito clínico de psicopatia. Parecia um tema muito interessante e Mak tinha certeza de que qualquer menção à sigla FBI significava um auditório lotado. Efeito da série *Arquivo X*.

Pensar em FBI fez a mente de Mak viajar novamente até Quantico e Andy Flynn. Desde que ele telefonara, ela não conseguia tirá-lo da cabeça.

"Será que eu deveria ligar de volta para ele?"

Depois do que acontecera em Sydney, querendo ou não, Andy Flynn se tornara uma parte de sua vida. Ela não o amava, ou pelo menos era o que sempre dizia a si mesma, mas a experiência que tinham vivido juntos forjara uma ligação inquebrável entre os dois: aquele evento marcaria ambos para sempre. Mas não se tratava de amor. Não havia motivo para lamentar que ele estivesse tão longe.

"Não, não vou tentar falar com ele", Makedde decidiu. "Deixe para lá. Tire ele da cabeça, Mak, e siga o seu caminho."

Um bolo amargo se formou em sua garganta, mas ela ignorou a sensação. Tinha um grande dia pela frente.

Capítulo 18

Andy Flynn chegou ao *campus* da UBC pouco antes das 9 horas. Estacionou o carro alugado, colocou o tíquete no painel e foi caminhando até o prédio que abrigava o auditório central. Havia deixado o doutor Bob Harris no hotel, para que ele se recuperasse do cansaço do voo da noite anterior, antes de sua apresentação. Mas, embora o especialista em perfis tivesse muito sono atrasado para pôr em dia, o mais provável é que estivesse aproveitando o tempo no hotel para trabalhar, dando uma olhada nos arquivos que a RPMC havia lhe dado na noite anterior.

Embora houvesse visto boa parte do material da apresentação de seu orientador, Andy estava interessado em ver como ele iria lidar com a plateia, principalmente por se tratar de um público tão heterogêneo como o daquela conferência: haveria estudantes, professores, policiais, agentes de segurança, psicólogos. Claro, existiam também outras razões para Andy se interessar tanto por quem estaria naquela plateia... Razões que não diziam respeito exatamente a assuntos de trabalho.

Aquela era a primeira vez que Andy visitava o *campus* da UBC e não podia evitar pensar em Makedde enquanto caminhava pelas alamedas verdes e admirava as belas paisagens do lugar. Ela havia falado várias vezes no *campus* da UBC no curto tempo que os dois passaram juntos, e, para surpresa de Andy, o local era ainda mais bonito do que na descrição de Makedde.

Ele logo reparou que Vancouver tinha uma certa semelhança com Sydney. As duas cidades tinham portos e pontes espetaculares, e as cinco velas enormes do Canada Place ficavam de frente para o mar de um modo que fazia lembrar a Opera House de sua cidade natal. Contudo, os picos das montanhas que rodeavam Vancouver se constituíam numa diferença dramática em relação a Sydney. Quem havia crescido em meio às Montanhas Rochosas, como Makedde, via as Montanhas Azuis, nos arredores de Sydney, como simples colinas. Agora Andy entendia o porquê.

Ele levou algum tempo para conseguir se orientar e encontrar o caminho para o auditório. Finalmente, encontrou o prédio certo e sentiu um alívio ao ver um grande cartaz onde se lia "Conferência sobre Psicopatia", com uma grande seta apontando para o portão principal.

A sala onde a conferência seria realizada era dividida em dois níveis, com uma área de identificação logo depois da porta e mesas com garrafas térmicas de café, bolinhos e biscoitos. Ao lado das mesas, havia um gancho com cabides numerados para deixar casacos, do tipo que Andy não via desde os tempos de escola.

– Olá – disse uma moça de aparência andrógina, com cabelos extremamente curtos e uma argola no nariz, assim que Andy entrou.

O crachá dela trazia o nome "Billie Looker". Sim, era definitivamente uma moça.

– Olá. Eu sou o detetive Andrew Flynn.

– Bem-vindo à conferência – saudou Billie, com um suave sotaque canadense.

Ela deslizou os dedos pelas caixas cheias de cartões impecavelmente organizados e tirou lá de dentro aquele em que estava impresso DET. ANDREW FLYNN.

– Por favor, mantenha esta etiqueta à vista durante toda a conferência – Billie recomendou, enquanto colocava o cartão dentro de uma capinha de plástico transparente com um alfinete de segurança atrás.

Andy agradeceu, pegou o crachá e foi até o nível inferior do recinto, um ambiente enorme repleto de assentos, onde já se desenrolava a primeira apresentação do dia. No mesmo instante, jogou o crachá no bolso do paletó, sem a menor intenção de usá-lo.

Ele estava muito atrasado. Cerca de cento e cinquenta pessoas escutavam atentamente o palestrante. Por sorte, ainda havia alguns assentos vagos para escolher. Andy se acomodou em silêncio na cadeira mais próxima da porta, bem no fundo da sala, para não perturbar ninguém.

"Será que Makedde está aqui?", perguntou-se.

Espiou furtivamente ao redor, pousando o olhar por um momento numa cabeleira loira bem à frente, o que fez seu coração bater mais rápido.

Entretanto, não se tratava de Makedde, mas de um rapaz de traços eslavos. Homens de cabelos longos, mulheres de corte escovinha com o nome de "Billie", Andy estava começando a se sentir muito ultrapassado. Talvez estivesse ficando velho. Ou de repente seria algo típico do Canadá.

Só às 10h30 Andy viu Makedde.

Uma jovem ruiva agradeceu ao palestrante, um professor que havia apresentado uma série de slides e gráficos que Andy não achara muito interessantes, e anunciou o intervalo para o café. O público se levantou de uma só vez e tomou o rumo da mesa de guloseimas. Um senhor gordo, numa das filas do meio, levantou-se também e os olhos de Andy foram atraídos para ele. O sujeito media quase 2 metros e provavelmente pesava mais de 150 quilos.

Quando o homem saiu de onde estava, Andy teve que piscar várias vezes até se convencer do que via.

Makedde estava sentada sozinha, bem concentrada, fazendo anotações em um caderno. Tinha ficado todo o tempo escondida pelo senhor corpulento. Os cabelos dela eram longos e atraentes, como Andy recordava, e se tratava definitivamente de uma mulher, não do rapaz loiro de cabelos longos que Andy observara antes. Dava para ver o perfil de Mak enquanto ela escrevia com a cabeça inclinada para um lado e os cabelos jogados sobre o ombro oposto.

Ela estava ainda mais linda do que na lembrança de Andy, o que era definitivamente deprimente.

Ela parecia tão absorta em suas anotações e estava tão bonita, sentada ali, com os cabelos de um só lado e os lábios carnudos contraídos em atitude de concentração, que Andy quase não quis perturbá-la. Quase.

Ele respirou fundo, levantou-se e caminhou na direção dela.

Para a surpresa dele, ela não o notou até que estivesse realmente muito perto. Quando isso aconteceu, a mais intensa expressão de espanto se apoderou dos traços delicados de Makedde. O queixo dela caiu e os olhos se arregalaram. O rosto ficou subitamente pálido, como se ela tivesse visto um fantasma, e vários segundos se arrastaram até que ela finalmente pronunciasse alguma palavra.

Não era exatamente a reação que ele esperava.

– Oi – Andy disse em tom casual.

Metade dele queria enterrar a cabeça num buraco, a outra metade queria abraçá-la.

– Andy? – disse Makedde.

O nome ainda soava doce com o sotaque dela. Ela fechou os olhos por um momento e balançou a cabeça de um lado para o outro. Os cantos de sua boca se levantaram. Andy reparou nos cílios longos e negros de rímel de Mak e admirou a pele dela ainda absolutamente perfeita. Achou que ela havia mudado o corte do cabelo e que estava também com o rosto mais magro. Ela abriu novamente os olhos e o encarou.

– O que é que você está fazendo aqui na UBC?

– Estou aqui para a conferência. Cheguei ontem à noite de Quantico. Estou com meu orientador, o doutor Harris.

– Ah. Doutor Harris, o especialista em perfis. Ele vai fazer uma apresentação hoje à tarde. Algo sobre análise de cenas de crimes violentos e de personalidades psicopatas.

Andy assentiu com a cabeça.

– Exato.

Mak apertou os lábios e baixou os olhos.

– Desculpe-me por não ter conseguido retornar sua ligação – ela disse.

– Sem problemas. Às vezes é meio difícil receber telefonemas lá na academia.

Andy sabia perfeitamente que ela não havia tentado.

Ela fez um movimento de cabeça e os dois ficaram em silêncio.

Era uma coisa pouco corriqueira, para Andy, estar ao lado de uma mulher tão alta. Com as botas de salto, ela chegava quase a 1,90 m, a altura de Andy. Ele gostava disso.

– Mas então... Quando foi mesmo que você chegou? – Mak perguntou.

– Ontem à noite – ele repetiu. – Ficarei por pelo menos uma semana.

Andy esperou que o comentário não tivesse parecido insinuante. Teria sido melhor dizer algo como "estarei em Vancouver por uma semana", "estou aqui só para a conferência", qualquer coisa nessa linha. Não devia ter acrescentado o "pelo menos"... Aquilo podia ter dado a entender que ele poderia ficar mais tempo por lá se ela o convencesse. Entretanto, dizer que estava ali "só para a conferência" também não teria sido verdadeiro...

– Ah! – fez Mak, ainda com o rosto empalidecido. – Que ótimo. E o que você está achando de Vancouver até agora?

Ele riu, tentando parecer à vontade, e respondeu:

– Acho que você deveria perguntar o que eu achei do aeroporto e das instalações do Hotel Renaissance...

Aquilo deveria ter sido uma piada, mas Andy novamente pensou que mencionar o nome do local onde estava hospedado poderia ter soado insinuante. Resolveu então explicar melhor:

– Quero dizer... eu ainda não vi quase nada de Vancouver. Espero visitar alguns pontos turísticos com meus colegas. Tem algo que você recomende?

– Ah, você deveria ir ver o parque Stanley, Gas Town, a Montanha Grouse... A ponte suspensa de Capilano também é bacana. E, se puder, não deixe também de ir até Whistler.

Depois de despejar toda a informação turística, Mak se deteve bruscamente, como se de repente tivesse percebido como tudo aquilo era bizarro. Ou talvez essa impressão de Andy houvesse sido motivada por seus próprios sentimentos.

Makedde olhou dentro dos olhos dele e apertou os lábios num meio sorriso. Sua pele dourada já havia recobrado a cor.

– Então... Andy Flynn – disse ela, cruzando os braços.

Andy estava analisando além da conta. Havia estudado em detalhes linguagem corporal e análise do discurso na academia. Cada palavra e cada gesto tinham um significado muitas vezes oculto. Um de seus instrutores lhe aconselhara a não usar aqueles conhecimentos em amigos ou acabaria ficando sozinho.

Mak continuou a falar, com os braços ainda cruzados sobre o corpo:

– E, então, como vão as coisas? Quais as novidades? Como é essa história de nova unidade de elaboração de perfis?

– Ah, o Comissariado de Polícia finalmente nos deu o sinal verde para montarmos a unidade... Ela deve estar pronta e funcionando durante o ano que vem. Queremos fazer com que ela vire o centro de elaboração de perfis para crimes hediondos de toda a Australásia.

Mak ergueu as sobrancelhas.

– Uau, isso parece realmente empolgante.

Ele preferiu não mencionar que o caso dos Crimes do Salto Alto dera um belo empurrão ao projeto. Nada como o clamor público para angariar de uma hora para outra apoio político para um projeto de combate ao crime.

– Parece que terei oportunidade de ocupar um cargo alto lá. Talvez possa até chefiar a unidade algum dia.

– Como disse, é mesmo fantástico. Parabéns – repetiu Makedde, olhando de soslaio para o movimento ao redor da mesa de biscoitos. – Bem, acho que...

No momento seguinte, a mulher ruiva já estava de volta ao tablado, anunciando o próximo palestrante. O intervalo para o café havia terminado.

– Agora, por favor queiram retornar aos seus lugares... Gostaria de apresentar o professor Rickford, da universidade de Wales...

Não havia tempo para comer mais nada.

Makedde olhou para o seu assento, e então se virou novamente para Andy:

– Você está aqui sozinho ou...?

– Vim sozinho – respondeu Andy. – O doutor Harris só vai chegar um pouco antes do almoço.

– A que horas é a apresentação dele?

– Treze horas. Vai ser a primeira depois do almoço – ele disse.

– Adoraria falar com ele – falou Mak, fazendo menção de se sentar.

Ele sorriu, ainda de pé.

– Você pode almoçar conosco, se quiser...

– Bem, eu não quis me convidar...

No mesmo instante, o professor Rickford subiu ao tablado e começou seu discurso. Seria indelicado Andy cruzar a sala toda até o lugar dele, então simplesmente sentou por ali, onde estava, com apenas uma cadeira entre ele e Makedde.

Mak sorriu para ele e pegou novamente o caderno e a caneta, apontando o palestrante. No auditório, só se ouvia a voz do professor, e Mak e Andy não tornaram a conversar até a pausa para o almoço, ao meio-dia.

* * *

Makedde retomou a conversa exatamente do ponto em que haviam parado.

– Então, eu não quis me convidar para o almoço – falou, assim que a sala começou a esvaziar.

– Tenho certeza de que Bob não vai se incomodar – disse Andy.

Os dois levantaram ao mesmo tempo. Ouvia-se um burburinho de conversas pelo auditório, enquanto as pessoas saíam para almoçar. Mak e Andy ficaram se olhando, encabulados, sem fazerem menção de sair.

– Não, de verdade. Vocês dois provavelmente vão querer aproveitar para conversar sobre o trabalho...

– De maneira alguma – Andy assegurou-lhe.

Mas talvez ela realmente não quisesse ir e ele não queria forçá-la. Concluiu o assunto:

– Bem, o convite está feito.

Aquilo pareceu encerrar o impasse, porém aparentemente não da maneira que ele desejava. Obviamente, Mak decidira não ir.

Ela pegou a bolsa e o caderno.

– Você vai estar aqui amanhã? – perguntou.

– Devo estar.

– Podemos marcar algo amanhã, então?

Aquilo era melhor do que se ela houvesse dito que não queria marcar nada, em hipótese alguma, mas Andy continuava com a sensação de estar sendo rejeitado.

– Eu falo com você depois das palestras, de qualquer modo.

– Tudo bem.

Andy olhou para a entrada e identificou o doutor Harris conversando com a ruiva que trabalhava na organização do evento.

– Olhe o Harris ali – apontou. – Por que você não vem comigo para eu apresentá-la a ele?

Andy não queria que ela fosse embora.

– Tudo bem, mas depois vou deixar vocês dois almoçarem sozinhos. Não quero atrapalhar.

Andy teve vontade de dizer que ela jamais poderia atrapalhá-lo, mas Mak já estava caminhando em direção à entrada da sala. Ele não conseguia tirar os olhos dela.

Mak reduziu o ritmo; Andy a alcançou e os dois foram juntos falar com o doutor Harris.

– Oi, Mak – disse a ruiva, assim que se aproximaram.

– Olá, Liz. Como vai você?

As duas trocaram sorrisos cordiais e Mak se virou para o doutor Harris.

– Bob Harris – ele disse, estendendo a mão.

– Makedde Vanderwall. Muito prazer.

Andy notou que Mak dera um firme aperto de mão no professor e que este manteve o olhar fixo no rosto dela enquanto durou o cumprimento. Bob fazia isso quando travava conhecimento pela primeira vez com as pessoas e Andy sabia que seu orientador tinha uma espécie de visão de raio X. Mak aceitou aquele breve porém intenso escrutínio sem vacilar.

A mulher ruiva se virou para Andy e se apresentou:

– Olá, eu sou Liz Sharron.

Com aquela pele branca e a cabeça cheia de cachinhos naturalmente ruivos, Andy imaginou que o apelido dela nos tempos de escola deveria ter sido "Cenourinha" ou qualquer coisa do gênero. A mulher tinha um sorriso bem-intencionado e olhos muito expressivos.

Makedde o apresentou para Liz como o "detetive Flynn".

"Não muito pessoal", pensou ele.

– Andy tem estudado comigo em Quantico nas últimas semanas – explicou o doutor Harris.

– Liz é assistente do doutor Hare no laboratório de psicopatia – explicou Mak, por sua vez, para Andy.

– O que é exatamente um laboratório de psicopatia? – Andy não pôde conter a pergunta.

Liz riu.

– Bem, não se trata exatamente de um laboratório convencional, como os de física ou de química. Nós conduzimos diversas pesquisas sobre psicopatia, algumas aqui na universidade e outras em laboratórios forenses e unidades prisionais. Usamos uma série de técnicas para medir diferenças neurobiológicas: eletroencefalogramas, tomografia computadorizada, ressonância magnética...

– Então é mesmo um laboratório – disse Andy.

– É, mas não tem cérebros em jarros nem nada do tipo... – esclareceu Liz, para em seguida consertar. – Na verdade, só uns dois ou três.

– Pertenciam às antigas assistentes do doutor Hare? Ou isso é só um boato? – brincou Mak.

Liz sorriu.

– É um campo de estudos muito interessante mesmo – observou o doutor Harris.

– Sim. O senhor deveria ficar para assistir às apresentações dos próximos dias – convidou Liz. – Alguns dos palestrantes vão mostrar dados verdadeiramente fascinantes.

Andy ia comentar que ele ficaria, quando notou uma expressão estranha no rosto de Makedde. Ela estava olhando para um ponto atrás do grupo. Um agente de segurança descia as escadas.

– Bem, vou deixar vocês almoçarem – disse ela de repente.

– Foi um prazer, Makedde – afirmou o doutor Harris.

Bob tinha conhecimento da antiga ligação de Andy com Makedde e Andy imaginou que ele estivesse assistindo a tudo aquilo com muito interesse. Quem conhecia bem Bob sabia que por trás daquela aparência externa calma e casual se escondia uma mente analítica muito afiada. Nenhum detalhe lhe escapava: nenhum gesto, expressão facial ou inflexão de voz. E um homem assim não aposentava seu talento em nenhuma ocasião: era o que o fazia tão especial.

Mak voltou a olhar para o grupo.

– Foi um prazer para mim também, doutor Harris.

– Pode me chamar de Bob.

– Obrigada – disse Mak, voltando-se para Andy e depois para Liz. – Vejo vocês mais tarde.

O olhar de Mak pousou novamente em Andy antes de ela se retirar, mas nesse olhar havia uma nota de estranheza e desconforto que não combinava com a personalidade dela.

– Até logo – respondeu Andy.

Ele tentou desviar os olhos e procurou não olhar Makedde cumprimentando o rapaz alto da segurança, um jovem bem-apessoado.

Andy não gostou nada daquilo. Mak não deu nenhum beijo no rapaz, mas certamente pareciam bem amigos. Andy procurou conter a onda de ciúme que se alastrava por seu corpo. Sua mandíbula se comprimiu.

"Ela tem um namorado. É óbvio que ela tem um namorado. Mulheres assim sempre estão namorando."

Mas ele se corrigiu em seguida. Sabia que Mak era diferente. Ela ficava sozinha às vezes, não estava sempre com alguém. Isso, porém, não a impedia de se interessar por um rapaz alto e de boa aparência que trabalhava na mesma universidade em que ela estudava. Um rapaz que não estava do outro lado do oceano, nem se achava envolvido com um episódio horrível que ela buscava esquecer.

"Acalme-se, Andy. Ela não tem mais nada a ver com você."

Ele se entristecia por isso.

Capítulo 19

– Parece que estão metidos numa bela encrenca por aqui.

Andy ergueu os olhos de seu café frio.

– Desculpe, o que você disse?

A cafeteria ainda estava cheia, mas Andy nunca se sentira tão só. Percebeu que o doutor Harris já terminara de comer o bolo de chocolate e de beber uma latinha de Pepsi diet e o encarava sem rodeios do outro lado da mesa. Andy se perguntou por quanto tempo andara perdido no espaço. Esperava não ter perdido nada importante.

– Volte para a Terra, Andy.

– Está na cara, né?

Bob fez uma careta de incredulidade. Nem precisava responder.

– Desculpe – murmurou Andy.

– Deu para ver por que você está interessado nela. É uma linda mulher, e muito inteligente também, pelo que pude notar. Mas acho que você está no caminho errado.

Andy ficou quieto.

– Como foi o encontro de vocês? Como ela reagiu à sua presença? – perguntou Bob, mas Andy conhecia o orientador o suficiente para saber que ele não tinha como objetivo a resposta para si, mas fazer com que Andy repetisse a pergunta em seu íntimo: uma clássica estratégia psicológica.

– Acho que ela ficou surpresa em me ver, para dizer o mínimo – admitiu Andy.

– Você não a avisou que estava vindo?

– Não tive chance de tocar no assunto.

Seu comentário pairou no ar por um momento, sem resposta. Andy ficou imaginando se seria possível se sentir mais estúpido ainda.

– Ela pareceu interessada em vê-lo de novo? – insistiu Bob.

Como Andy não disse nada, ele comentou:

– Acho que você tem que dar outro rumo para a sua vida, Andy. Ela já fez isso.

Aquilo machucou. O aparte era evidentemente verdadeiro, mas machucou mesmo assim.

Andy se levantou.

– Vou pegar outro café. Quer alguma coisa?

Bob abanou a cabeça.

Andy pediu um café que não desejava e, quando tornou a se sentar, perguntou:

– Mas então, o que você estava dizendo sobre encrenca? Era sobre aquele caso que o pessoal da RPMC queria que você examinasse?

Bob andava muito ocupado para cuidar de novos casos, mas passara a manhã inteira debruçado sobre os arquivos, exatamente como Andy suspeitava que ele fosse fazer. Era um sujeito bom por natureza.

– Uma complicação – disse Bob, ajuntando depois em voz baixa: – Estou com um mau pressentimento. Temos três vítimas até agora, mas e estes novos desaparecimentos no *campus*? E se nós estivermos lidando com crimes em série por aqui?

Andy se inclinou para a frente.

– Acho que a RPMC tem a mesma suspeita – continuou Bob. – Descobriu-se que as duas vítimas já identificadas eram estudantes da UBC e a terceira... quando conseguirem identificá-la, tenho certeza de que vão encontrar o mesmo perfil. Vamos examinar o que temos: três corpos desovados na mesma área, em variados estados de decomposição, e as duas vítimas conhecidas foram mortas num intervalo de poucas semanas. O esqueleto não identificado é também de uma mulher jovem, assassinada há mais tempo, o que nos dá uma terrível ideia de há quanto tempo esse criminoso em particular vem atuando. As duas vítimas recentes, e talvez a outra também, parecem ter sido atingidas pelas costas com um rifle de alta potência. Não foram estranguladas ou esfaqueadas, como poderia ter acontecido no caso de um estupro que saísse de controle, mas levaram tiros. E nas costas. Covarde, né? O sargento Grant Wilson, por sinal um cara bacana e bem inteligente, disse que parece um tipo peculiar de execução. E ele tem razão. Caso se tratasse de um simples tiro na cabeça, seria uma execução comum, mas o tiro nas costas denota um estilo de caçadores. Acho que estamos procurando alguém da região. Um aficionado por caça ou alguém que mexa com armas em geral. Talvez um estudante, ou ex-aluno, ou mesmo professor da UBC. Meu ponto é: por que as duas vítimas identificadas eram estudantes daqui? Não existe nenhuma evidência de que uma conhecesse a outra. Não há nenhuma relação entre elas, a não ser a idade e o fato de estudarem nesta universidade. Será coincidência? Ou alguém está fazendo deste *campus* uma zona de caça?

Pensando nisso, Andy sentiu um arrepio. Será que o matador estaria na UBC naquele dia?

O doutor Harris deu mais uma mordida no bolo e continuou:

– Vou sugerir que eles anotem as placas de todos os veículos encontrados na área de Nahatlatch e chequem as identidades das pessoas que vivem ali ou visitam aquela região. Eles precisam cruzar esses dados com os nomes de estudantes antigos e atuais da UBC. E também com nomes de pessoas que trabalham aqui, incluindo os professores. Têm que verificar licenças de caça também. Será necessário cruzar essas informações com o perfil de toda e qualquer pessoa associada ao *campus*. E devem dar atenção especial a quem tiver a licença cassada por alguma razão.

* * *

O detetive Flynn teve dificuldades em se concentrar na palestra de Bob depois do almoço. Não conseguia parar de olhar na direção de Makedde. Felizmente, ela não percebera. Mas depois de algum tempo até esse fato passou a contribuir para a tristeza de Andy. Por que ela não olhava para ele? Andy começou a se sentir mal por observá-la o tempo todo e, mais ainda, por ter viajado tanto para assistir àquela conferência com segundas intenções.

O doutor Harris estava fazendo uma excelente apresentação. Ele era um comunicador nato, tanto em entrevistas quanto falando ao público; tinha também um ar muito profissional e trouxera um belo arquivo de slides para ilustrar seu discurso. Andy percebeu que a maioria das pessoas no auditório estavam fazendo anotações. Andy não estava, mas só porque já estudara muito o assunto antes.

– As cenas de crimes executados por psicopatas mostram normalmente que o ato foi bem planejado e envolvia algum elemento de excitação ou risco – explicava Bob. – Para esse tipo de indivíduo, não tem graça simplesmente arrombar a casa de uma velhinha e roubar o dinheiro da bolsa enquanto ela dorme. Não: o sujeito tem que se dar ao trabalho de espancá-la também...

Andy refletiu sobre o caso de Nahatlatch, que suscitara o pedido de ajuda da RPMC. Depois de Bob ter falado, durante o almoço, sobre as preocupações dele, Andy se sentia de algum modo envolvido na investigação. Bob percebera isso e lhe pedira o maior segredo possível. Se a imprensa ficasse sabendo, seria o caos.

Mas Andy não se sentia confortável com aquilo. Queria contar a Makedde. Ela merecia saber. Pela primeira vez em sua carreira, desejou que os jornais ficassem a par do assunto, pois assim o fardo do sigilo seria retirado de seus ombros. Não era preciso entrar em detalhes com Makedde, mas ela tinha que saber que algo errado estava acontecendo e que ela necessitaria tomar mais precauções que de costume com a sua segurança pessoal. Andy precisava encontrar um meio de alertá-la para isso sem faltar com a promessa que fizera ao doutor Harris.

– Agressores psicopatas demonstram um completo desprezo por suas vítimas – Bob dizia à plateia. – Existe sempre um elemento de comando, de controle, nos crimes que cometem...

O auditório estava hipnotizado. Bob era um agente do FBI e esse título ganhara um grande apelo popular, graças a filmes como *O silêncio dos inocentes e Hannibal*, e à série *Arquivo X*.

– Psicopatas podem fazer encenações, quando há uma relação pessoal estreita entre eles e as vítimas...

Andy sabia muito bem que a vida dos especialistas do FBI não era nada glamourosa. A vida de ninguém que lidasse com a obra das pessoas mais violentas e perturbadas do mundo poderia ser daquele jeito.

Andy crescera na tranquila cidadezinha de Parkes, em New South Wales, onde os tiras locais eram vistos como heróis. Havia, por exemplo, o sargento Morris, que aparecia na leiteria e chamava a atenção de todas as lindas garçonetes do estabelecimento. Ele sempre tinha algo a dizer ao jovem Andy, que o idolatrava.

Mas a realidade policial não tinha nada a ver com suas expectativas infantis e Andy logo descobriu que nem todos adoravam os homens da lei. A imagem que a maioria do público associava a eles era a das multas de estacionamento e dos testes do bafômetro. Agora havia também a imagem do escândalo. Só policiais corruptos apareciam na mídia.

Até a mulher com quem Andy se casara acabara odiando-o por ele ser um tira. Andy era um policial, mas estava longe de ser um herói.

Ele se perguntou se algum dia se perdoaria por suas falhas.

Capítulo 20

– Vamos lá, seu molenga. Mais cinco!

O sargento Grant Wilson olhou para o alto, de sua posição desconfortável sob um haltere de barra longa carregado com cem quilos, e apertou os olhos.

"Babaca."

Estavam imersos na sessão regular de levantamento de pesos na academia do bairro e o cabo Michael Rose contava os exercícios de Grant.

– Oito... Nove... Muito bom, vá em frente...

– Eu levantaria cento e quinze quilos fazendo o dobro de repetições – vangloriou-se o irmão de Mike.

– Caramba, Evan, dá para calar essa boca? – disparou Mike.

Normalmente ele e Grant não tinham companhia e aquilo não estava caminhando bem.

Quando Grant concluiu a série, Mike o ajudou a recolocar a barra no suporte. A sobrancelha de Grant gotejava e sua camiseta cinza estava cheia de marcas úmidas de transpiração. Ele se levantou e encarou o irmão de Mike.

Evan era um sujeito alto, completamente aficionado por exercícios. Levantava uma boa carga de pesos e Grant suspeitava que ele tomasse anabolizantes. Evan tinha tatuagens demais e um ego muito grande para o gosto de Grant. Ele jamais convidaria Evan para assistir à sua sessão de levantamento de pesos. Aliás, era pouco provável que qualquer outra pessoa convidasse Evan para alguma coisa.

"Droga, queria ser mais alto. Daria para encará-lo mais de cima."

– Vá em frente. O banco é todo seu – disse Grant, fazendo um gesto de varredura com as mãos e saindo de perto.

– Já fiz minhas séries hoje de manhã.

Grant riu. Teve uma época em que ele teria derrubado uma pessoa daquele tipo, mas havia aprendido a se controlar. Além do mais, o sujeito em questão era o irmão de seu melhor amigo.

– Eu estava só implicando com você, Grant – continuou Evan. – Não leve para o lado pessoal. Você levanta bem...

"... para um cara com essa idade", Grant quase podia ouvi-lo dizer.

– Mas como é que você esteve na academia pela manhã? Você não está trabalhando mais no estoque do supermercado? Diminuíram sua carga horária lá?

Evan franziu o rosto. Pareceu desinflar um pouco.

– Eu costumava terminar antes da loja abrir. De qualquer forma, não trabalho mais lá. Estou no Fox agora.

Mike não tomou parte na conversa. Era evidente que ele desejava que mudassem de assunto.

– E o que você faz lá? Serve mesas ou fica no palco? – perguntou Grant.

O Fox era um bar de strip-tease.

– Trabalho no bar. Você deveria aparecer por lá algum dia, vai gostar do ambiente – falou Evan.

Mike foi para o aparelho de *leg press* e Grant o acompanhou, ajudando-o a colocar alguns pesos de vinte quilos sobre a barra. Evidentemente, não demorou muito até que Evan fosse ter com os dois. Ele não se mancava mesmo.

– Então, é verdade que você passou a sua grande investigação para o pessoal do FBI?

"Como é que é?"

Desta vez Mike interferiu.

– Como eu lhe disse, Evan, pedimos uma opinião do especialista em perfis do FBI. Isso não quer dizer que o FBI tenha qualquer poder para agir aqui, nada do tipo.

– Não tem?

– Não.

Mike começou sua série e Grant ficou olhando, ignorando o intruso.

– Eu o vi hoje – disse Evan.

Os dois viraram a cabeça.

– Viu quem?

– O agente do FBI.

Grant e Mike pareciam igualmente espantados.

– Ele fez uma palestra na UBC. Puseram cartazes sobre isso com várias semanas de antecedência. É parte de uma grande conferência sobre psicopatas – disse Evan, revirando os olhos enquanto pronunciava a última palavra.

– É. Gostaria que nós pudéssemos ter ido, mas algumas pessoas precisam trabalhar. Alguns de nossos colegas assistiram à palestra. Você aprendeu alguma coisa? – perguntou Grant.

– Sim.

– Poderia compartilhar conosco?

– Não.

Grant estava a ponto de explodir.

– Preciso ir embora. Amanda está me esperando.

– Ah, claro. Por falar nisso, como ela está? Que chateação...

– Obrigado. Vai ficar tudo bem – rosnou Grant, jogando a toalha sobre um dos aparelhos e se afastando dali.

Era tudo o que ele podia fazer para não perder o controle.

A última coisa que desejaria seria ouvir um babaca ignorante como Evan Rose balbuciando alguma palavra banal de solidariedade sobre Amanda. O que ele sabia sobre cuidar de alguém que se ama? O que ele sabia sobre esclerose amiotrófica lateral?

Grant estava acabando de posicionar os números do cadeado de seu armário, quando Mike apareceu, desculpando-se.

– Puxa, Grant, desculpe-me... Não sei o que deu no meu irmão...

– Esqueça isso. Preciso ir para casa.

– Ele não costuma ser tão ruim assim...

– A propósito, por que você o convidou? E por que falou com ele sobre o caso?

– Eu...

– Só o tire da minha frente.

– Desculpe-me...

Grant pegou suas coisas no armário e as colocou na sacola de ginástica. Nem se preocupou em tomar um banho ou trocar de roupa.

– Não precisa se desculpar, Mike. Não sou eu quem tem que ser legal com ele só porque é da família.

Mike pareceu ferido com o comentário.

Grant tentou consertar:

– Esqueça. Estou passando por muito estresse – disse, acenando ao sair, mas não se despediu de Evan.

Capítulo 21

Ele passou horas no computador da biblioteca.

Para sua satisfação, encontrou mais do que esperava. Era estimulante. A internet era uma rica fonte de informação sobre o assunto que escolhera. Clicou na página principal de um arquivo de notícias da Austrália, registrando-se com um nome falso e com uma conta de e-mail de um provedor gratuito.

A página de busca apareceu. Ele digitou o tema.

Makedde Vanderwall.

Por um momento, pensou em acrescentar alguns detalhes específicos, por exemplo, "Makedde Vanderwall + assassinato + Austrália" ou algo nessa linha, mas teve o pressentimento de que um nome diferente como aquele seria o suficiente para que encontrasse o que procurava.

Selecionou todas as publicações disponíveis para busca, num período ilimitado de tempo. Apertou "enviar" e seu requerimento foi silenciosamente processado.

Não poderia ter ficado mais contente com os resultados.

Resultado da busca: 184 documentos com a expressão "Makedde Vanderwall".

Eram vinte resultados por página, o que dava dez páginas de notícias. Ele poderia enfim saber tudo o que havia sido publicado sobre aquela garota, todos os detalhes bombásticos que qualquer jornalista australiano conseguia vasculhar facilmente, mas que ela tanto se empenhava em esconder de seus compatriotas canadenses.

Herald Sun, Daily Telegraph, Courier Mail, Sun Herald, The Australian... a lista de jornais australianos era enorme. Começou pelo topo da página, clicando no artigo intitulado "Modelo sobrevivente volta para casa".

Ficou na biblioteca lendo até que o expediente terminasse. Seu cartão de cópias, que ele havia recarregado com vários dólares a mais, estava com o crédito zerado quando ele deixou o local com a mochila estufada com os segredos de Makedde.

"Isso agora vai ficar interessante..."

Capítulo 22

Roy Blake não gostou muito de receber uma chamada pouco antes do fim de seu turno. Havia alguma algazarra num dos prédios da residência estudantil da Universidade de British Columbia. Roy ainda estava de plantão e precisava ir até lá para verificar do que se tratava. Não era uma boa hora: ele tinha um encontro marcado com Makedde logo depois do trabalho. Apesar disso, respondeu rapidamente ao chamado, profissional como sempre, e em alguns minutos estava diante da residência estudantil. Estacionou a viatura do serviço de segurança na entrada e foi até lá espiar.

"O.k., o que nós temos aq...?"

Roy nem precisou entrar no hall do edifício para ouvir o barulho. Como relatado, alguém estava batendo sem parar na porta de um dos apartamentos. Dava para ouvir gritos também.

Ele franziu o rosto.

Roy correu até o segundo andar e, no meio do corredor, encontrou uma mulher gritando e soluçando. Ela parecia ter quase 50 anos, usava calças jeans e uma jaqueta de couro e tinha cabelos castanhos até a altura dos ombros. A maquiagem dos olhos havia descido pelas bochechas em linhas compridas e escuras.

Ela parecia pronta para começar outra série de gritos e lamentos, quando se virou e viu que Roy se aproximava. Sua aparição de uniforme sempre causava impacto. Os punhos da mulher pararam a milímetros da porta, imóveis no ar. Ela ficou com a boca aberta.

Roy saudou-a, levantando uma das mãos enquanto caminhava em direção à senhora. Ao chegar mais perto, percebeu que os olhos dela tinham aquele brilho vermelho característico do choro prolongado. Ela tinha os lábios inchados e o nariz úmido. Apesar da aparência desfeita, aquela senhora parecia uma mulher respeitável de classe média: as unhas estavam bem pintadas e em seu dedo anular reluzia uma aliança de ouro.

– Com licença, senhora. Posso ajudá-la em algo? – Roy perguntou, a poucos metros de distância, preocupado em usar um tom atencioso, porém firme, como havia aprendido.

A mulher ficou vários instantes em silêncio. Ela continuou a olhar para ele, com os punhos encostados na porta. Por um momento, Roy ficou pensando se ela realmente o teria entendido. De qualquer modo, era pouca a distância que os separava e Roy estava pronto para agir em caso de necessidade. Ele ainda mantinha uma das mãos à frente, com a palma aberta num gesto amigável, enquanto a outra mão estava na altura do quadril, pronta para usar o spray de pimenta, se fosse preciso. Mesmo cidadãos aparentemente inofensivos podiam agir de modo irracional e imprevisível.

Roy sabia bem que é exatamente quando você se torna muito confiante que se mete em encrenca. Pouco tempo atrás, um agente estava tentando ajudar uma senhora idosa na rua. Ela havia simplesmente caído no chão. Mas, quando o agente tentou levantá-la, quase perdeu o olho quando a velhinha passou a mão perto do rosto dele e arranhou o globo ocular dele com a pedra de seu anel. O pobre infeliz agora tinha um olho que parecia permanentemente imerso num mar de sangue.

– Há algum problema, senhora? – Roy perguntou, avançando bem devagar na mesma posição de segurança.

Ela finalmente falou.

– Senhor... Eu... Minha filha...

– O que foi? Sua filha, senhora? O que tem sua filha?

– Minha filha está aqui dentro, mas não quer abrir a porta.

"Talvez exista uma razão para ela não querer abrir a porta", pensou Roy. Por quanto tempo aquela mulher tinha estado ali batendo e gritando antes que alguém chamasse a segurança?

– Madame, a senhora está fazendo muito barulho e acredito que sua filha já teria ouvido se estivesse aí dentro. Tem certeza de que esse é o número do apartamento dela?

Roy procurava fazer as perguntas de modo gentil, tentando não provocá-la.

– Você acha que sou alguma espécie de idiota? – gritou a mulher. – Sei muito bem onde minha filha mora!

Bem, não adiantou nada.

Roy pensou em Makedde esperando-o no bar. Queria chegar pontualmente. Precisava ir até sua casa tomar um banho e trocar de roupa antes de encontrá-la. Quanto tempo aquilo iria levar?

– Não acho que a senhora seja nenhuma idiota, madame. Com certeza sabe onde sua filha mora. Posso perguntar o seu nome?

– Marian. Marian Melmeth.

– Certo, senhora Melmeth. Vamos lá embaixo para falarmos com o zelador deste prédio e vermos se ele pode telefonar para a sua filha. Simples assim. Qual é o...?

– Não! Já liguei para ela. Ela não quer atender, só para me afrontar!

– Senhora Melmeth, não vamos conseguir resolver isso aqui neste corredor. Sem dúvida, alguém dentro deste apartamento já teria ouvido a senhora. O que temos que fazer é descer e...

– Você não consegue fazer com que ela saia desse apartamento? – implorou a senhora, com as lágrimas inundando as bochechas.

"Bem, de repente isso vai acalmá-la."

– Qual o nome da sua filha?

– Debbie.

Roy ficou imóvel. Um sino soou dentro de sua cabeça.

"Oh, Melmeth... Claro..."

Ele tentou não esboçar nenhuma reação.

– O nome dela é Debbie? O.k.

Roy se inclinou para a porta e bateu educadamente, tendo plena consciência de que não havia nenhuma Debbie Melmeth lá dentro.

– Debbie, aqui quem fala é o agente de segurança Roy Blake. Você está aí dentro?

Nenhuma resposta.

– Tem alguém aí dentro?

Nada.

– Se alguém estiver aí, pode dar um sinal, por favor? – insistiu Roy, sabendo que aquilo já estava soando ridículo. – Bem, Marian, vamos lá embaixo para ver se conseguimos resolver isso.

De repente, a mulher se jogou novamente sobre a porta, esmurrando-a e gritando:

– Debbie! É sua mãe! Saia daí, querida! Por favoooooor!

Uma porta se entreabriu do outro lado do corredor. Aqueles esforços estavam sendo observados.

– Minha senhora, vou precisar levá-la lá para baixo agora.

Ela continuava a socar a porta.

Roy agarrou os braços da senhora Melmeth, puxou-os para trás e afastou-a da porta, tomando cuidado para conter a própria irritação e para dosar bem a força que usava na mulher.

– Desculpe por isso, madame. Mas preciso levá-la para fora.

Assim que foi dominada, a mulher pareceu murchar. Sua força se esvaiu e ela se apoiou pesadamente sobre o peito de Roy, sem conseguir controlar os soluços. Marian finalmente havia cedido.

Roy a conduziu gentilmente para fora do prédio. Uma agente de segurança, Larissa Graves, havia ido para lá e ajudou a acalmar a mulher

Roy estava largando o serviço com apenas quarenta minutos de atraso. Correu até sua casa para tomar um banho, trocar de roupa e depois se dirigir para o seu maravilhoso encontro. Por sorte, ele não morava muito longe da universidade. Ainda era possível chegar a tempo para encontrar Makedde...

CAPÍTULO 23

O Chili Bar, no descolado bairro de Kitsilano, em Vancouver, é um tributo à modernidade planejado nos mínimos detalhes. Enfeitado com pimentas secas penduradas nos cantos de grandes espelhos e divisórias de aço, duas luminárias de parede em um tom de vermelho profundo seguem o tema da decoração e projetam sombras em forma de chili nas paredes opostas. As lâmpadas fracas emitem um brilho suave que divide o salão entre o escarlate e as sombras e faz os clientes parecerem ligeiramente demoníacos.

Uma produtora de cinema americana estava rodando um filme de ação na cidade. Mak reconheceu dois atores sentados no fundo do restaurante: Michael Ironside e aquele policial de rosto marcado, da antiga série *Miami Vice*, cujo nome ela nunca conseguia lembrar.

O Chili Bar estava fervilhando naquela noite de semana, lotado de modernos urbanos dividindo martínis com os amigos no fim de mais um dia de trabalho duro. Makedde estava sozinha, bebericando uma inocente água mineral na ponta do balcão laqueado que serpenteava e afinava na forma de um chili gigante estilizado no centro do bar. Se aquela imensa pimenta fosse um ponto de exclamação, Mak seria o pequenino ponto na extremidade.

O encontro com Roy era sua primeira investida romântica desde o fiasco com Henry, depois do qual ela decidira nunca mais permitir que suas amigas interferissem na sua vida amorosa. Elas tinham boas intenções, mas o resultado era invariavelmente desastroso.

O Chili Bar fora sugestão de Makedde. Roy conhecia o endereço, mas nunca tinha entrado lá, o que dava a ela certa vantagem territorial. Também era o único bar decente perto do apartamento dela que não ficava para as moscas nas noites de semana do outono.

Mak prendeu uma mecha de cabelo atrás da orelha e olhou pensativamente para sua pequena bolsa Bally de verniz em cima do balcão. "Então, como será esse tal de Roy Blake?", perguntou-se. Ele era bonito, impossível não notar, e parecia ser um cara legal, mas ela não sabia muito a respeito dele. Quase nada, na verdade. Ele fora muito atencioso durante a conversa no almoço e ela se sentiu lisonjeada. Alguns homens estavam ocupados demais massageando o próprio ego para escutar o que uma mulher dizia. Os dois tinham dividido um banco na UBC por cerca de meia hora durante o intervalo, falando sobre a universidade, o trabalho dele, o tempo e os preparativos para a temporada de esqui que se aproximava. Quando Mak finalmente comprou sua porção de sushis, já estava na hora de voltar para a conferência.

Makedde não se permitia o prazer de um flerte havia um bom tempo, o que lhe valera o apelido de "Princesa de Gelo" entre suas amigas. Tinha esquecido como podia ser agradável receber atenção de um homem. Com apenas aquele pequeno incentivo, ela já sentia que sua feminilidade havia sido estimulada. Talvez fosse pouco mais do que o simples instinto biológico de reprodução, mas conhecer alguém novo era sempre excitante. De certa forma, Mak ainda era uma romântica.

Com um senso natural de elegância, Makedde geralmente não tinha dificuldade em escolher suas roupas, mas naquela noite se viu perdendo tempo demais decidindo o que vestir. A regra de não aparentar um esforço excessivo de arrumação era importante naquelas situações. Sua estratégia fora trocar as botas de solado de borracha por sapatos de salto alto sensuais e vestir uma discreta blusa preta com decote canoa. Um pouco de gloss nos lábios, uma rápida escovada nos cabelos e ela estava pronta.

Ela deveria estar aproveitando uma noite agradável, distraída de suas preocupações com a ajuda de um homem jovem e bonito que mal conhecia, mas havia dois problemas. Número 1, já passara da hora combinada e ela ainda estava sozinha, o que era irritante. E o problema número 2 basicamente derivava do número 1, pois, quanto mais ela era obrigada a esperar por Roy, mais tempo tinha para recordar a surpresa de reencontrar Andy.

"Que diabos aquele homem estava fazendo em Vancouver?"

Mak sacudiu a cabeça de leve e se inclinou para a frente, apoiada nos cotovelos, para observar o próprio reflexo distorcido no balcão negro laqueado. Seu rosto estava alongado de um modo bizarro, metade vermelho e metade pálido. Aos próprios olhos, ela parecia um monstro. Monstros a faziam lembrar de psicopatas – os Nosferatus modernos espalhados pelo planeta – e psicopatas a faziam lembrar a Austrália, as experiências que tivera lá e também do homem que salvara sua vida, o que a levou de volta ao ponto inicial de seus pensamentos, Andy Flynn.

"A porcaria do Andy Flynn. Aqui. Em Vancouver."

Ela atribuía o estresse que vinha sentindo ao súbito retorno dele. Já tinha sido ruim desde que ele ligara, mas agora ela não conseguia mais tirá-lo da cabeça. Dois meses atrás, ela se convencera de que tinha superado aquele problema e agora a presença de Andy na cidade estava desfazendo todo o seu progresso.

"O que eu vou fazer a respeito dele?"

"Será que eu tenho que fazer alguma coisa a respeito dele?"

Mak tomou um gole de água na esperança de que o líquido frio diminuísse o rubor de suas bochechas. Mas, quanto mais pensava em Andy, mais se agitava. Ela ficou absolutamente chocada quando ele a abordou na conferência. Era como se ele tivesse saído diretamente de um de seus sonhos, ou melhor, de um de seus pesadelos. O problema, claro, é que ele era real. Certo, ele não estava perseguindo Mak pelo campo com um bisturi como no pesadelo, mas tampouco havia um despertador prestes a salvá-la ao alcance da mão.

"Droga, Andy, por que você tinha que reaparecer na minha vida? Por quê? Por que agora?"

Mak se apaixonara pelo detetive Andy Flynn contra a vontade, no início, mas os sentimentos tinham sido fortes demais para resistir. Ela jamais deveria ter deixado isso acontecer. Ele era o detetive encarregado da investigação do assassinato da amiga dela. Estava no meio de um divórcio complicado e também de uma crise de meia-idade precoce, como tantos outros homens que de repente concluíam que Makedde era a solução para seus problemas. Na verdade, Andy Flynn tinha muitas características que qualquer mulher inteligente sabia que deveria evitar nos homens, mas por algum motivo isso não fez qualquer diferença. Ele a atraía como uma lâmpada atrai mariposas. As coisas se complicaram rapidamente e ela com certeza se arrependia do caso.

À medida que o efeito de Andy sobre ela gradualmente se diluía, Makedde passou a se recriminar por deixar que ele a afetasse tanto e, agora que ele estava por perto outra vez, ela se culpava duplamente. Ele era exatamente o tipo de distração que atrapalharia ainda mais seus estudos e certamente não iria ajudá-la a dormir bem à noite.

Ela sentira falta dele por um tempo, logo que retornara da Austrália. Mas não agora que estava tentando reorganizar sua vida.

O coração de Makedde batia rápido, rápido demais. Seus olhos começaram a arder e ela não gostou de se sentir assim. Se continuasse a pensar na coisa errada, se deixasse sua mente correr livremente, acabaria chorando sozinha no banco do bar como uma idiota ridícula. Que bela cena! Ela controlou o fluxo inesperado de emoções, mas já estava sentindo uma vertigem nauseante. Fechou os olhos e prendeu a respiração por um instante.

"Relaxe."

"Respire. Respire devagar."

Mak tomou outro gole de água e concluiu que talvez precisasse de uma bebida mais forte.

– Roddy, por favor – ela chamou o barman.

Ele se virou na direção dela. Roddy tinha vinte e poucos anos, muitos músculos, um bronzeado constante e alguns centímetros a mais de altura do que Mak. Durante o dia, trabalhava como personal trainer em uma das pequenas academias de luxo das redondezas. Estava vestindo uma camiseta justa de lycra que realçava os bíceps bem definidos. Apesar de seu trabalho e da roupa, ela sempre tivera a impressão de que Roddy era um pouco tímido.

– Hum... Roddy, qual é o seu drinque favorito? Um que seja bom de verdade.

Ela esperava que uma bebida a ajudasse a acalmar os nervos.

– Com álcool?

– Sim, claro – ela disse.

Ele aparentou surpresa.

– Bem, do que você gosta? Temos nosso martíni especial, cosmopolitan, daiquiri. Você prefere uísque? "Sexo na praia"? Que tal um "beijo na boca"?

"Tímido ele certamente não é", ela pensou ao ouvi-lo recitar os drinques provocantes. Mak piscou, refletindo sobre o nome das bebidas, depois disse:

– Está bem, me dê um "beijo na boca", por favor.

Talvez mais tarde ela pedisse um "sexo na praia".

Um uísque também serviria para acalmá-la. Makedde não sabia muito sobre bebidas alcoólicas, mas elas supostamente ajudavam a relaxar e era isso que as pessoas iam fazer nos bares, não?

Ela teve a impressão de que Roddy tinha lançado um olhar estranho para ela antes de se virar para preparar o drinque. Mak se deu conta de que nunca havia pedido uma bebida de verdade para ele. Um pouco depois, ele retornou e colocou na frente dela uma mistura leitosa em um copo baixo.

"Ai, ai, será que é uma boa ideia?"

– Este é por conta da casa, Mak. Diga se você gosta.

– Obrigada, Roddy. Não precisava.

– O prazer é todo meu. Aproveite.

Dizendo isso, ele a deixou com o drinque.

Mak levou o copo até o nariz. O cheiro era cremoso e doce. "Baileys, que delícia". Ela não entendia bem a referência ao beijo, mas imaginava que a mistura teria gosto bom. Olhou para o copo erguido por um momento, superou sua hesitação e tomou tudo de um gole só.

"Nossa! Muito forte."

Mak poderia ter se engasgado se o coquetel não fosse tão deliciosamente aveludado. Sentiu uma descarga elétrica percorrer seus nervos, seguida de uma profunda sensação de calor. "Muito gostoso."

Lambeu os lábios e esquadrinhou o bar.

"Droga, onde se meteu aquele homem?"

E então, como era de se esperar, Makedde descobriu que não estava mais sozinha.

– Olá. Gostaria de mais um drinque?

Sotaque americano. Obviamente não se tratava do guarda de segurança.

Mak olhou para o lado e viu um homem de aparência refinada e cabelos grisalhos, com um bronzeado artificial profundo e os dentes mais brancos que jamais vira.

Ela obviamente não respondeu com a rapidez que ele esperava, pois o garoto-propaganda de dentista continuou:

– Oi, meu nome é Richard. Como você se chama?

– Oi, Richard. Eu estou esperando uma pessoa, então agradeço a oferta, mas não é necessário.

Ela deu um sorriso de lábios cerrados.

– Eu estava observando você sentada aí, sozinha, e pensei: o que aquela moça bonita está fazendo tão só? Eu sou de Hollywood e estou rodando um filme com...

– Eu sei, com Michael Ironside e... Como é o nome daquele outro ator? O de *Miami Vice*?

– Qual deles?

– Ah, não importa. Como eu já disse, estou esperando alguém, então não me leve a mal...

– Bem, eu posso lhe fazer companhia até ela...

– Ele – ela corrigiu, destacando a palavra para se fazer entender.

– Até *ele* chegar – o homem terminou.

Makedde girou no banco para encará-lo de frente, erguendo o queixo e fuzilando-o com um olhar de irritação.

– Tudo bem, tudo bem – disse ele por fim, levantando as duas mãos. – Mas se você mudar de ideia...

– Tchau – disse ela, voltando-se para o bar outra vez.

Com o canto do olho, ela o viu ser cumprimentado pelos amigos quando retornou para a mesa e escutou um deles dizer:

– Ih, cartão vermelho para o Richard!

“Idiotas.”

Makedde colocou o casaco no banco do lado para evitar outras abordagens e olhou para o relógio. Já passava muito das 20 horas e ainda nem sinal de Roy. Agora ela estava realmente se sentindo estranha por ter que beber sozinha, espantar desconhecidos insistentes e esperar... bem, esperar um desconhecido também.

Ela olhou em torno do salão, mas ele ainda não tinha aparecido. Tirou o telefone da bolsa e verificou as mensagens. Nada.

"Talvez eu devesse ir embora."

Ela resolveu que iria esperar apenas mais dois minutos antes de ir para casa e nunca mais falar com aquele tal de Roy Blake outra vez. Olhou para o relógio e começou a contar: "se ele não chegar em sessenta segundos... cinquenta e nove... cinquenta e oito..."

Às 20h20, sentiu uma brisa fria no pescoço e ergueu os olhos do relógio. Lá estava ele.

"Vinte minutos não é um atraso tão grande assim, Mak."

Makedde olhou bem para Roy enquanto ele se aproximava. Talvez o drinque tivesse lhe dado um pouco mais de confiança. Ele era muito alto e masculino e não era excessivamente arrumadinho. Tinha um jeito de caubói, aliás um caubói bem bonitão: olhos castanho-escuros e boca carnuda sensual. Os cabelos castanho-claros eram crespos e curtos. Ela concluiu que ele tinha uma beleza rústica que lhe agradava. Embora se mostrasse educado e atencioso, Makedde suspeitava que ele no fundo ele tivesse um lado bruto e passional.

Roy usava roupas casuais e ela notou que provavelmente preferia vê-lo de uniforme. Ou talvez gostasse mais dele quando Andy estava por perto? Ela realmente tentara provocar ciúmes em Andy? Não, simplesmente queria que ele percebesse que ela tinha tocado a vida em frente, só isso. Que entendesse que não havia a menor possibilidade de romance entre eles outra vez. Sem chance.

"Quem você está tentando convencer, Makedde?"

Ela tirou o casaco do banco ao seu lado e Roy se sentou. Seus lábios estavam curvados em um sorriso simpático e ele cheirava a Azzaro. O perfume ainda não tinha tido tempo de se misturar ao cheiro da pele dele e era intenso. Agradável, porém um pouco forte demais.

– Olá – a voz dele era grave.

– Oi.

Ele era muito atraente, mas mesmo assim ela sentiu vontade de sair correndo.

"Ai meu Deus, eu não estou a fim dele. Droga, Andy, a culpa é toda sua!"

– Como foi a conferência hoje à tarde? – Roy perguntou. – Fiquei com pena de não poder assistir.

– Ah, foi boa – disse ela, tentando usar um tom normal.

Precisava se acalmar. Não ia fugir. Ia ficar sentada e se divertir.

– Foi muito bom conversar com você. Infelizmente meu horário de almoço é curto.

– Tudo bem. Eu não esperava ter companhia.

"E de repente havia companhia por todos os lados."

– Como você está? Como foi seu dia? – Mak perguntou, tentando desviar a atenção de si.

Ela desejou que o drinque fizesse efeito logo e a acalmasse.

– Sinto muito pelo atraso – disse Roy.

Mak estava mesmo pensando se ele iria se desculpar.

– Foi o trabalho – ele continuou. – Eu devia ter saído há mais de uma hora, mas surgiu um problema no último minuto. Uma coisa muito triste, para dizer a verdade.

Ele baixou a cabeça e olhou desconsoladamente para o balcão.

"Triste?"

– O que aconteceu?

– Que falta de educação a minha. Aceita outra bebida?

Mak percebeu que Roddy havia retirado o copo vazio da sua frente quando ela não estava olhando. Ainda bem. Roy estava apontando para a água mineral pela metade.

– Quer outra água?

Ela sentiu o "beijo na boca" começar a fazer efeito. Mesmo com sua altura excepcional, o álcool costumava afetá-la rapidamente, talvez porque ela só tivesse começado a beber nos últimos anos.

– Por enquanto não, obrigada.

– Você se importa se eu tomar uma cerveja?

– Está brincando? Claro que não.

Ele apenas sorriu e chamou o barman. Roddy reagiu à presença de Roy com uma ligeira pausa. Ele estava acostumado a ver Makedde no bar com amigas. Roy não aparentou perceber a desconfiança de Roddy.

– Hum, que cervejas vocês têm? – ele olhou em torno do bar. – Quero uma Moosehead, por favor.

Mak sentiu que relaxava um pouco mais. "Isso é apenas um encontro normal, Mak. Você lembra como é um encontro normal, não?"

Roy se virou para Makedde e sorriu.

– Você está linda.

"Ai. Por favor, não fique vermelha, Mak."

A pele holandesa de Makedde tinha o péssimo hábito de trair suas emoções com facilidade. Suas bochechas se transformavam em duas rosas, quando ela se sentia constrangida ou sem jeito, e o rosto perdia toda a cor quando estava cansada ou estressada.

– Obrigada.

Ela queria desesperadamente mudar de assunto.

– Então, como é trabalhar como segurança? Vocês têm os mesmos poderes que a polícia?

– Ah, é mesmo, você comentou que seu pai era inspetor-detetive – disse ele.

"Às vezes ele ainda acha que é", ela pensou, sorrindo para si mesma em silêncio. Ele ainda tinha o respeito da polícia nos dois lados do oceano e, como um bom detetive, ainda queria saber exatamente o que estava acontecendo o tempo todo, particularmente na vida da filha.

– Bem, nosso poder de prisão é praticamente o mesmo de qualquer cidadão canadense. Não podemos prender alguém a não ser que realmente tenhamos testemunhado a pessoa cometer um crime. Temos muito menos poder do que a polícia, que só precisa de uma suspeita bem fundamentada.

– Entendo. Então, se você pegar alguém em flagrante quebrando uma janela, pode prender e entregar para a polícia?

– Exatamente. E, se eu encontrar alguém perseguindo um suspeito e dizendo que o viu quebrar a janela, não posso fazer nada.

Makedde já tinha ouvido dizer que o dia a dia de um segurança podia ser frustrante e estava começando a entender por quê.

– Você trabalha com um parceiro?

– Nós todos nos conhecemos, mas geralmente trabalhamos sozinhos porque não há pessoal suficiente para formar duplas. Temos que patrulhar uma área com 501 prédios e mais de 30 mil pessoas.

Mais frustração.

– O que aconteceu hoje? – ela perguntou, prosseguindo no que já estava parecendo uma espécie de interrogatório. – Você mencionou uma coisa triste.

– Ah... é mesmo – Roy fez uma pausa e o rosto dele ganhou uma expressão sombria e distante. – Eu, hum, eu fui chamado para investigar uma confusão em um dos alojamentos da UBC. Quando cheguei lá, uma mulher estava esmurrando a porta de um dos apartamentos, histérica e aos prantos. Ela queria que a filha abrisse a porta para falar com ela.

O tom de voz dele era sincero e Mak se emocionou ao ver aquele homem enorme tão comovido.

– O que realmente me fez mal foi que eu sabia quem ela era – ele continuou. – Reconheci o sobrenome, que é um pouco diferente e difícil de esquecer. Acontece que a filha dela desapareceu recentemente. Estava em um dos nossos boletins de ocorrência.

O estômago de Makedde se contorceu só de pensar na situação.

– Oh, que coisa horrível – ela disse.

– Eu sei. Voltei mais tarde para ter certeza e era mesmo o quarto da garota desaparecida. Quer dizer, ela não tinha nenhum motivo para pensar que a filha ia estar lá dentro.

Ele balançou a cabeça de um lado para o outro.

– Tentei acalmar a senhora, mas ela estava muito alterada. Dava para ver que estava sofrendo muito. É triste assistir a uma coisa dessas.

"Quem é a moça desaparecida?", Makedde queria perguntar, mas não seria uma boa ideia. Era evidente que o trabalho estava afetando Roy e ela achou melhor mudar de assunto.

– Eu também vou pedir uma bebida e nós podemos fazer um brinde às novas amizades – ela anunciou.

Roy abriu um sorriso e concordou.

– Excelente ideia.

– Roddy, pode me preparar seu martíni especial?

– Já está saindo.

– Oh... espere um pouco – Mak o deteve se debruçando sobre o balcão e segurando as costas da camisa dele. – O que vai em um martíni especial? – perguntou.

Ele riu.

– Chocolate.

– Chocolate?

– Sim, é um martíni de chocolate. Você vai gostar.

– O.k., Roddy, eu acredito em você.

O drinque chegou em instantes e Roy insistiu em pagar. Após uma breve resistência, ela concordou.

– A próxima rodada é minha – disse.

– Pode me dar um copo para a cerveja? – ele pediu, antes que Roddy se afastasse, e depois se virou para Mak. – Para o nosso brinde ficar mais chique – explicou.

Makedde sorriu. Os dois ergueram os respectivos copos para brindar.

Tim-tim.

– Às novas amizades.

Mak assentiu.

– Às novas amizades.

"E que o passado descanse em paz."

Capítulo 24

Grant fez uma careta quando o telefone tocou. Com relutância, afastou-se de Amanda e andou até a cômoda, onde o celular gritava dentro do bolso de seu casaco.

"Como eu odeio essa coisa."

– Wilson – ele atendeu em voz baixa.

– Grant, é o Mike.

Ele já imaginava.

– O que foi desta vez? – perguntou. – Não me diga que encontraram outra vítima.

– Pior.

– Pior?

Amanda olhou para Grant e ele ergueu um dedo para indicar que a conversa seria rápida. Ela respondeu com um sorriso nos olhos castanhos. Dava para ver que estava cansada.

– Espere um segundo...

Foi para o corredor e fechou a porta do quarto. Cherrie ainda não tinha voltado do encontro com o namorado e a casa estava escura e silenciosa.

– Como assim, pior?

– Bem, não é exatamente pior... – Mike começou.

Grant respirou fundo. Ainda estava irritado com o parceiro por ter levado o irmão à academia na última sessão. Era mais uma fonte de estresse de que ele não precisava.

– Mike, pare de fazer rodeios e me diga logo o que houve.

– Meu irmão telefonou...

Falando no diabo...

– Ele está chateado porque foi interrogado por um dos nossos homens.

– Um dos nossos homens interrogou Evan? Sobre o quê?

– Ele andava por perto do Rio Nahatlatch, não muito longe de onde os corpos apareceram.

Grant deu um tapa na testa com a palma da mão.

– Mas que idiota! O que ele foi fazer lá?

– Não sei, talvez tenha ficado curioso.

– Curioso?

O sujeito era problemático. Grant achava estranho que o irmão de Mike simplesmente tivesse decidido participar de uma conferência sobre psicopatia e assistido à palestra do especialista que estava auxiliando naquele caso. Isso não cheirava bem. Desde quando Evan ia a conferências sobre qualquer coisa? O evento era aberto ao público, mas com certeza os organizadores tinham em mente alunos de psicologia, e não garçons de bares de strip-tease. O que ele estaria querendo?

– Curioso? – ele repetiu incrédulo.

– Bem, você conhece o Evan – disse Mike.

– Não, *você* conhece o Evan. Eu prefiro saber o mínimo possível sobre ele.

Grant se encostou na parede e esfregou o rosto com a mão. Tentou imaginar Evan bisbilhotando no mato com uma lanterna ou algo parecido. Por quê? Depois pensou nele sendo parado pela RPMC e questionado sobre os motivos para estar ali...

– Ele acha que pode estar encrencado – Mike disse sobre o irmão.

– O que você quer dizer com isso?

– Nada. Só que ele está preocupado porque talvez seja considerado suspeito... sabe como é, por ter sido visto lá.

– E ele estava agindo de modo suspeito? Quero dizer, mais suspeito do que o normal?

– Espere um pouco, Grant...

– Foi uma burrada, Mike, mas, se Evan não fez nada de errado, diga para ele que não precisa se preocupar. É muito simples.

– Você poderia ligar para aquele agente do FBI para mim, Grant? Só para ter certeza, você sabe... perguntar se meu irmão é um dos suspeitos.

"Que ótimo." Ele considerou o pedido. Não estava gostando do tom daquele telefonema. E se Evan fosse realmente culpado de alguma coisa? Será que Mike se sentiria obrigado a acobertá-lo?

– Eu vou ligar, mas não prometo nada, certo?

– Certo, Grant, sem problemas.

“Não estou gostando disso”, ele pensou. “Não estou gostando nada disso.”

Mike mudou de assunto.

– Como está a Cherrie?

– Ainda não voltou para casa.

– E a Amanda... ?

– Como sempre. Falo com você mais tarde, Mike. Vou perguntar sobre o seu seu irmão.

– Muito obrigado, Grant.

Ele voltou para o quarto, onde Amanda o esperava . Para Grant, ela ainda era a mulher mais linda do mundo, mesmo naquele estado. Seus membros estavam paralisados e era cada vez mais difícil para ela falar e engolir. Era preciso bombear o líquido que se acumulava na garganta para que ela não morresse com a quantidade de saliva que as pessoas saudáveis normalmente engolem.

A esclerose amiotrófica lateral era mais comum em homens mais velhos, mas ali estava Amanda, com menos de 50 anos, e a doença destruía seus neurônios motores a uma velocidade impressionante. Os músculos estavam se deteriorando rapidamente, mas a mente se mantinha lúcida e brilhante como sempre. Ela fora diagnosticada havia pouco mais de um ano, quando os médicos disseram que teria no máximo mais alguns meses de vida.

– Desculpe, querida, preciso dar um telefonema, mas já volto para ficar com você – ele disse.

Amanda não respondeu, mas ele sabia que ela havia entendido.

Ele pegou a carteira na cômoda e voltou para o corredor, fechando com delicadeza a porta do quarto. Tinha o cartão do doutor Harris, onde ele anotara o número do quarto no Hotel Renaissance. Mike gravara o número para ele na memória do celular, mas Grant não fazia a menor ideia de como acessá-lo.

O doutor Harris atendeu quase imediatamente.

– Bob falando.

– Doutor Harris, é o sargento Wilson.

– Grant. Como vai?

– Ótimo, Bob. Exceto... Bem, para dizer a verdade, estou ligando porque... hum. Queria saber se Evan Rose está na lista de possíveis suspeitos no caso dos assassinatos de Nahatlatch.

– Ah... Ele é irmão de um colega seu, certo?

– Sim, isso mesmo. Por favor, não me entenda mal, eu sei que ele não é flor que se cheire, mas também não é tão mau assim.

– O que isso significa exatamente?

Percebendo o que acabara de dizer, Grant fez o possível para se explicar:

– Nada de mais. Eu só queria...

– Esta é uma conversa delicada – disse o doutor Harris. – Talvez seja melhor nos encontrarmos para discutir o assunto. E não acho uma boa ideia falar sobre isso com seu parceiro, se é que você já não falou.

– Por que o interesse em Evan? – perguntou Grant.

– Ele estava andando à toa perto de onde os corpos foram encontrados. Tem uma licença de caça válida – disse Bob. – E abandonou o curso que estava fazendo na faculdade.

– Eu sei, mas... que relevância isso tem?

– É apenas rotina – o doutor garantiu. – Ele parecia estar vasculhando a área e precisamos eliminá-lo como suspeito. Tenho certeza de que você entende. Vamos falar sobre isso amanhã. Neste meio-tempo, se você puder acalmar seu parceiro, seria ótimo.

* * *

O doutor Harris pôs o fone no gancho.

– Esta situação pode se complicar.

Andy balançou a cabeça, concordando.

– Você não vai conquistar muitos fãs na Polícia Montada.

Bob não pareceu se preocupar.

– Não estamos em um concurso de beleza. Se alguém se encaixa no perfil, como é o caso daquele sujeito, temos que investigar. Graças a Deus, ele é só irmão, e não um policial. O cabo Rose não me preocupa, mas eu gostaria de manter esse Wilson do nosso lado. Ele é um bom policial, pode nos ajudar.

Andy fechou a pasta que estava examinando. As fotos do local do crime eram horrendas. Eles tinham discutido o caso com Wilson e Rose enquanto andavam pela beira do rio e os dois pareciam ter relaxado em relação à sua presença. Andy não tinha trabalhado em muitos casos de homicídios em série, além do Assassino do Salto Alto, mas, segundo o que aprendera no treinamento, desta vez estavam lidando com uma personalidade muito diferente. Essa pessoa não deixava tantas marcas nos corpos. Não havia mutilações aparentes. Tiros eram um método muito menos íntimo do que os do Assassino do Salto Alto.

O doutor Harris e ele tinham decidido trabalhar juntos no caso. Seria uma boa oportunidade de aprendizado para Andy, além de ficar muito bem no seu currículo. Mas, mais do que isso, ele tinha um interesse genuíno em avaliar o possível perigo para Makedde enquanto o assassino continuasse à solta. Suspeitava que Bob soubesse de seus motivos ocultos, mas preferisse se fazer de desentendido.

– O que você sabe sobre esse homem? – ele perguntou.

– Não existem provas concretas, é claro, mas ele se encaixa bem no perfil e precisamos investigá-lo.

Bob andou até a janela e cruzou os braços. A pose fez Andy se lembrar do detetive-inspetor Kelley, da Austrália, outro homem que ele respeitava muito.

– Evan Rose, 28 anos, sem emprego fixo. Conhecido pelo comportamento antissocial. Já foi detido por brigar em bares, esse tipo de coisa, mas nunca chegou a ser condenado por agressão. Abandonou a universidade e pode sentir raiva de acadêmicos ou estudantes bem-sucedidos. As vítimas eram inteligentes e atraentes. Talvez uma namorada da faculdade tenha lhe dado um fora; não me deixe esquecer de verificar isso.

– Nada bom, não é mesmo?

"As vítimas eram inteligentes e atraentes..."

– É bom para nós, se ele for o culpado. Não me importa de quem ele é irmão. Evan Rose acaba de ser declarado um de nossos principais suspeitos.

Capítulo 25

Debbie estava exausta. Por mais que tentasse se concentrar em seu problema, em como poderia escapar dali, não tinha como ignorar o dolorido vazio em seu estômago. Estava faminta. Já fazia três dias que estava presa no mesmo lugar e seu corpo ardia de necessidade de libertação. Precisava se mover. Precisava girar os pulsos, andar, esticar-se... mas estava presa.

Deixou então a cabeça pender para um lado. Já havia lutado, gritado, implorado... Agora se conformava em ficar quieta. Não acreditava mais que fosse capaz de comover o homem que a capturara. Já havia empregado todas as estratégias possíveis; agora, se limitava a permanecer tristemente tranquila e obediente.

"Faça logo o que você quer fazer e me deixe ir embora."

O homem havia feito coisas estranhas e intrigantes. Às vezes ele parecia se divertir em vê-la lutar, mas Debbie sabia das atrocidades que uma pessoa assim era capaz de cometer. Ele podia querer ir ainda mais longe.

Ela passou os olhos pelo recinto, examinando as tábuas de madeira e os recantos escuros da sala. Foi quando viu um par de olhos esquisitos e sem vida. Tratava-se de um coelho empalhado. A pequena criatura a encarava com uma expressão de terror.

Suas reflexões foram interrompidas por um estrondo. Seu captor abrira a porta de repente. Debbie pulou na cadeira, provocando uma onda de dor nos tornozelos e nas pernas. Ela gritou e abaixou o rosto, fechando os olhos com força.

– Pare com isso! – ele gritou. – Pare!

"Mas eu não fiz nada!", pensou Debbie, mas preferiu permanecer quieta.

Temia o temperamento irascível daquele homem. Mas agora via que ele chorava, chorava como uma criança. De repente, ele ergueu o punho contra ela, vibrando-o no ar. Debbie tentou se esquivar, mas não tinha para onde ir.

O corpo da garota bateu com força no chão, enquanto sua mandíbula era devastada pela dor. Um véu negro de inconsciência se abateu sobre Debbie.

Ela não tentou resistir.

Capítulo 26

No terceiro dia da conferência, várias coisas ocupavam os pensamentos de Makedde, especialmente dois homens e a insônia que só piorava. Ela estava pensando seriamente em ligar para Ann.

O encontro com Roy Blake na noite anterior certamente tinha ido bem, mas isso não a ajudara a dormir. Ela parou de beber depois do martíni de chocolate, para não ter que se preocupar com a ressaca, mas não estava bêbada o suficiente para cair no sono. Tivera o pesadelo de sempre: o uniforme do pai, a mãe morta.

"Roy Blake."

Ela esperava receber um e-mail dele pela manhã e ficou um pouco decepcionada quando viu a caixa de correio vazia. A sensação se evaporou, no entanto, quando ela quase tropeçou no grande buquê de perfeitas rosas vermelhas enroladas em celofane deixado na porta do seu apartamento.

"Obrigado pela companhia deliciosa", dizia o cartão, "Roy".

A surpresa foi ótima, lisonjeira, sem dúvida nenhuma, e sob medida para distrair a atenção de Mak do outro homem que há pouco aterrissara de volta em sua vida. Ela precisava se esforçar para não começar a pensar nele outra vez, só porque ele estava na cidade. Afinal de contas, não estava lá por causa dela, mas a trabalho. E eles não podiam ficar juntos de jeito nenhum.

* * *

A programação do terceiro dia da conferência sobre psicopatia tinha sido interessante, mas não se comparava às palestras dadas pelo dr. Hare ou pelo especialista em perfis, dr. Harris, nos primeiros dois dias. Andy não compareceu ou pelo menos se escondeu bem. Mak tentou convencer a si mesma de que assim era melhor, mas era mentira. O que ele estaria fazendo em Vancouver? Ela tinha certeza de que ele não estava visitando pontos turísticos.

"Pare com isso. Pare de pensar nele."

A secretária eletrônica piscava quando ela chegou em casa. Desejou que um dos recados fosse de Roy.

E era.

– Oi Mak, obrigado pela noite agradável. Vamos sair de novo? Logo?

Ela deu um suspiro de alívio. "Sim, seria ótimo". Próxima mensagem.

– Oi Mak – era a voz familiar de seu pai. – Ligaram para cá procurando você...

Isso só podia significar uma coisa. As únicas pessoas que ligariam para a casa do seu pai na ilha seriam a Receita Federal e Andy Flynn. E a declaração de renda de Mak estava em ordem.

– ... Foi o Andy. Ele já ligou duas vezes hoje. Parece estar precisando muito falar com você. Ele deixou o número do Hotel Renaissance, no centro de Vancouver...

"Ah, não! Não ouse me dar o telefone dele!"

A voz do pai recitou lentamente os números duas vezes e concluiu dizendo:

– Se você quer um conselho, é melhor ligar e ver logo o que ele quer. Senão eu vou acabar virando o seu secretário.

"Muito engraçado, papai, muito engraçado."

Agora o pai dela estava mandando-a ligar para Andy. Ela tinha que tomar uma decisão.

Makedde teve que escutar a mensagem de novo para anotar o número certo. Apesar da clareza da voz do pai, ela bloqueara a informação da sua mente nas duas primeiras vezes. Anotou o telefone em um pedaço solto de papel. "Será que eu devo ligar?" Ela apertou as teclas.

Um sinal.

– Flynn – foi a saudação seca.

Ela foi pega de surpresa. Por algum motivo, não esperava que ele fosse atender.

– Hum, Andy. Oi. É a Makedde.

– Makedde! Oi! Obrigado por retornar minhas ligações.

Ele parecia tão genuinamente agradecido que ela se sentiu culpada por ter pensado em não telefonar.

– Como vai você? – Mak perguntou, sem saber que outra coisa dizer.

– Ah, muito bem.

– Você não estava na conferência hoje – ela disse.

– Não – pausa. – Makedde, preciso conversar com você. O mais rápido possível, na verdade.

– Hum... – "Como devo reagir?" – É claro.

Era a resposta mais educada, provavelmente a mais correta também, mas Makedde ainda não estava pronta para ficar sozinha com Andy.

– Sim, seria ótimo – ela continuou. – Vai ser bom colocar o papo em dia.

– O.k. Então... o que você vai fazer hoje à noite?

"Hoje?"

– Hum, acho que não... – ela começou.

Ele a interrompeu se desculpando:

– Sinto muito. É claro que você deve estar ocupada...

– Tudo bem. Não precisa pedir desculpas. É que fica um pouco em cima da hora, só isso.

– Claro que sim. É que... – ele fez uma pausa. – Tem uma coisa que eu preciso lhe dizer... pessoalmente.

A voz dele provocou calafrios nela, ou talvez fossem as palavras, que a fizeram lembrar a época em que ela tinha começado a suspeitar que ele tivesse cometido o mais terrível dos crimes. E de repente ele estava batendo na porta, sem avisar, implorando para falar com ela... "Tem uma coisa que eu preciso lhe dizer... pessoalmente".

– Desculpe – ela disse. – Mas que coisa tão misteriosa é essa?

Ela deu uma risada nervosa e curta e, quando ele não riu junto, ela silenciou.

– Eu conto quando nos encontrarmos.

Era assim que teria que ser. Ela teria que falar com ele e esclarecer tudo de uma vez por todas.

– O.k., nos falamos então – ela disse e desligou.

Fechou os olhos. Sua mente foi inundada por pensamentos indesejados. Pensamentos sobre Andy, sobre a atração irresistível que sentira por ele, lembranças dos dois fazendo amor no apartamento dela em Bondi, as velas queimando até o chão e, mais tarde, do rosto dele colado na porta por trás da corrente de segurança, o hálito carregado de álcool. "Makedde, você tem que acreditar em mim..." e o modo como ele tinha olhado para ela deitada na cama do hospital, muda e cheia de pontos, a mandíbula amarrada com fios de arame.

Makedde resolveu tentar se distrair lendo um dicionário. Puxou da estante o grosso volume do Dicionário Collins, de dez centímetros de altura e pesado como uma bola de boliche. Abriu em uma página qualquer e viu que estava na letra M, de "misologia" a "mítico". Era um passatempo no qual tinha um prazer esporádico, mas que nunca tentara explicar a ninguém. Mak adorava palavras, e para ela o dicionário era um tesouro riquíssimo, mas infelizmente naquela noite não conseguiu se concentrar. Fechou o livro e começou a reler o artigo *Sensibilização de jurados à identificação por meio de testemunhas oculares*, de Cutler, B.L., Penrod, S.D., & Dexter, H.R. (1990). Mas isso também não funcionou. Seus pensamentos voltavam constantemente para Andy.

"Tem uma coisa que eu preciso lhe dizer... pessoalmente".

"Que diabos ele quer dizer com isso? O que ele quer de mim? Por que agora?"

Makedde andou até a pia do banheiro, escovou os dentes e passou fio dental, depois lavou o rosto, esfregando até a pele ficar rosada e reluzente. Ela estava determinada a desligar sua mente e dormir. Quando entrou embaixo das cobertas, eram apenas 21h30.

* * *

Mas ela não conseguiu dormir. De novo.

"Que surpresa, Mak. Que grande surpresa."

O problema desta vez não eram os pesadelos. O problema era Andy Flynn.

Por mais de uma hora, ela ficou deitada olhando para o teto e fazendo força para dormir, porém não conseguia acalmar seus pensamentos. Uma longa e acalorada discussão estava se desenrolando dentro da sua cabeça, entre os hemisférios direito e esquerdo do seu cérebro. Razão e emoção se digladiavam, enquanto ela permanecia imóvel e silenciosa no escuro.

"Ele que se dane", pensou. "De todos os homens do mundo, por que eu tenho que me fixar neste? Por quê? É muita burrice."

Makedde começou a sentir um forte desejo de vê-lo, *agora, já*. Queria vestir uma roupa qualquer e correr até o Hotel Renaissance.

Mas sabia que não devia fazer isso.

Alguns meses antes, Makedde finalmente se convencera de que Andy Flynn era uma influência negativa na vida dela. Sabia que ele lhe fazia mal. Não que ele fosse má pessoa, de jeito nenhum. Ele era um cara legal, o que tornava o dilema ainda pior. O problema é que Andy aparecera em um momento ruim e não melhorara nada, pelo contrário. Cara legal ou não, essa era a verdade. Mesmo assim...

Mesmo assim, era muito fácil quando havia alguns continentes a separá-los. Agora que ele estava por perto, impossível de ignorar, ela estava se rasgando outra vez.

"Meu pai está certo. Tenho que ficar longe dele. Escolhi um país a milhas de distância por um bom motivo."

* * *

Uma hora mais tarde, Makedde entrava no Hotel Harbourside Renaissance, na Rua Hastings. Tinha pulado da cama, vestido-se, feito uma maquiagem leve e dirigido até lá. Ela temia que aquilo fosse acontecer. Conhecia muito bem as próprias fraquezas.

Tinha racionalizado suas ações como uma estudante de mestrado em autoengano, que se convencera de que só queria conversar com Andy para descobrir o que estava acontecendo. Ele tinha algo importante para dizer e ela precisava saber o que era. Muito simples. Talvez uma conversa servisse para desmistificar tudo e então ela finalmente teria paz. Voltaria a dormir como antes da primeira vez que ele lhe telefonara de Quantico. Provavelmente, teria a melhor noite de sono desde que eles tinham se conhecido.

Makedde foi até a recepção.

– Com licença. Boa-noite.

A jovem recepcionista ergueu os olhos. Tinha um rosto de anjo e Mak não pôde deixar de notar que o cabelo dela estava se recuperando de um permanente malfeito. Os fios castanhos cresciam lisos e brilhantes até a altura das orelhas, onde explodiam em cachos ressecados. O desastre atraía o olhar de Mak com tanta intensidade que ela chegou a se perguntar se não haveria sido cabeleireira em uma vida passada.

– Boa-noite. Como posso ajudar?

– Pode chamar um hóspede, por favor? O nome é Flynn. Andrew Flynn, quarto 33. Mas antes eu gostaria de saber se ele não solicitou o serviço de despertar. Não quero incomodá-lo.

– Um momento, por favor.

Mak olhou para o relógio na parede atrás do balcão. Passava um pouco das 23 horas. Não era tão tarde assim. Como ela, Andy era noctívago. Se ela o conhecia um pouquinho que fosse, duvidava que já estivesse na cama e também que se importasse com a visita inesperada. Além disso, ele tinha dito que ela podia chamá-lo quando quisesse. Por acaso, estava chamando da recepção do hotel onde ele estava hospedado. Um mero detalhe.

– Ah, Flynn. Sim. Por favor, use o telefone branco à esquerda. É só discar 0330 e a ligação vai direto para o quarto. O sr. Flynn não solicitou o serviço de despertar.

– Muito obrigada.

Makedde foi até o telefone, discou e esperou. Tinha que admitir que a situação era um pouco estranha. Primeiro, não queria falar com ele de jeito nenhum e agora lá estava ela. Não seria de estranhar se a insônia estivesse afetando seu processo de tomada de decisões.

Ele não atendeu.

"Para deixar uma mensagem para o quarto 330...", disse a secretária eletrônica.

Ela pôs o fone no gancho. "Droga."

Makedde retornou ao balcão da recepção.

– Seu amigo não atendeu? – perguntou a jovem.

"Meu amigo."

– Não, não atendeu.

– Gostaria de deixar um recado?

– Não, tudo bem. Acho que vou esperar alguns minutos, já que estou aqui.

– Por favor, fique à vontade – ela disse, apontando para uma área com sofás e cadeiras.

Makedde sentou em uma poltrona no canto mais afastado do salão enquanto decidia o que fazer. Ela tinha certeza de que veria Andy ainda naquela noite. De onde estava, tinha uma boa visão das portas automáticas que se abriam para a rua e dos elevadores que levavam às centenas de quartos do hotel, bem como do balcão da recepção. As samambaias de plástico da decoração em torno de sua poltrona ofereciam uma leve camuflagem.

Por um momento, ela se sentiu como uma investigadora particular seguindo um suspeito, um paralelo que a fez rir. Uma parte dela estava adorando a ideia de surpreender Andy daquela maneira, embora não tivesse bem certeza do porquê. Talvez porque ele também a tivesse pegado de surpresa?

Makedde esperou, lendo distraidamente a edição do dia do Província de Vancouver pela segunda vez, e depois de cinco minutos uma silhueta familiar chamou sua atenção. Ela endireitou as costas. Um homem tinha entrado no hotel: um homem alto em um terno escuro, com a postura ligeiramente curvada de cansaço. Tinha cabelos curtos, muito curtos nas laterais, ao estilo dos policiais. Ela não conseguia ver o rosto dele, mas tinha certeza de que era Andy.

"Eu sabia que ele não podia estar muito longe."

A emoção fez o sangue disparar nas veias dela. Subitamente, ela se sentiu encalorada e desconfortável.

"Andy."

Seu coração batia forte.

O homem andou até o balcão e disse algo à recepcionista, que lhe entregou a chave do quarto. Mak percebeu que a jovem de rosto angelical não tinha feito nenhum gesto na direção onde ela estava, mas instintivamente se levantou e deu um passo à frente.

Então ele se virou.

Não era Andy.

Mak desabou de volta na cadeira atrás das samambaias de plástico, mas o estranho já notara o interesse dela. Provavelmente, sentira o olhar dela queimando suas costas antes mesmo de se virar. O homem sorriu para ela do outro lado do salão e Mak respondeu com um frio aceno de cabeça. Baixou os olhos para o jornal outra vez, ainda agitada, mas agora mais pelo embaraço do que pela expectativa.

"Ah, não."

O homem estava vindo na sua direção.

– Boa-noite – ele disse ao se aproximar, com sotaque franco-canadense.

Tinha a pele maltratada e cheiro de loção barata. O olhar era simpático, mas ela respondeu ao cumprimento com reserva. Preferia não ser incomodada.

– Está esperando alguém? – ele perguntou.

Makedde sorriu educadamente.

– Sim, estou, obrigada.

Fingiu se concentrar no jornal outra vez. Sentiu que ele continuou a observá-la pelo que pareceu uma eternidade e por fim disse:

– Boa-noite, então.

– Para você também. Tchau.

Ela não tirou os olhos do jornal para não encorajá-lo.

Quando ele já estava a uma distância segura, ela examinou o saguão outra vez. Ainda deserto. Bem, se Andy não estava atendendo ao telefone, onde poderia estar? Ela se sentiu uma boba sentada ali, muito, muito boba. De repente, não aguentou mais: tinha que ir embora. Makedde se levantou e cruzou o salão e, exatamente quando fazia a curva em frente ao balcão da recepção para se dirigir às portas, identificou um rosto conhecido.

"Ai, meu Deus."

– Dr. Harris, como vai?

"Esta noite está indo de mal a pior."

– Makedde – disse ele, aparentando surpresa por vê-la no hotel. – Boa-noite, como você está?

O dr. Harris estava elegantemente vestido com calça e camisa sociais. Ela pôde observar a aparência dele mais detalhadamente naquele momento, sem Andy ou Roy para distraí-la, do que quando eles tinham se falado pela primeira vez. Bob Harris tinha 50 e poucos anos e aparentava cuidar bem da saúde, mas seu rosto contava mil histórias. Tinha um labirinto de pés de galinha e duas linhas profundas de preocupação entre os olhos cor de amêndoa. Suas pálpebras eram pesadas e caídas. Makedde definiu sua expressão como amistosa, porém cansada.

Ela sorriu para ele, rezando para não enrubescer.

– Está procurando Andy? – o dr. Harris perguntou.

– Andy? Sim. Mais ou menos...

– Eu estava com ele agora mesmo no Sports Bar, ali na esquina.

Ele fez uma pausa, durante a qual pareceu registrar um instantâneo do rosto, linguagem corporal e palavras de Makedde. Ou talvez esse exame intenso fosse apenas fruto da imaginação exagerada dela.

– Vocês tinham combinado alguma coisa? – perguntou. – Não consigo imaginar Andy se esquecendo de um encontro com você para ir a um bar.

– Não, não. Foi uma visita surpresa. Eu estava passando pelo hotel e resolvi parar...

"Que frase absolutamente patética, Mak."

Mas pelo menos agora ela sabia onde Andy estava. A menos de uma quadra de distância, entornando cervejas com amigos. Que amigos? Ela não sabia quem mais poderia estar em Vancouver.

– Quer que eu vá chamá-lo para você? – o dr. Harris se ofereceu.

– Oh, não. Não é necessário. Obrigada pela informação. Talvez eu dê uma passada por lá. Mas é melhor eu ir para casa, já está muito tarde.

Ele concordou, pois parecia estar tão necessitado de uma boa noite de sono quanto ela.

– Gostei muito de sua palestra, foi fascinante.

– Obrigado.

– Tenha uma boa noite – ela disse, concluindo com um sorriso educado.

Depois foi embora, deixando o jornal em uma cadeira no caminho.

* * *

Makedde tinha reparado no Sports Bar enquanto se dirigia ao hotel: as marcas de cerveja em neon e os espelhos com anúncios nostálgicos de Coca-Cola na grande vitrine que dava para a rua. Era o tipo de estabelecimento genuinamente norte-americano, em que o garçom perguntava se você queria batatas fritas ou salada de repolho para acompanhar o filé. Vários telões mostravam um jogo de futebol americano, e o bar estava lotado de homens barulhentos, estimulados pelo álcool e pelo esporte.

Ela não viu Andy pela janela, mas mesmo assim entrou e sentou em um canto mais silencioso.

Uma garçonete veio atendê-la.

– O que vai querer?

– Só uma água mineral, obrigada.

A garçonete fez uma rápida careta de desaprovação, seguida de um sorriso artificial assim que se lembrou dos pré-requisitos da sua profissão.

"Não seja tão quadrada, Makedde. Afinal de contas, você veio aqui atrás de um ex-amante..."

– Na verdade, hum, vou querer um "beijo na boca".

A garçonete sorriu.

– Agora sim.

"Muito bem, o plano é o seguinte: beber, relaxar, encontrar Andy, conversar, ir para casa, dormir. Perfeito."

Ela tentou assistir ao jogo, mas não conseguia acalmar as reviravoltas do seu estômago. Estava precisando muito daquela bebida.

Tentou se colocar no lugar de Andy. Ele tinha ligado para ela, certo? Então por que ela estava tão nervosa? Talvez o fato de ter ido atrás dele sem avisar fosse um pouco estranho, mas só faria diferença se ela realmente decidisse falar com ele. Ainda podia ir embora.

* * *

No fim do segundo "beijo na boca", Mak já deixara para trás a gostosa sensação de relaxamento inicial e mergulhara em uma embriaguez melancólica.

"Onde ele se meteu afinal? No banheiro masculino?"

A garçonete passou por sua mesa e sugeriu um "orgasmo múltiplo".

– Eu adoraria um desses – Mak respondeu sem pensar.

Quando se deu conta do que havia dito, deu uma risadinha tapando a boca, depois pensou que devia parecer ridícula naquela posição e prontamente baixou as mãos para o colo. Sorriu e a garçonete se foi para o balcão.

"Meu Deus, eu já estou bêbada."

Mak olhou para a televisão mais próxima. Homens enormes de calças curtas, grunhindo e dando tapinhas na bunda uns dos outros. Um curioso ritual masculino.

A garçonete retornou e pôs dois copos pequenos sobre a mesa.

Dois?

Mak não sabia o que era aquilo, e a moça deve ter percebido, pois começou a dar instruções de como beber o coquetel de nome tão prazeroso.

– Coloque o licor de limão na boca, mas não engula. Depois, faça o mesmo com o Baileys, então sacuda a cabeça com força de um lado para o outro. Só depois você engole.

"Ela deve estar me gozando."

Mak tentou pagar.

– Este é por conta da casa. Saúde!

Mak piscou e olhou fixamente para os dois copinhos, que responderam girando ante seus olhos por alguns instantes. Piscou outra vez e eles se aquietaram. A garçonete tinha sumido. Mak estava certa de que o bar todo estava olhando para ela. Aquilo era um drinque de verdade, que as pessoas pediam?

"Ah, pouco importa."

Ela pegou a bebida verde-limão e despejou na boca. Licor puro. "Socorro!" Depois o Baileys. Ergueu os olhos e viu a garçonete aprovar com a cabeça do outro lado do bar. Ah, é mesmo, não podia se esquecer de *sacudir*. Ela sorriu com a boca cheia e balançou a cabeça de um jeito espalhafatoso. Tentou desesperadamente não rir, mas se engasgou e cuspiu um pouco da mistura.

Engoliu.

"Minha Nossa Senhora!"

Sua cabeça girou 360 graus. Todos os músculos de seu corpo viraram geleia.

De repente, toda a sua vergonha desapareceu.

Ela fez um sinal de positivo para a garçonete, depois escorregou no assento.

Provavelmente ficou um bom tempo olhando para o colo, pois, quando levantou os olhos outra vez, viu que havia alguém sentado ao seu lado.

– ... completamente sozinha – o estranho estava dizendo.

Ele estava sorrindo e se aproximando cada vez mais dela.

– Quero pagar uma bebida para você.

A boca de Mak levou uma eternidade para responder. Sua língua estava mole.

– Não, obrigada. Chega.

Ele continuava falando. Ela se concentrou nos movimentos dos lábios, mas não conseguiu entender as palavras. Inclinou-se para a frente e apertou os olhos.

– ... companhia. Qual é, deixe eu pagar uma bebida para você.

Mak se encolheu e disse:

– Não. Caia fora.

Ela piscou lentamente, por fim se conscientizando de que estava completamente bêbada, e quando abriu os olhos de novo ele tinha sumido.

Precisava sair dali. Não tinha apenas relaxado, tinha enchido a cara, e não era nesse estado que ela queria encontrar Andy Flynn.

De algum modo, conseguiu chegar à porta. O som do futebol e das músicas da moda morreu em seus ouvidos enquanto ela pisava na rua e erguia a mão para chamar um táxi. Mas não havia táxis à vista.

Alguém pôs a mão no ombro dela. Ela se virou, esperando ver o desconhecido balbuciante que sentara em sua mesa no bar. Sua cabeça girou mais do que o necessário e, quando ela finalmente pôde fixar o olhar, viu que estava frente a frente com o detetive Andy Flynn.

Ela o mirou de queixo caído. O braço com que quase o acertara quando se virou estava suspenso no ar.

"Não, não pode ser ele. Não agora..."

Seu sistema nervoso entrou em um estado de pânico entorpecido que apagou temporariamente todo o seu repertório de habilidades motoras. Ela ficou muda e inerte.

– Makedde! Achei mesmo que era você – declarou o homem que, se não era Andy, era a alucinação mais convincente que ela já vira.

Ela continuou olhando fixamente para ele.

– Achei que tinha visto você num canto do bar, mas não tive certeza. Pensei que você não bebia.

Ele fez uma pausa ao ver que ela não respondia. Mak estava petrificada de tanto constrangimento.

– O que foi? Por acaso você entrou para a SS nazista?

Ele baixou delicadamente o braço que ela ainda mantinha estendido no ar.

– Ei, você está bem?

"Mortificada. Absolutamente mortificada."

Todo o seu esforço para pegá-lo de surpresa e parecer calma e controlada jogado fora em um segundo.

Ele era exatamente como ela lembrava, seu cheiro, sua presença. O mesmo rosto esculpido, o mesmo nariz encantadoramente imperfeito. A mesma cicatriz minúscula no queixo, o mesmo cabelo escuro e curto. E os olhos. Seus lindos olhos verdes. Ela queria tanto estar sóbria.

– Acho que eu preciso me sentar – ela conseguiu dizer.

Estava enjoada. Andy parou de fazer perguntas e carinhosamente a conduziu para longe da imensa vitrine do Sports Bar.

* * *

Horas mais tarde, Makedde acordou deitada entre lençóis engomados de hotel. O teto era de gesso e havia odor de cigarro e desodorante no ar.

Ela se sentia péssima. Horrível. A garganta estava dolorida e sua cabeça parecia aprisionada em uma bolha de vácuo. Instintivamente, abriu a boca o mais que pôde para aliviar a pressão nos ouvidos. Estava tristemente sóbria e foi tomada por uma ansiedade difusa e torturante. Ela estava infeliz com alguma coisa, mas ainda não havia despertado o suficiente para se lembrar do quê.

"Onde estou? Que horas são?"

Um copo vazio e um pedaço de torrada descansavam em uma bandeja na mesa próxima. Ela tinha comido algo para se sentir melhor depois de beber demais. Alguém tinha sugerido isso. Este alguém era o homem que ela fora procurar naquele hotel.

"Andy. Ah, não..."

Ele estava sentado a poucos metros dela e abriu um sorriso preguiçoso quando seus olhos se encontraram. O primeiro impulso de Mak foi olhar para si mesma. Ficou aliviada ao descobrir que estava vestida. A ansiedade diminuiu um pouco.

– Como está se sentindo? – ele perguntou.

"Droga! Não era isso o que eu tinha planejado."

– Hum, como estou me sentindo? Já estive melhor – ela admitiu rindo.

– Quer outra torrada? Um copo de água?

– Não, está tudo bem.

O quarto ficou em silêncio por um momento. Ela olhou em torno, procurando um relógio. Havia um despertador digital na mesa de cabeceira, anunciando a hora tardia em vermelho neon.

Três horas.

– É tarde – disse ele.

Ela assentiu.

– Muito tarde, em uma noite de semana.

Seria tarde demais para eles? Em um momento, ele parecia ser um completo estranho e, no minuto seguinte, ela reconhecia nele o homem que frequentara seus sonhos em todas as noites do último ano. Sonhos e pesadelos, é claro.

Estudou o rosto dele em silêncio.

– Posso chegar mais perto? – ele perguntou e ela respondeu com um movimento de cabeça.

Ele se pôs em pé e foi sentar no canto da cama em que ela estava deitada, completamente vestida com roupas agora amassadas. Mak viu seus sapatos e meias no chão e imaginou Andy tirando-os dos pés dela, desmaiada de tanto beber.

– É bom ver você. Foi uma surpresa – ele disse.

– Para mim também. Eu estava passando pelo hotel e pensei... – ela interrompeu a frase no meio e balançou a cabeça. – Não, isso é bobagem. Eu queria ver como você estava. Achei seu telefonema um pouco estranho, aquele papo de precisar falar comigo. Quis passar aqui para dar um oi, nada de mais, só para botar os assuntos em dia...

– Você é mais bonita do que eu me lembrava.

"Oh, não."

– Não precisa dizer isso.

"Por favor, não diga isso."

Ele se aproximou.

– Senti saudades.

Ela queria beijá-lo. Droga, ela queria beijá-lo muito. Ele estava tão perto dela, suas bocas tão próximas.

– Pode me emprestar a pasta de dentes?

Ele aprumou as costas.

– Sim, claro. Qualquer coisa. Use minha escova de dentes, se quiser.

Makedde concordou e fez um enorme esforço para sair da cama. Por que os lençóis de hotel eram sempre tão apertados? Era como ser enfiada em um envelope pequeno demais que você é obrigada a rasgar para poder sair. Ficou imaginando como Andy tinha conseguido colocá-la na cama.

Mak apoiou os dois pés no chão e ficou em pé, mas seu cérebro não cooperou. Sentiu uma onda de vertigem e ficou totalmente imóvel esperando a sensação desagradável passar.

– Eu estou bem, eu estou bem – murmurou, percebendo que Andy a observava enquanto ela andava até o banheiro, com a camisa meio torta presa na alça do sutiã.

O espelho não foi generoso com ela.

O cabelo de Makedde estava desgrenhado. O rímel, no entanto, tinha aguentado bem e só parecia um pouco borrado nos cílios inferiores. Ela escovou os dentes.

"Ah, muito melhor."

Arrumou-se do melhor jeito que pôde, irritada consigo mesma por se importar com a opinião dele. Depois de conferir a aparência, nenhuma mancha de baba ou riscos de maquiagem velha pelo rosto, saiu do banheiro e foi se juntar a Andy no canto da cama.

Fazia um ano que ela não chegava perto de uma cama com um homem em cima e sua última vez havia sido com um assassino. O homem sentado ao lado dela no momento tinha lhe salvado a vida naquela noite. Essa lembrança era quase insuportável, pois a fazia se sentir vulnerável e fraca. Ela tinha a sensação de que devia alguma coisa a Andy e odiava isso mais do que tudo.

Olhou nos olhos dele.

– Eu não sabia se queria mesmo encontrar você.

Ele não reagiu ao comentário.

– É uma situação um pouco...

Ela não completou a frase e ele continuou mudo.

"Um pouco o quê? Um pouco embaraçosa? Um pouco assustadora? Um pouco de cada?"

Eles permaneceram lado a lado imóveis.

– Você precisa dormir um pouco mais – ele disse, levantando-se.

Ele estava evitando intimidades. "Ótima ideia", ela pensou.

– Eu fico no sofá – ele prosseguiu. – Você pode pegar uma das minhas camisetas para dormir, se ficar mais confortável.

– Oh, não. É melhor eu voltar para casa. Mal consigo dormir na minha cama, o que dirá aqui, sabendo que você vai estar espremido no sofá por minha causa. De jeito nenhum.

– Como assim, você não consegue dormir na sua cama? Tem algo errado? Por que você não está dormindo direito?

Mak fechou os olhos. Fora apenas um comentário inocente, ele não deveria ter prestado atenção.

– Está tudo bem. De verdade.

– Você vai ficar bem?

Aqueles olhos verdes estavam fixados nos dela com uma intensidade que a deixou desconfortável.

– Sim, é claro. Eu estou sempre bem, lembra?

– Não é *assim* que eu me lembro de você.

"Vá à merda, Andy". O comentário doeu. Ela teve a impressão de que ele estava cobrando a dívida... por ter salvado a vida dela. Makedde sentiu um muro se erguer a sua volta e cruzou os braços.

– Muito bem, sobre o que você queria conversar comigo? – perguntou. – Eu estou aqui, então fale.

Ele deu um sorriso enigmático e baixou os olhos. Daquele jeito, ela não conseguia ler sua expressão facial. O que era tão engraçado?

Quando ele ergueu a cabeça outra vez, parecia perturbado e Makedde sentiu um princípio de pânico. "Não entendo o que ele quer... Por que não consigo decifrá-lo?"

– Que diabos você tem para me dizer?

Ele engoliu em seco e se levantou para encará-la. Ela observou seu pomo-de-adão subir e descer. Ele não parecia feliz. O que Andy poderia dizer que ela temesse tanto? Eu amo você, volte para a Austrália comigo? O quê?

– Mak, acho que não é o momento certo para discutirmos isso.

– Por que não?

– Confie em mim. Agora não é a melhor hora.

– Você disse que queria me ver para discutirmos algo e até sugeriu que nos encontrássemos esta noite mesmo. Agora eu estou aqui e...

– Eu estava com saudade desse seu pavio curto.

Ele sorriu e andou na direção dela.

– Francamente, isso é uma palhaçada, Andy.

Ela se levantou também furiosa.

Agora eles estavam frente a frente, próximos demais, e ele era tão alto, tão magnificamente alto perto dela. “Droga”. Por que ele tinha que ser tão atraente?

– É melhor eu ir embora – ela disse com firmeza.

– Seus sapatos estão ali.

– Estou vendo. Obrigada por ter cuidado de mim.

“Mais uma vez. Como eu odeio isso, meu Deus!”

– Fiquei feliz porque você veio me ver.

“Pois eu não.”

Ela alisou as roupas e abriu a porta.

– Até mais.

Já estava na frente dos elevadores quando se deu conta de que tinha esquecido a bolsa. “Inacreditável”. Retornou pelo corredor, a súbita descarga de autoconfiança proporcionada pela raiva já desvanecendo. Ele abriu a porta antes que ela batesse e lhe entregou a bolsa.

– Boa-noite.

– Bom-dia. Nós nos falamos mais tarde.

Capítulo 27

– O.k., Mak, sua vez.

Mak se preparou e olhou para o homem vestido com o traje acolchoado.

– Olá – ela disse e julgou ter ouvido também um cumprimento vindo de trás da máscara do homem. – Importa-se se eu atacá-lo agora?

"Ouvi um grunhido, foi isso?"

O homem saltou sobre ela com os braços esticados, mas assim que chegou perto, ela o bloqueou, forçando os braços dele para um lado e acertando um tapa no rosto do homem. O estofo da máscara produzia uma sensação de maciez sob os dedos de Mak. Em seguida, para garantir, deu-lhe uma joelhada na virilha, mas, antes que fosse longe demais na manobra, seu adversário já havia se virado e agarrava a garganta dela com ambas as mãos.

– Vá se ferrar... – ela disse, abaixando o queixo e juntando as mãos, em postura de oração, para tentar enfiar seus dedos sob os dedos dele...

"Droga, está machucando..."

– Não, Mak – era Jaqui Reeves gritando para ela. – Não vai funcionar. Vamos lá!...

Mak mal podia ouvir, com toda a adrenalina circulando em sua cabeça.

"Estou enferrujada... Droga, o que é mesmo que eu tenho que fazer?"

Sua garganta estava começando a doer de verdade. Mak chegou a pensar em levantar a mão em sinal de rendição, mas resolveu insistir.

Com um grito, ela agarrou os pulsos do homem e pulou para trás, levando-o junto consigo. A resistência do peso dele suavizou a queda de Mak e, assim que ela encostou as nádegas no tatame de espuma, levantou os pés e deu um chute forte no rosto dele, do mesmo modo que os cangurus fazem, apoiados em suas caudas. O homem voou para trás, e Mak se pôs de pé num salto.

– O.k., já chega – disse Jaqui, levantando as mãos entrelaçadas.

O homem mascarado parou no meio de um gesto e tirou a proteção acolchoada da cabeça. Jason parecia suar excessivamente sob toda aquela espuma. Ela abanou a cabeça para se orientar melhor.

– Você está meio enferrujada, Mak – reclamou Jaqui.

– Obrigada por me dizer isso. Você sabe que podia ter me deixado continuar. Eu já estava começando a me divertir.

Uma das garotas da turma levantou a sobrancelha e deu uma risadinha mordaz ao ouvir o comentário.

Mak se virou para ela.

– Aprendi um movimento que nos faz arrancar o esqueleto de uma pessoa pelo nariz. Quer ver como é?

A garota não sabia se escapava ou ria. Por fim, sorriu timidamente e saiu de perto. Jaqui abanou a cabeça.

* * *

Depois que Mak terminou seu banho e colocou suas calças favoritas, junto com um suéter preto de gola alta, ficou lá fora, encostada na parede de tijolos da velha igreja onde Jaqui dava suas aulas. Aquele espaço também já tinha servido para turmas de teatro, de jazz e de balé infantil.

Makedde havia comparecido às duas primeiras palestras da conferência, naquela manhã, antes de ir para a aula de defesa pessoal. Esperou poucos minutos até que Jaqui aparecesse para se juntar a ela.

– No Caper's?

– Ótimo, no Caper's – concordou Mak.

O Mercado de Comida Natural Caper's ficava a poucos quarteirões de distância dali e as duas mulheres caminharam apressadas, com os estômagos roncando.

As duas haviam se conhecido quando Mak, ainda adolescente, fora assistir a uma das aulas de Jaqui e tinham se tornado amigas desde então. Jaqui Reeves nascera em Vancouver e era uma típica garota da costa oeste: alta e bronzeada, com cabelos loiríssimos que chegavam até a cintura. Jaqui costumava usar roupas que deixassem à mostra seus bíceps impressionantemente desenvolvidos, além da tatuagem tribal que envolvia um deles. Ela tinha algumas outras tatuagens em suas costas, além de um símbolo da paz no tornozelo. Mas não pertencia a um mundo pacífico. Jaqui carregava sempre no sutiã um canivete, que ela carinhosamente apelidara de "armadilha peitoral", e era uma fantástica instrutora de técnicas de defesa pessoal. Como Mak, Jaqui também carregava spray de pimenta para onde quer que fosse e tinha uma posição dúbia quanto à estrita legislação canadense sobre armas de fogo. Ela queria que as leis fossem severas, não desejava que seu país acabasse com os problemas que os Estados Unidos tinham com armas, mas isso não a impedia de possuir uma arma ilegal.

Quando Makedde voltou de seu desastroso "incidente" em Sydney, Jaqui conseguiu uma pistola para ela e lhe prometeu aulas gratuitas de defesa pessoal para o resto da vida.

– É bom ver você de novo – disse Jaqui.

– Ver você também é ótimo. Desculpe-me por ter andado meio desligada. Tem acontecido muita coisa nos últimos tempos.

Jaqui desviou de uma velhinha com uma bengala.

– Eu quero saber de tudo. Sem cortes.

– Nunca escondo nada de você, Jaqui. É a beleza da nossa amizade.

Já estavam quase no Caper's, um lugar popular, frequentado por todos, de estudantes universitários a hippies, de jovens antenados com a moda a moradores mais antigos da cidade. Lá se comia com rapidez comida orgânica e vegetariana, o que fazia sucesso, dada a preocupação com a saúde na cidade de Vancouver.

– Acho que a Jennifer não volta mais – disse Jaqui, falando da garota que havia rido de Makedde.

Mak encolheu os ombros.

– Puxa, não foi minha intenção, sinceramente.

– Ah, tudo bem. E aí? O que achou da aula?

As duas foram em direção à vitrine das refeições e começaram a salivar ao mesmo tempo.

– Foi ótima, Jax. Você anda ensinando uns truques novos.

– Olhe só para isso! – exclamou Jaqui, apontando para uma enorme torta de maçã. – Guarde espaço para a sobremesa. Vamos dividir uma dessas.

– Na próxima vez.

– Não me diga que está de dieta! Você parece mesmo mais magra.

– Não, nada do tipo. Só não estou com muito apetite.

Jaqui a olhou com ar de suspeita, mas não disse nada.

Moveram-se devagar, juntamente com a fila. Quando chegaram ao guichê, Mak quis uma focaccia vegetariana com queijo de cabra, e Jaqui pediu um yakisoba apimentado com legumes e castanhas-de-caju. Elas encheram copinhos de papel com água purificada e foram se sentar.

– Adoro este lugar. Não venho aqui desde... desde que nós estivemos aqui da última vez.

– Você não aparece nas aulas há uns cinco meses. Fiquei ofendida – disse Jaqui, fazendo beicinho.

– Ah, desculpe-me... Eu sei que tenho me limitado aos e-mails ultimamente. Péssima amiga! Perdão.

– Você estava bem em forma hoje, então eu a perdoo. Você andou treinando em outro lugar?

Makedde riu.

– Ah, não, só no meu travesseiro. Não tive aulas com mais ninguém desde aquelas lições que você me arrumou com a Hanna, lá na Austrália.

– Será que você não deveria estar treinando outras coisas com o seu travesseiro? – perguntou Jaqui, querendo evidenciar o óbvio.

As refeições chegaram e as duas comeram com vontade. Mas logo Jaqui retomou a conversa do ponto onde havia parado.

– Então, vamos lá... Estou esperando. Fale sobre esse novo rapaz.

Mak engasgou.

– Ah, meu Deus, eu já falei dele para você?

– Siiiiiiiim. Parece que ele é bem interessante.

Mak se lembrou vagamente do e-mail que havia mandado no dia em que aceitara se encontrar com Roy.

"O que eu escrevi, exatamente?"

– Bem, ele é interessante mesmo. É um cara legal. Bem centrado. Trabalha como agente de segurança. Ele é bem alto...

– É claro que ele é alto, sua gigantona – cortou Jaqui. – Agora me diga que ele é um ás na cama e faz você ver estrelas todas as vezes.

– Jaqui!

– Ele consegue...

– Jaqui! – exclamou Mak, cobrindo a boca da amiga com a mão.

Alguns clientes olharam para as duas. Relutantemente, ela tirou a mão de cima da boca de Jaqui e levou o dedo indicador aos próprios lábios, fazendo sinal de silêncio.

– Shhhhhhhh. Nós nos vimos só uma vez. Bom, duas, se você levar em conta o almoço durante a conferência. Ainda não sei muita coisa sobre ele.

– Então vocês não...

– Não. Nós não fizemos nada disso.

– E o detetive está de volta, é? É isso o que está prendendo você?

– Não. Já disse que eu mal conheço esse outro cara. Só o acho interessante, e isso é tudo – disse Mak, fazendo em seguida uma pausa e engolindo em seco. – Nem acredito que Andy está aqui. Parece tão... estranho. Ele quer falar comigo sobre algo. Não sei do que se trata.

– Ah, eu sei do que se trata – disse Jaqui, com a ideia fixa sempre no mesmo tema. – Mak, estou preocupada com você.

– Preocupada comigo?

– Para começar, dá para ver que você perdeu peso, coisa que não era necessária. Você também não parece muito descansada. E, pelo que está dizendo, não faz sexo há cerca de um ano. Ou você vai acabar se esquecendo completamente de como é, ou vai subir em cima de alguém e deixá-lo em frangalhos.

Makedde riu ao pensar nisso. Até que não seria uma má ideia, pelo menos com Roy.

– Só estou hibernando... Você nunca dormiu com um cara, então como pode saber? – desafiou Mak.

– Mas é porque eu sou lésbica.

– Então, esse é o ponto.

– Não, não é. Você pegou aquilo que eu mandei para você?

– Aquilo? – perguntou Makedde, momentaneamente perplexa. – Ah! Aquilo.

Jaqui abaixou o rosto e olhou de viés para Mak maliciosamente.

– É.

– Você é um perigo, sabia disso?

Jaqui apenas sorriu.

– E aí? Experimentou?

– Você adora me deixar encabulada, não é?

– Isso a torna mais forte. Mas é por essa razão que você não tem me ligado? Porque eu deixo você embaraçada? Aposto que você nem abriu. Estou decepcionada...

– Que nada, eu abri na mesma hora. Recebo um pacote marrom com seu nome no remetente e encontro uma caixinha com as cores do arco-íris com a inscrição “salva-vidas” em cima. Pode apostar que abri.

Jaqui ria tanto que acabou por derramar seu copo de água sobre a mesa.

– Há algo de estranho em se comprar um vibrador para uma amiga, Jaqui – falou Mak. – Mas você é um perigo mesmo...

Jaqui pegou alguns guardanapos para enxugar a mesa. Quando terminou, olhou bem nos olhos de Makedde e disse:

– Tudo bem. Só não quero que você esqueça onde fica o seu clitóris.

– Ah, Jaqui, não encha. Será que nós poderíamos parar de debater sobre o meu clitóris no meio do Caper’s? Isso seria possível? Muito obrigada. Bom, chega de falar de mim então. Como vai a Inelle?

Jaqui abanou a cabeça.

– Ah... Inelle, Inelle. Acho que ela está pensando seriamente em voltar para a Suécia.

Mak apertou os dentes.

– Assunto mal escolhido, pelo visto. Desculpe, eu não sabia.

– Como você poderia saber? Ah, ela é um amor, mas ughhhhh...

– Então você...

– Expulsei-a do apartamento na semana passada.

– Não creio!

– Eu tive que fazer isso. Ela estava ficando muito reclamona. Insuportável. No fundo, Inelle estava querendo ir embora e eu só dei uma força.

– Fico triste de ouvir isso...

– Já sei, por eu ter outra decepção, não é? Mas meu coração é duro como minhas unhas – disse Jaqui, batendo no peito.

Apesar do humor, Mak detectou uma nota de emoção na voz da amiga.

– Vou ficar bem. É melhor assim.

– Sei...

– Mulheres são destruidoras de corações – declarou Jaqui, para em seguida consultar o relógio. – Ih, tenho que ir logo...

– Tudo bem. Ah, desculpe por tocar no nome da Inelle. Não quis chatear você.

– De maneira alguma.

Mas Mak sentiu que havia incomodado. Balançou a cabeça e olhou para fora da janela, quando algo chamou sua atenção.

– Ah, meu Deus!

– O que foi?

– Olhe lá para a rua. Está vendo aquele cara ali? – apontou Mak.

– Aquele bem alto?

– Ele mesmo. É o Roy.

Ele estava olhando a vitrine de uma livraria do outro lado da rua. Vestia-se de modo atraente, com uma calça jeans e um casaco preto de couro. Novamente fazia lembrar Marlon Brando.

– Roy? O seu Roy? Que ótimo! Rápido, vá até lá e agarre esse rapaz, dê um apertão nele! Hummm... ele parece ser bem o seu tipo – disse Jaqui, olhando para a janela. – Vou sumir e perguntar tudo para você depois.

– Ah, não, não vá embora.

– Eu tenho que ir de qualquer forma... – disse Jaqui, já de pé e se afastando, sem dar tempo a Mak para protestar. – Agarre esse homem! Ligo para você depois.

* * *

– Oi – disse Makedde.

Roy se virou e olhou para ela.

– Que surpresa agradável! É bom ver você. Telefonei ontem, mas você não me retornou a ligação...

Mak sorriu.

– Eu ouvi sua mensagem, mas estava ocupada.

"Fazendo papel de idiota com Andy."

– Tudo bem.

– Desculpe-me. Seria bom sairmos novamente.

– Ótimo – disse Roy.

Ela pensou nas rosas que ele lhe deixara diante da porta.

– Roy, tem algo que quero perguntar para você. Detesto fazer isso, mas sabe as flores que você me enviou? Foram uma linda surpresa, e agradeço a você por isso, mas como você sabia para onde mandá-las? Eu não lhe dei meu endereço e meu nome não está no catálogo telefônico...

Aquele assunto vinha incomodando Makedde, mesmo que ela já soubesse a resposta para a charada.

Ele abriu a boca, mas hesitou em falar. Parecia ter sido pego em flagrante. Mak continuou:

– Você não me seguiu até em casa lá do Chilli Bar, não é? – perguntou.

Ela costumava sentir quando era seguida, principalmente depois de ter descoberto que o assassino de Catherine, lá em Sydney, passara semanas atrás dela antes de capturá-la. Mak observou o rosto de Roy, para ver como ele reagiria à questão.

Ele exalou um longo suspiro.

– Desculpe-me. Estava preocupado com você. Já era tarde... Sei que você disse que não havia problema em ir sozinha para casa, mas quis me certificar disso. Não quis assustar você nem nada do tipo.

Mak balançou a cabeça. Aquilo deveria ser uma coisa boa, mas ela não gostou nem um pouco. A ideia de ser seguida sem conhecimento disso era alarmante, não importava a intenção envolvida.

– Agora me escute – disse Mak, olhando fundo nos olhos de Roy. – Nunca mais na vida me siga, por nenhuma razão. Eu... Eu tenho problemas com isso. Não gosto disso.

– Tudo bem. Desculpe, Makedde. Como eu disse, não quis assustar você, nem nada do tipo, nem invadir sua privacidade. Só queria ter certeza de que você chegaria bem em casa.

"Certo."

– Da próxima vez, então, é preferível que você insista para me acompanhar até em casa. Nunca mais me siga.

– Mas eu insisti – Roy disse.

Ele tinha razão.

– É, eu sei que você insistiu – admitiu Mak, olhando para os pés. – De qualquer modo, queria falar com você sobre isso.

– Tudo bem, não vai acontecer de novo. Entendido – disse Roy, sorrindo e fazendo uma continência.

Ela riu. Ele não se ofendera.

Roy perguntou:

– O que você vai fazer hoje à noite?

– Vou estudar.

– Ah... – fez ele, parecendo desapontado.

Mak pensou em Andy. Ela precisava manter sua mente afastada dele. Não podia simplesmente recusar Roy.

– Mas, quem sabe, podemos nos ver quando eu terminar? Algo mais casual. Posso ligar para você depois...

– Parece ótimo – concordou Roy, dando um beijo em Mak e acariciando os ombros dela. – Eu realmente adorei a sua companhia.

Capítulo 28

Debbie Melmeth acordou e sentiu o delicioso cheiro de carne de veado temperada com alho sendo assada em algum forno próximo. Empertigou-se na cadeira e examinou a sala com seus olhos inchados de sono.

Aquele odor de comida era tão forte que quase podia ser visto, como se fossem fantasmas brancos e finos se esgueirando sob a porta e se elevando sedutoramente até suas narinas.

Debbie se imaginou comendo: qual seria o aspecto da comida em seu garfo, qual seria o gosto em sua língua, qual seria a sensação em sua barriga.

"Por favor, me dê algo para comer..."

A porta que dava para sua salinha se abriu. Ruído de passos, maçaneta sendo girada... e ali estava novamente ele, de pé diante da porta. Mas daquela vez Debbie achou que ele tinha um ar diferente. Talvez fosse porque ele estava vestido de modo diferente, com uma camisa branca e calças compridas. O cabelo estava penteado. Ele parecia menos estranho que de costume. Na verdade, naquele exato momento ele estava quase bonito.

Para surpresa de Debbie, o homem carregava uma pequena mesa, que colocou no chão exatamente diante dela. Depois, ele sorriu de leve, virou as costas e deixou a sala. Debbie permaneceu imóvel.

Logo o homem voltou com uma toalha de mesa e alguns talheres: dois conjuntos. Ele posicionou pratos e talheres dos dois lados da mesa e colocou uma vela branca e comprida entre os pratos. Então, pegou uma caixa de fósforos de dentro do bolso e acendeu um deles. Os olhos de Debbie acompanharam a chama, enquanto a vela era acendida com um leve crepitar.

Aquela visão era quase... romântica.

E hipnótica.

Antes que ela pudesse se dar conta, o homem saiu e voltou com duas garrafas, uma escura e outra transparente. Mais de perto, Debbie percebeu que a garrafa escura era de vinho tinto. Ele trouxera também copos, dois para água e dois para vinho. Encheu primeiro um copo com água para Debbie e o colocou diante dela. A garota estava desesperada para bebê-lo, mas suas mãos ainda se encontravam presas às suas costas. Ela olhou para o copo e para seu raptor. Seu estômago emitiu um forte ronco.

– Olá, senhorita. Meu nome é John – disse o homem.

Chegava a parecer uma pessoa sã.

– Olá, John – respondeu Debbie automaticamente, ainda confusa com a repentina reviravolta dos acontecimentos. – Eu adoraria beber um pouco de água e comer algo.

– Ah, eu entendo perfeitamente – disse John. – Vou cuidar disso agorinha mesmo. Estou cozinhando algo para nós. Meu irmão foi muito perverso em deixar você assim... Ele deu alguma coisa para você comer?

"Irmão? Mas ele parecia idêntico a você!"

– Bem, não. Não exatamente. Você, quer dizer, ele, ele me deu algumas batatas fritas. Seu irmão me deu algumas batatas fritas, só isso.

"Entre no jogo. Entre no jogo."

– Mais nada?

Ela abanou a cabeça.

– Mais nada.

– Que horror, senhorita. Isso é terrível! Qual o seu nome?

– Debbie. Debbie Melmeth.

– Olhe, Debbie, quero ajudá-la. Quero tentar desfazer algumas das coisas erradas que meu irmão gêmeo fez com você. Gostaria de tirar essas suas algemas, para começar, mas para ser sincero tenho receio de que você me machuque, se eu fizer isso.

– Não, não! Não vou machucá-lo! Eu não faria isso! – ela insistiu.

Ele inclinou a cabeça para um lado e ficou olhando para ela.

– Não sei não... De repente seria melhor eu dar comida na sua boca até que nós tenhamos conversado melhor, até que nos conheçamos melhor...

– Não! Não. Quer dizer, por favor, me dê comida. Por favor. Mas posso comer sozinha. Você pode me soltar. Prometo que não vou fazer nada.

Ele inclinou a cabeça para o outro lado, refletindo antes de tomar uma decisão.

– Hummm...

– Eu prometo! Prometo que vou me comportar!

Ele balançou a cabeça em sinal afirmativo.

– Tudo bem, Debbie. Vou confiar em você. Vou tirar suas algemas agora, mas você vai ter que se comportar, certo?

– Certo.

John foi até as costas de Debbie e abriu as algemas. Os pulsos da menina doíam, mas as mãos finalmente estavam livres. Imediatamente ela as estendeu e agarrou o copo de água, engolindo o líquido avidamente, sem parar, até o fim.

Ele sorriu e encheu novamente o copo da garota.

– Assim está melhor, não é? – disse, enquanto Debbie agarrava novamente o copo.

Assim que ela terminou de beber o terceiro copo de água, abraçou-se e começou a chorar.

– Se eu pudesse, pediria desculpas em nome do meu irmão, Debbie.

Ela não disse nada, apenas o encarou. Ele parecia sincero, mas Debbie não sabia o que pensar. Onde estava aquele homem antes? Ele realmente teria um irmão gêmeo? E se os dois fossem a mesma pessoa? Ele parecia idêntico ao seu raptor. Poderia ter simplesmente mudado de roupa e penteado os cabelos.

– Espere alguns instantes enquanto eu vou pegar o nosso jantar, tudo bem, Debbie?

Ela concordou num gesto ansioso.

– Obrigada, muito obrigada mesmo...

Debbie o viu ir embora e, por um momento, temeu que ele não fosse voltar. E se aquele homem, sua única esperança, decidisse não ajudá-la no fim das contas?

Mas John voltou, igualzinho a antes, só que desta vez carregando o mais belo pedaço de carne que Debbie já vira. Na bandeja, havia purê de batatas, carne de veado, abóbora assada, feijões e grandes dentes de alho. Ela mal podia acreditar no que seus olhos viam. Havia até pãezinhos para acompanhamento!

– Meu Deus! – exclamou Debbie, ao ver toda aquela comida. – Obrigada, muito obrigada!

– Acho que vamos gostar disso – ele disse sorrindo.

Ela estendeu os braços e tentou pegar um pouco da comida, mas John deu uma palmada irritada na mão da garota.

Seu sorriso havia desaparecido.

– Não, Debbie. Assim você está sendo uma garota má – disse ele, com o rosto mudado, de boca contraída e cenho franzido. – Ou você come direito, ou não come nada, está me ouvindo? Onde estão os seus modos?

– Ah, sim, claro. Desculpe-me. Mil perdões.

– Estou muito decepcionado, Debbie – disse ele, sacudindo a cabeça.

– Ah, não! Não fique decepcionado! Isso não vai acontecer de novo! Perdão! – ela exclamou.

– Você foi muito gulosa, Debbie. Muito mal-educada. Depois de eu ter tido tanto trabalho para providenciar uma boa refeição para você...

"Ah, meu Deus, e se ele levar a comida embora? E se ele for embora e me deixar aqui faminta até morrer?"

– Desculpe-me. Você tem razão. Eu fui muito gulosa. Perdão – disse Debbie, já tonta de fome.

– Tudo bem, Debbie. Vou perdoá-la, mas você vai ter que se comportar bem daqui para a frente, certo?

– Certo – ela prometeu.

O homem passou alguns minutos ocupado em colocar tudo bem arrumadinho sobre a mesa. Foi uma espera agonizante para Debbie, que resolveu sentar sobre as mãos para evitar o impulso de tocar novamente na comida. Ela mantinha os olhos baixos. Preferia não ver.

– Você quer um pouco de vinho? – perguntou ele finalmente.

Debbie se lembrou do drinque que havia bebido no bar, o que fizera com que ela não se lembrasse de mais nada desde então. Não fazia a menor ideia de como tinha ido parar naquela salinha.

O homem notou a hesitação dela e resolveu incentivá-la:

– Ei, você não tem nada a temer. É só um vinho tinto. Você gosta de vinho tinto?

Ele abriu a garrafa com o saca-rolhas. A rolha de cortiça deslizou para fora com um estalo. O homem colocou um pouco de vinho num copo e aspirou o buquê; depois, despejou o líquido na boca e ficou refletindo sobre o gosto, enquanto Debbie continuava agonizando de fome à sua frente.

– Acho que você vai gostar deste vinho – ele disse, enfim, e encheu o copo dela até a metade, fazendo o mesmo com o dele. – Primeiro, os guardanapos.

Ela levantou as mãos e se obrigou a não olhar para o prato que tinha diante de si. Não ainda. Aqueles cheiros pareciam tão deliciosos! Ela lutou contra o desejo quase incontrolável de agarrar tudo aquilo com avidez. Sabia que isso o irritaria e não haveria uma segunda chance para ela.

O homem estendeu os braços e colocou um guardanapo no colo de Debbie. Depois elevou o copo e disse:

– Um brinde. A nós.

"A nós?"

Debbie pegou o copo e bateu-o levemente contra o dele.

O homem tomou um gole de vinho e ela fez o mesmo. Debbie aguardava com o olhar o sinal verde para avançar sobre a comida. Tudo certo, o momento havia chegado. Era como se todos os seus sentidos, todos os seus pensamentos houvessem sido tomados pela necessidade de saciar sua fome.

– Agora, só mais uma coisa, Debbie.

– O quê? – perguntou ela, entre as garfadas.

– Quero perguntar uma coisa para você, mas você precisa ser sincera comigo.

– Sim... Eu vou ser sincera com você.

Não ousaria irritá-lo. Sabia que poderia acabar sem alimento.

– Você tem que ser sincera. Pode falar qualquer coisa comigo, está bem?

– Está bem – ela murmurou, tentando controlar a quantidade de comida que enfiava na boca.

– Você me acha atraente? – ele perguntou.

Uma sensação de náusea invadiu Debbie. Ela continuou a comer, porém já pressentindo o preço que teria de pagar por aquilo.

– Você me deseja, não é mesmo? – insistiu John.

"O que eu respondo?"

– Vamos, Debbie. Você pode me dizer. Você me deseja, não é?

"Essa pode ser minha chance de escapar. Este homem é doido. Se ele é a mesma pessoa que me capturou, me trouxe aqui, me deu só batatas fritas para comer... então, ele é um completo lunático! Mas eu preciso sair daqui e esta é minha única chance..."

– Sim – Debbie respondeu.

– Então diga isso – ordenou ele.

Debbie se sentiu mal. Sem alimento para digerir, seu estômago havia encolhido nos últimos dias. Aquele sentimento torturante havia cessado e dera lugar a uma sensação de completo abandono. Ela não conseguia entender por que ele lhe perguntava esse tipo de coisa. Estava confusa. E assustada.

– Diiiiiiiiiga! – ele gritou.

– Eu quero você – ela disse obedientemente.

– Diga "eu quero você, John".

– Eu quero você, John.

Ele foi até o outro lado da mesa e a jogou no chão. No início, ela estendeu os braços para evitar o peso do corpo do homem, mas não demorou muito para Debbie se dar conta de que aquela era uma luta que ela não iria vencer.

CAPÍTULO 29

Makedde chegou em casa exausta, depois da conferência, e foi saudada pela luz piscante da secretária eletrônica. Havia combinado de se encontrar com Roy e provavelmente ele tinha telefonado. Pensando nisso, ela ficou um pouco cismada. Deveria convidá-lo para ir até a casa dela, para conversar, ver algum vídeo, pedir alguma coisa para comerem juntos?

Apertou o botão, imaginando escutar a voz de Roy, mas não foi a voz dele que ouviu.

"Oi, Mak." Era Andy. "Não consegui falar com você na conferência hoje. Olhe, precisamos conversar. Não sei dos seus planos, mas será que poderíamos jantar juntos hoje à noite? Ligue-me assim que puder. O número é..."

"Como ele conseguiu o número do meu telefone? Droga."

Ela não iria largar tudo para jantar com Andy. Não mesmo.

"Não. Eu quero ficar hoje com Roy, não com Andy."

Telefonou para o hotel de Andy e se sentiu aliviada ao ser atendida pela secretária eletrônica. Deixou um recado:

– Andy, aqui é Mak. Ouvi seu recado. Desculpe-me, mas estou ocupada hoje à noite. Podemos nos encontrar amanhã? Tchau, fique bem.

Makedde desligou e ficou ali parada, com o rosto franzido.

Uma parte dela realmente queria vê-lo e ela odiava isso.

* * *

Roy Blake chegou às 20 horas, bem na hora marcada.

Ele esperou pacientemente diante da porta da casa dela, esperando ser convidado para entrar. Trazia nas mãos alguns filmes alugados, duas sacolas de comida, uma garrafa de vinho e um buquê de rosas.

"Uau."

– Entre. Ah, e obrigada... Você realmente pensou em tudo!

Roy sorriu e a beijou no rosto ao entrar.

– É um prazer. É ótimo ver você.

Ele se colocou ao lado de Mak e ela ficou novamente impressionada com a altura do rapaz. Roy usava uma jaqueta de couro, calça jeans e botinas. Quando tirou a jaqueta, Mak pôde perceber os ombros largos que ele tinha, algo que ela achava irresistível num homem.

Roy era bem "o seu tipo", como Jaqui havia observado. E tinha, além disso, um rosto bonito e másculo.

"Hummm... ele está usando de novo aquele perfume gostoso..."

Os dois se acomodaram no sofá e ela colocou a refeição que ele trouxera sobre a mesinha, junto dos pratos. Roy havia escolhido comida indiana: frango na manteiga, carneiro e legumes com *curry*.

– Parece ótimo. Obrigada.

– Imagine. Você é que foi muito gentil em me convidar – disse ele.

– Mas então, que vídeos são estes? O que você escolheu?

Ele sorriu.

– *Moscou contra 007* e *Viver e morrer em Los Angeles.*

Ela deu um gritinho de emoção.

– *Moscou contra 007*!

– Você disse que adorava James Bond. E vamos combinar, Sean Connery é o único James Bond, certo? Só espero que você não tenha visto esse filme um número muito grande de vezes...

"Meu Deus, ele prestou atenção!"

007 contra o satânico Dr. No ainda era seu favorito, mas *Moscou contra 007* perdia por pouco, estava quase empatado. O astral de Mak se elevou bastante. Ela estava verdadeiramente impressionada. Os *trailers* começaram a passar na tela da TV; eles fizeram um brinde e iniciaram o jantar. A refeição estava deliciosa, assim como o vinho tinto encorpado que ele havia escolhido. Um tratamento de primeira!

Ficaram vendo 007 beijar uma linda mulher de biquíni e segredar coisinhas doces no ouvido dela.

– Conseguiu avançar nos estudos? – perguntou Roy.

– Bem, não muito, na verdade – ela admitiu, ainda olhando para Sean Connery.

Estava bem atrasada com a tese e tocar no assunto não ajudaria em nada.

– Bom, não quero atrapalhar. Vou deixar você trabalhar. Quem sabe posso até ajudá-la?

Ela riu.

– Nah... É meio chato. Sério.

Muito chato, ao que parecia. Será que ela deveria ter escolhido como tema de sua tese algum tópico sobre psicopatas, em vez de sobre testemunhas oculares?

– Não é psicologia? É um dos meus assuntos preferidos.

– É mesmo? – perguntou Mak.

Já havia visto aquele filme umas dez vezes, então não se importava por Roy querer conversar. Na realidade, ela logo começou a achar que o filme criava uma atmosfera de fundo agradável para os dois.

– Sim. Meu assunto preferido, para falar a verdade. Já li uma porção de livros a respeito e tenho experiência com pessoas que sofrem de problemas psicológicos. Não eu, claro – ele ajuntou, rindo. – De fato, já cheguei a querer seguir a carreira de psicólogo por um tempo, mas... hum... as circunstâncias não permitiram. Precisei começar a trabalhar cedo para manter minha família, então a ideia de fazer uma faculdade ficou em segundo plano.

"Ele tem uma família!", pensou Mak espantada.

Roy devia ter lido a expressão no rosto dela, porque se apressou em explicar:

– Oh não, eu não tenho mulher, filhos, essas coisas. Nada do tipo. Nunca me casei. É só que o meu pai não anda bem de saúde e meu...

– Ah! Você me fez pensar nisso por um momento. Não que haja algo de errado em ter filhos, mas, você sabe...

Roy se inclinou e deu um abraço apertado em Makedde.

– Não se preocupe – sussurrou. – Você não vai virar madrasta de ninguém. Sou solteiro e não tenho filhos.

"E é bonito, atraente... E não é Andy Flynn."

Mak segurou o queixo dele e deslizou a ponta do dedo pelo rosto de Roy. Dava para sentir as pontinhas dos pelos quase saindo debaixo da pele. Ele provavelmente se barbeara antes de vir até a casa dela. Mak sentiu vontade de beijá-lo e decidiu não resistir.

Abriu seus lábios devagar e eles se beijaram. Achou bom o gosto e o calor da boca de Roy e novidade do toque dele enquanto ele acariciava os ombros dela.

"É, Jaqui estava certa. Andei esperando muito."

Mak o empurrou no sofá e o beijou com mais intensidade.

CAPÍTULO 30

O sargento Rothstein, da Divisão de Poligrafia da Real Polícia Montada do Canadá, estava parado diante da porta, observando Evan Rose de alto a baixo, em silêncio. O sujeito estava sentado na sala de espera, ladeado por dois agentes, e preenchia com atenção os papéis que Rothstein havia lhe dado. Seus lábios se moviam visivelmente, enquanto Evan lia.

"Será que ele usa esteroides?", perguntou-se Rothstein, notando os músculos excessivamente desenvolvidos.

Evan usava uma calça jeans manchada, que lutava para abrigar seu quadríceps enorme. Suas botas estavam um pouco enlameadas. As mangas da camiseta tinham sido arregaçadas, deixando à mostra os bíceps tatuados, e um casaco de flanela xadrez estava amarrado na cintura.

Rothstein soubera que o rapaz trabalhava como atendente de bar no Blue Fox. Dera alguns formulários médicos padronizados para Evan preencher, só para assegurar que ele era fisicamente apto para ser testado, podendo produzir respostas fisiológicas adequadas para o registro. Evidentemente, ele parecia perfeitamente em forma, mas havia sempre a preocupação quanto à ingestão de drogas antes do teste. Seria bom que ele estivesse limpo; caso contrário, o exame teria de ser adiado.

Depois de terminar de preencher os formulários médicos, Evan assinou o termo de consentimento para a poligrafia. Então se levantou e disse:

– Tudo certo. Vamos em frente com isso.

Rothstein sorriu. Estava ansioso.

Conduziu Evan até o escritório e fechou a porta atrás dos dois, deixando os agentes na sala de espera, com os braços cruzados.

Evan era um sujeito grande, alto e musculoso. Mas sua atitude desafiadora pareceu murchar um pouco assim que se viu a sós com Rothstein. Ele se deparou então com uma cena cuidadosamente montada: uma pasta grossa com o nome "Evan Rose", uma foto recente de Susan

Walker e outra de Petra Wallace sobre a escrivaninha. Além disso, havia também o polígrafo, com todos os seus fios e tubos.

– Por favor, sente-se – disse Rothstein.

Evan obedeceu, com o olhar fixo nas fotografias.

Rothstein sempre providenciava fotos recentes das vítimas em casos como aquele. O assassino podia não saber como se chamavam suas presas, então era possível que os nomes delas não despertassem nenhuma reação se não estivessem associados com rostos. Assim não haveria dúvida quanto à identidade das garotas.

Rothstein chamou a atenção de Evan, inclinando-se e dando um tapa na mesa.

– Meu trabalho hoje aqui é descobrir se você é ou não a pessoa que fez isso. Quero que saiba que eu suponho que todos os que passam por uma poligrafia são inocentes em relação ao caso em questão. E vou manter essa presunção de inocência durante todo o seu exame, até que os gráficos sejam coletados, analisados e submetidos à escala de pontuação que determina se as respostas foram verdadeiras ou falsas.

Um tanto nervoso, Evan acenou com a cabeça. Seu olhar arregalado passava da grossa pasta com seu nome para os tubos de ar. Em seus onze anos de examinador, Rothstein estava já acostumado a essa reação de medo e a verdade é que ele era culpado por induzi-la. O examinado nunca sabia disso, mas a pasta estava cheia de folhas em branco. Só que, imaginando que ela contivesse todos os dados a seu respeito, o sujeito perderia até o ânimo de mentir.

– Para começar, vou explicar basicamente como um polígrafo funciona, para que você possa entender o que estamos fazendo hoje aqui. Um polígrafo é um instrumento que registra mudanças nas atividades fisiológicas controladas pelo seu sistema nervoso autônomo.

Evan parecia não entender nada.

– Autônomo quer dizer automático ou involuntário, ou seja, tem a ver com os aspectos do corpo que não podem ser controlados – continuou Rothstein. – Existem dois ramos em seu sistema nervoso autônomo. O primeiro lida com crescimento e desenvolvimento, enquanto o outro é um sistema de resposta para situações de emergência. Essas duas partes operam de forma contrária, o que significa que apenas um dos ramos, normalmente o do crescimento, assume o controle em cada instante.

Antes de continuar, Rothstein observou a expressão de Evan. Parecia que ele começava a entender.

– O sistema para emergências se torna dominante apenas quando existe uma ameaça para o indivíduo ou quando ele sente medo. Por exemplo: se você estiver caminhando na rua e alguém de repente se aproximar e lhe apontar uma faca, você vai ficar assustado. Essa mensagem vai até o cérebro, que, em resposta, vai mandar outra mensagem para o sistema nervoso autônomo, mandando colocar o sistema para emergências no controle. Aí acontece uma série de mudanças fisiológicas em seu corpo, que servem para ajudá-lo a lidar com a situação de perigo.

Evan cruzou os braços. Parecia na defensiva ou talvez estivesse só entediado com a aula. De qualquer forma, era preciso que Rothstein continuasse:

– Seu coração bate mais rapidamente, o que faz com que mais sangue seja bombeado para o seu corpo, providenciando mais oxigênio para que ele possa funcionar melhor. Seu fígado secreta açúcar, dando-lhe mais energia, e as pupilas se dilatam, fazendo-o enxergar melhor. As palmas das suas mãos também começam a suar, possibilitando que você agarre os objetos de modo mais efetivo, pela mesma razão que um jogador de beisebol cospe nas mãos para pegar uma tacada. Essas mudanças e mais algumas outras ocorrem para ajudá-lo a correr mais rápido ou bater com mais força, de forma que você possa sair da situação de risco.

Evan levantou um pé e o descansou sobre o joelho oposto. Estava francamente impaciente.

– Nós vamos em frente com esse negócio ou vou ter que ficar aqui assistindo a uma aula completa de biologia da 7ª série?

Rothstein se inclinou para a frente.

– Ouça com atenção, Evan. Quero que você entenda exatamente como tudo isso funciona.

Evan descruzou os braços e o sargento Rothstein prosseguiu com a explicação:

– O teste de polígrafo mede uma resposta semelhante. Se você falar a verdade, vai funcionar nos seus níveis normais. Se, em uma determinada pergunta, você quiser mentir, *vai ficar com medo de ser pego nessa mentira* – disse, enfatizando a última frase, enquanto olhava Evan bem no fundo dos olhos. – Assim que você começar a sentir medo, seu corpo automaticamente mudará para o modo emergencial. *Não há nenhuma maneira de interromper esse processo.* Todas essas mudanças acontecerão e eu poderei vê-las nos registros gerados pelo polígrafo. Alguma pergunta?

Evan apertou os olhos.

– E se alguém estiver... nervoso?

– Não se preocupe. O estado de nervoso em relação ao teste é constante durante todo o exame, quer você esteja muito nervoso, nervoso ou só um pouco nervoso. Sempre esperamos que as pessoas que se submetem a um teste poligráfico estejam nervosas, mas isso não afeta a precisão do exame. A pulsação é de 70 a 80 batidas por minuto, dependendo da idade e das condições de saúde, mas durante o teste deve estar entre 90 e 100. Essa é a nossa linha de referência para o trabalho. Se você estiver falando a verdade, vai permanecer nesse nível, mas, se mentir, sua pulsação provavelmente irá até uns 120 por minuto. Está compreendendo?

Evan grunhiu que sim.

– O teste que vamos aplicar hoje se chama Teste de Comparação de Zona. Está pronto?

– Sim, vamos logo com isso.

O tom de bravata havia voltado.

O sargento Rothstein se levantou da cadeira, atrás da escrivaninha, e posicionou os tubos de ar em torno do tórax de Evan e do diafragma, para medir a respiração.

– Continue a respirar normalmente durante todo o teste. Vou perceber se você tentar prender o fôlego ou fizer qualquer coisa incomum. Este grampo vai ficar na ponta do seu dedo, para medir a menor mudança no seu padrão de transpiração. Ah, e vou colocar isto aqui em volta do seu braço, para registrar qualquer variação cardiovascular.

– Isso parece aquele troço de medir pressão – comentou Evan.

Rothstein tornou a se sentar à mesa e ficou olhando para o polígrafo.

– Por favor, continue sentado, totalmente imóvel, durante o teste: nada de movimentos nos dedos, no rosto ou nos pés. Mesmo que você esteja nervoso, evite pigarrear, lamber os lábios, esse tipo de coisa. Cada teste dura apenas alguns minutos, então fique parado. Simplesmente responda "sim" ou "não" para cada questão. Nada de "não, não fiz isso", nenhuma coisa do tipo. E, por favor, espere até que a pergunta tenha sido completamente formulada para responder.

Evan engoliu nervosamente em seco.

– Tente não engolir em seco, por favor – disse Rothstein. – Bem, vamos fazer oito testes hoje. Quatro para Susan Walker e quatro para Petra Wallace. Vamos começar o primeiro agora. Está pronto?

– Sim.

– Ótimo. Seu nome é Evan?

– Sim.

– Você vive em British Columbia?

– Sim.

– Você pretende responder com sinceridade a todas as questões que eu lhe fizer sobre qualquer eventual envolvimento seu com Susan Walker ou Petra Wallace?

– Sim, pretendo.

– Responda só "sim" ou "não" para cada questão, certo?

– Sim.

– Você pretende responder com sinceridade a todas as questões que eu lhe fizer sobre qualquer eventual envolvimento seu com Susan Walker ou Petra Wallace?

– Sim.

– Você atirou em Susan Walker?

* * *

Andy Flynn esperava Mak no saguão do hotel Renaissance, refletindo sobre a recente saída de Evan Rose da lista de suspeitos.

"Droga."

Evan quis passar pelo teste do polígrafo; não, ele insistiu para ser submetido ao teste do polígrafo. E o cretino foi aprovado.

Andy relembrou as palavras de Rothstein: "Olhe, até onde vão meus conhecimentos, esse cara pode ter arrombado vinte bancos este mês, mas, em minha opinião profissional, ele nunca encostou um dedo em Susan Walker e Petra Wallace. Ele não é o seu homem."

Evan passara com louvor no teste do polígrafo. Aquilo queria dizer que o assassino continuava à solta e o caso estava longe de ser resolvido. Portanto, as estudantes da UBC, incluindo Makedde, poderiam estar ainda em risco. A despeito das advertências de seu orientador, Andy se sentia inclinado a dizer algo a respeito para Mak. Precisava informá-la do perigo que corria.

Nunca houve nenhuma evidência concreta contra Evan Rose, mas Bob estava certo, ele se encaixava no perfil e era preciso investigá-lo. O fato de Evan ser irmão de um agente da RPMC trabalhando no caso só complicava as coisas. A história já estava tumultuando as fileiras da RPMC e aqueles que gostavam dos irmãos Rose poderiam ficar meio reticentes em relação à ajuda externa do FBI na jurisdição deles. De qualquer modo, o doutor Harris e Andy deveriam voltar para Quantico dentro de uma semana. O problema era que Andy queria, antes de ir embora, ter certeza de que o assassino seria pego. Queria ficar tranquilo, sabendo que não estava deixando Mak em nenhuma situação de perigo. Mas, pelo andar da carruagem, não era esse o rumo que as coisas estavam tomando.

Agora, Andy estava prestes a encontrar Makedde para jantar e precisava decidir o quanto contaria para ela sobre o caso.

Bem tipicamente, Andy escolheu se sentar para esperar num canto distante da bancada principal da recepção, com as costas voltadas para a parede, rodeado por um fino véu de samambaias de plástico. Era uma posição boa e protegida, que lhe oferecia uma visão do saguão todo. Ele se lembrou de Makedde chamando aquele ponto em qualquer sala de "a cadeira do Clint", numa referência ao filme *Perseguidor implacável*, de Clint Eastwood.

Passava um pouco das 20 horas quando ela chegou.

Ele prendeu a respiração.

"Oh, meu Deus..."

Não tinha como não notá-la. Mak estava usando um vestido justo preto e sapatos de salto. Levava um casaco preto pendurado no braço e tinha uma bolsinha brilhante na mão. Elegância casual. Com sua beleza natural, ela não precisava se enfeitar muito.

"Como ela está linda!"

Andy olhou para si mesmo, verificando as roupas com que estava vestido. Calças escuras e camisa grafite. Sem gravata. Tudo bem, pelo menos não estava usando uma camiseta. Não sabia que ela estaria tão... bem-vestida.

– Oi, Andy – saudou Makedde, aproximando-se dele.

Ela se movia como uma modelo experiente em passarelas, sem parecer consciente de que as outras pessoas não caminhavam daquela maneira. Será que imaginava quão devastadora era a presença dela?

– Boa-noite – ele respondeu. – Você está linda.

– Obrigada – ela disse e toda aquela postura de modelo se desvaneceu.

Mak balançou a cabeça e colocou a mão sobre o rosto.

– Foi muito constrangedora, aquela noite...

– Esqueça isso. Consigo beber muito mais que você.

Ela deu um riso pouco à vontade.

– Então, vamos?

– Para onde? – ele perguntou.

Os dois haviam combinado jantar, mas o lugar não fora estabelecido.

– Vou levá-lo ao Tojo's. É o restaurante japonês de Vancouver. Estava mesmo pensando, um dia desses, que faz muito tempo que não vou lá. Você gosta de sushi, não?

"Droga."

Mak e suas excêntricas preferências gastronômicas. O domínio de Andy sobre aqueles pauzinhos era, para dizer o mínimo, inexistente. Ele ainda pedia garfo e faca em seu restaurante tailandês favorito, lá na Austrália, e se lembrava vagamente de ter passado vergonha diante de

Makedde comendo um negócio chamado saang choi bao em um restaurante de Sydney. Aquilo tinha sido um ano antes, mas suas habilidades não haviam melhorado desde então.

– Faz um tempo que não como sushi... – ele respondeu enfim.

– Ótimo. Então você vai gostar de lá. Fica na West Broadway. Não é muito longe.

"Que bom."

* * *

O restaurante ficava no segundo piso e eles subiram as escadas. Mak foi andando na frente e Andy fez o possível para não ficar olhando estupefato para o movimento daqueles quadris arredondados.

Quando entraram no Tojo's, algumas cabeças se voltaram para observá-los. Andy imaginou que a maioria era para admirar Makedde. Seu ego se inflou um pouco, mas logo voltou ao normal quando ele pensou em como ela parecia ter superado a história entre os dois. Talvez ela estivesse apenas sendo educada, ao aceitar o convite para sair com ele. Por outro lado, ela havia escolhido um vestido como aquele...

Passaram pela bancada de preparo dos sushis no caminho para a mesa. Japoneses de dedos ágeis trabalhavam rapidamente para criar pequenas iguarias de arroz e frutos do mar. Andy reconheceu o atum cru e o salmão, mas teve um pouco de dificuldade em identificar alguns itens com tentáculos e peles estranhas. Sobre a vitrine, estava o maior barco de sushi de madeira que ele já vira, com uma porção de peças coloridas que não pareciam feitas para comer. Andy se perguntou se seria capaz de consumir os pratos que pedisse sem passar vergonha diante de Makedde.

Bem à vontade, Mak acenou para um homem de bigode que trabalhava atrás da bancada. O sujeito tinha um rosto redondo e amigável.

– Oi, Tojo – disse ela, fazendo com que a expressão do homem se iluminasse.

Ele parou e cruzou os dedos.

– É ótimo vê-la aqui, Mak. Já faz um tempo que você não aparece. Aproveite.

O ambiente era de penumbra e o restaurante estava cheio de clientes. Andy ficou pensando que devia ser difícil conseguir uma reserva ali. As paredes estavam apinhadas de retratos autografados de bandas e atores famosos, distribuídas em meio à decoração tradicional.

Mak e Andy foram conduzidos para um canto mais tranquilo. Para o alívio dele, não se tratava daquelas mesas típicas japonesas em que era preciso tirar os sapatos antes de se sentar. Ele podia continuar calçado. Não estava mesmo seguro de que suas meias estivessem prontas para causar uma boa impressão.

– Então, este é o Tojo's – disse ela, assim que se acomodaram.

– Lugar legal.

– Fazemos os pedidos antes ou vamos direto ao assunto?

"Ir direto ao assunto?" Definitivamente, ele não queria ir direto a uma conversa sobre assassinato.

– As minhas notícias podem esperar – respondeu Andy. – Vamos aproveitar um pouco o momento.

– Não quis parecer rude, mas é que você parecia ter algo urgente para dizer... Conseguiu mesmo me deixar curiosa.

Dava para ouvir os chefs trabalhando com afinco na cozinha. Os aromas eram estimulantes.

– Vamos fazer os pedidos antes – disse Andy, mudando de assunto. – A propósito, por que é que você não pede por nós dois? Eu nem sei por onde começar...

Mak ficou contemplando Andy por alguns instantes. Era evidente que ele estava evitando o assunto, mas ela preferiu esperar para interrogá-lo.

– Tudo bem, vou pedir – declarou, abrindo o cardápio e dando uma olhada nas opções. – Você gosta de tofu?

– Não muito – respondeu ele.

– Certo. Então *tofu agedashi* fica de fora. Você é um sujeito carnívoro, certo? O que acha do *gyu sashi*?

Ele acenou afirmativamente com a cabeça, apesar de não fazer ideia do que fosse aquilo.

– É cru – ajuntou Mak.

Ele conteve uma careta. Mak continuou a examinar o cardápio:

– *Salada wakame... mori ten tempura...* Esse vem com camarões e legumes... Hum, por que não experimentamos o rolinho *pacific northwest*? É feito com caranguejos frescos misturados com abacate, tudo coberto por mexilhões e ovas de arenque.

Andy fez um novo sinal afirmativo com a cabeça.

"Isso não são ovos de peixe?"

Mak continuou com as sugestões:

– E um belo salmão ao molho *teriyaki* para um homem cheio de apetite. Que tal?

– Isso é cozido, suponho.

– Exato.

"Bom. Pelo menos sei que vai dar para engolir alguma coisa."

A garçonete veio e anotou os pratos. Mak pediu ainda saquê e Andy se esforçou para não perguntar sobre garfo e faca.

Uma mulher minúscula, com um robe tradicional japonês, ofereceu toalhinhas quentes, dizendo:

– *Oshibori.*

Ambos umedeceram as mãos com as toalhas e, alguns minutos depois, a mulher voltou para recolhê-las. O saquê chegou logo depois, bem quente, e Mak despejou-o em duas pequenas xícaras. Assim que se viram a sós, ela se inclinou, apoiando os cotovelos sobre a mesa, e deu um sorriso para Andy. Ele se derreteu por dentro. Adorava aquilo. Na verdade, adorava quando ela o olhava daquele modo.

– Esqueci o que os japoneses dizem... então, tim-tim! – falou Andy, levantando sua xícara.

– *Kanpai.*

– Campari – ele disse de volta, fazendo com que ela risse.

O saquê estava delicioso e troxe um calor reconfortante ao estômago vazio de Andy.

Logo a garçonete que os servia apareceu com um prato de carne crua com molho, além de uma tigela cheia de estranhas varetinhas escuras... Frutos do mar. Ele lutou um pouco com os pauzinhos, até achar que sua técnica estivesse minimamente aceitável. O prato lhe lembrava um pouco carpaccio, que não era assim tão mau. Procurou evitar a salada de frutos do mar, porém mergulhou com entusiasmo no prato de camarões fritos e no salmão ao *teriyaki*. No fim, achou que a comida estava bem razoável. De qualquer modo, era bem verdade que Mak conseguiria fazê-lo comer até baratas, se quisesse.

– Desculpe-me por ter pego você de surpresa durante a conferência – disse Andy.

– É, teria sido bom se você tivesse mencionado isso ao telefone.

– Apenas um detalhe... – comentou ele.

Mak inclinou a cabeça para o lado e deu um sorriso. Seus olhos azuis casavam perfeitamente com a lembrança que Andy tinha deles.

– Você parece bem, Andy. Estão tratando você direitinho lá na academia?

– É, pode-se dizer que sim. Como você tem passado? Tudo certo com os estudos?

– É, pode-se dizer que sim... – respondeu ela, sorrindo e lançando para ele um olhar maroto, enquanto tomava outro gole de saquê. – Mas quando é que vou ouvir essas notícias bombásticas?

"Droga."

O momento estava perfeito demais. Ele não queria estragá-lo, porém não tinha dúvida de que esse seria o efeito do que pretendia dizer.

– Mak, quero falar de uma coisa um tanto desagradável com você. Não sei ao certo se...

– Tudo bem – cortou ela, cruzando os braços. – Posso lidar com coisas desagradáveis. O que é? É sobre o julgamento?

– Preferiria que fosse – falou Andy, tomando fôlego. – O doutor Harris e eu estamos ajudando a polícia canadense com um caso de assassinato.

– Ahhhh... Agora entendi por que é que você não achou a conversa apropriada para um jantar. Mas o meu pai nunca pensou assim.

O pai de Makedde costumava conversar normalmente sobre assaltos, estupros, fraudes e assassinatos à mesa de jantar, na residência dos Vanderwall.

Andy abaixou a voz.

– Existe uma boa razão para eu querer falar com você sobre esse caso. Posso confiar em você para guardar segredo sobre isso?

– É claro que você pode confiar em mim.

– Temos três vítimas até agora, todas mulheres jovens, encontradas enterradas perto do Rio Nahatlatch. Aparentemente, todas foram atingidas nas costas por tiros de um rifle de alta potência.

– Nas costas? – perguntou Mak.

– Sim, nas costas.

– Que covardia. Parece quase uma execução.

– Quase. Um dos caras da RPMC também mencionou isso, mas o doutor Harris diz que esse método o leva a pensar num caçador.

Mak abanou a cabeça.

– Você quer dizer, como Robert Hansen?

Andy ainda não havia pensado naquilo.

– Hansen? É. Sabe que você às vezes me assusta?

Ela sabia muito sobre assassinos em série. Muito mesmo.

Mak respondeu apenas com um belo sorriso.

Robert Hansen foi o mais famoso assassino em série do Alaska, um caçador que raptara, estuprara e esquartejara cerca de trinta mulheres, enterrando-as num ponto isolado de vegetação congelada, ao qual ele chegava com seu pequeno avião particular. O homem era dono de uma panificação e parecia um marido responsável e devotado à esposa. Levou sua pervertida vida secreta por dez anos, até ser pego.

– Eles encontraram alguma coisa no VICLAS? – perguntou Mak.

VICLAS era a sigla para o sistema de análise e cruzamento de dados para crimes violentos. Naquele cadastro informatizado, figuravam os registros de diversos crimes, com análises sobre o perfil das vítimas, o modo de operação do agressor e dados forenses e comportamentais encontrados nas cenas dos crimes. Aquele caso específico tinha sido analisado até a exaustão pelos especialistas do VICLAS, mas nenhuma pista significativa fora encontrada. Só o estudo do perfil das vítimas apontara para algumas ligações com os casos de pessoas desaparecidas, o que batia com a tese de Bob de que aqueles crimes estavam ligados ao *campus* da UBC.

– Nada que ajude muito, até o momento, mas o estudo do perfil das vítimas apontou algo que é justamente sobre o que quero falar com você.

Mak se inclinou mais para a frente e Andy continuou:

– Duas das mulheres encontradas em Nahatlatch foram identificadas como estudantes da Universidade de British Columbia. Você deve ter visto os cartazes sobre o desaparecimento de Susan Walker e Petra Wallace, não? A terceira vítima ainda não foi reconhecida, mas suspeitamos que se trate de um dos registros de desaparecimentos da universidade. Há alguns traços comuns. Mulheres jovens, boas alunas, desaparecendo sem deixar rastros. Nossa preocupação é em relação ao *campus* da UBC, que realmente não parece um lugar seguro neste momento...

– Meu Deus, vocês e minha irmã...

– O quê?

– Nada, não.

– Isso é sério, Makedde. Pode haver um assassino em série raptando estudantes do sexo feminino no *campus*.

Ela ficou calada por um instante, mas perguntou em seguida:

– E que evidências vocês têm de que se trata de um assassino em série? E a quem você se refere quando fala "nós"?

– Alguns membros da Real Polícia Montada do Canadá já estavam preocupados com isso e por essa razão pediram a opinião do doutor Harris. E tanto ele quanto eu suspeitamos que o problema possa se estender para além das três vítimas que foram encontradas.

– Bem, agora você conseguiu prender mesmo minha atenção. Mais que qualquer um, você deve saber como eu reagiria, então espero que não esteja brincando comigo.

– Eu jamais brincaria com uma coisa dessas, Mak.

– Acredito em você quanto a isso – ela disse. – Bem, vamos embora daqui. Quero saber mais, porém não neste restaurante. Não quero ficar associando o Tojo's a um assunto desse tipo.

* * *

Muitas horas e muitos drinques mais tarde, Makedde Vanderwall emergiu nua dos lençóis de linho de uma cama no terceiro andar do hotel Renaissance.

Ela sentiu um arrepio de frio. Foi então até a varanda, deixando Andy com seu sono profundo e sua pele pegajosa.

Tinha sido para aquilo que ela fora até ali? Alguns drinques a mais para esquecer seus problemas e um encontro noturno com um detetive australiano que logo deixaria aquela cidade? Não.

Mas era isso o que tinha acontecido.

Havia um assassino em série ali. Bem na UBC.

O ar frio se chocou contra sua pele e seus mamilos se endureceram. Mak caminhou até a grade e olhou para baixo. As ruas úmidas formavam uma rede quadriculada através da qual as luzes dos faróis se moviam velozes.

Um barulho.

Ruído de passos. Makedde se virou e viu que Andy ia ao encontro dela. Ele esfregava os olhos, com a visão perturbada pelas luzes de neon da cidade.

– Mak?

– Estou aqui – ela respondeu. – Aqui.

Ele foi até a varanda e ficou ao lado dela.

– Eu amo você.

Ela não respondeu.

Capítulo 31

Andy acordou sozinho.

Memórias eróticas inundaram sua mente: Makedde chegando à porta de seu quarto de hotel, dizendo adeus, depois um beijo, suave no início, mas se tornando aos poucos mais forte e apaixonado, depois os dedos dela deslizando por sua nuca, o corpo de Mak pressionado contra o dele. As bocas que se misturavam, as línguas ansiosas, a química ainda presente, inegável, irresistível. Todo o resto era um borrão: pele nua, corpos se movendo juntos, prazer e suor.

Agora ela havia ido embora.

Estaria bem?

Tudo o que Mak deixara fora um endereço e um bilhete.

Queria vê-lo antes de você ir embora.
Mak

Vê-lo antes que ele fosse embora? Aquilo aborreceu Andy. Será que Mak pensava que ele não se importava com ela? Andy a convidaria para ir com ele para a Austrália, se acreditasse que havia alguma chance de ela aceitar.

Um jornal estava depositado diante da porta de seu quarto. Parecia que havia sido aberto. Quando leu a manchete, entendeu o porquê.

CRIMES DE NAHATLATCH
Jovens estudantes encontradas mortas. A UBC entra em pânico e a polícia não tem pistas...

"Droga. Vazou para a imprensa."

Makedde teria visto a notícia. Pelo menos, ele não precisava mais se preocupar por ter contado para ela o caso. Agora todo o mundo já devia estar sabendo.

Andy olhou para o rosto de Susan Walker, estampado na página. Era uma garota bonita. Na foto, ela usava um vestido formal, exibia um relicário dourado ao redor do pescoço e um pequeno anel no dedo. Posava ao lado do noivo.

* * *

Antes de mais nada, Andy decidiu ir direto até a casa de Makedde. Mesmo que ela não estivesse lá, deixaria algumas flores como surpresa.

Ficou sentado no banco de seu carro alugado, diante da casa dela, pensando no que deveria escrever no cartão. Como ela estaria se sentindo? Estaria feliz por conta da última noite? Estaria constrangida?

Foi quando viu as rosas.

"Mas o quê?..."

Andy saiu do carro e subiu rapidamente as escadas até a porta da casa de Makedde. No chão, havia uma dúzia de rosas vermelhas de caules longos embrulhadas em papel celofane.

Ele se curvou e as examinou de perto, até encontrar um pequeno cartão pregado na embalagem. Teve de tirar o alfinete que o prendia para abrir o envelopinho.

Mak,
Pensando em você...
Roy

Andy sentiu uma pontada de ciúme.

"Roy?"

Voltou para o carro e deu a partida. Jogou as flores que havia comprado na lixeira mais próxima.

Capítulo 32

Makedde saiu do chuveiro após um longo banho, ainda com os pensamentos na noite anterior, sem saber da rápida passagem matinal de Andy diante de sua casa, nem do buquê de rosas. Havia chegado às 5 horas e dormido direto.

Verificou o relógio. Já era hora. Discou o número.

– Clínica psicológica. No que posso ajudar? – atendeu a voz do outro lado da linha.

Mak engoliu em seco nervosamente.

– Alô. A doutora Morgan pode falar, por favor?

– Quem deseja?

– Makedde Vanderwall.

– Um momento, por favor.

Esperava ter calculado bem. Mak telefonara às 21h55, sabendo da hora médica de cinquenta minutos. Ela imaginou que Ann estaria no intervalo entre duas consultas.

Ela atendeu.

– Doutora Morgan falando.

– Oi, Ann. É Makedde.

– Olá, Mak. Que ótimo falar com você.

– Pois é. Meu pai... hum, ele me deu o seu telefone. Não me sinto muito à vontade com isso, mas, enfim, estou passando por algumas coisas e gostaria de vê-la, se você puder... Quem sabe, podemos marcar uma consulta?

"Nossa, que vergonha!"

– Estava mesmo esperando que você ligasse. Podemos marcar uma consulta, sim, claro. Vou encaixar você assim que for possível. Quer dizer, isso se você não achar melhor que eu lhe indique outro profissional...

"Não. Nada de estranhos."

– Não, não acho que eu me sentiria confortável falando com qualquer um sobre isso. Prefiro falar com você mesmo. Mas vou entender se você estiver ocupada.

– Não tanto. Vou precisar ficar no escritório até mais tarde, então de repente você pode me encontrar aqui mesmo. Tenho um horário entre as 17 e as 18.

Mais rápido do que Mak pensava.

– Tenho uma sessão de fotos na cidade esta tarde e ela deve terminar às 17. Mas posso tentar sair um pouco mais cedo. Onde fica seu consultório?

– Em Kitsilano, perto de você.

* * *

Não muito antes de seu primeiro "encontro" oficial com uma psiquiatra, Makedde Vanderwall se achava em um estúdio fotográfico de Vancouver, vestida com um conjunto de ginástica justo de duas peças e um par de botinas australianas.

Num canto do estúdio, havia uma grande mesa de maquiagem, com um espelho iluminado por uma fileira de lâmpadas em estilo hollywoodiano. As luzes eram quentes e Mak achou que seu rosto poderia estar brilhante de oleosidade. De fato, isso estava acontecendo. Como não conseguia ver a maquiadora, Mak passou base no rosto e removeu um pouco de secreção em um dos olhos com um lencinho. Olhou de relance para o relógio que havia colocado sobre a mesa, ao lado da caixa de sombras.

O trabalho de Mak, naquele dia, consistia em fazer fotos para o catálogo de uma loja de departamentos local. Trabalho corriqueiro, coisa simples, que rendia algum dinheiro na conta. Mas já eram quase 16h30 e ela estava começando a ficar preocupada com a hora.

Não podia chegar atrasada para a consulta com a doutora Morgan.

Makedde pegou seu copinho de café com leite de cima da mesa e o chacoalhou. Meio vazio. Meio cheio? Levou o copo aos lábios e o pôs de volta no aparador. O café estava frio. A borda do copo ficou manchada do rosa-pêssego do seu batom.

Pensou em Roy. Pensou em Andy.

Que confusão!

O ruído de passos se aproximando a tirou de suas reflexões.

"Não pense em nada disso agora..."

Mak se virou e viu o figurinista, Serge, vindo em sua direção com um top esportivo da Nike e calças de lycra. As etiquetas coloridas balançavam alegremente, indiferentes ao seu problema de horário e aos seus impasses com os homens.

Serge parou a meio metro dela, segurando as roupas.

– Makedde! Última prova, depois *c'est fini*.

O sotaque de Serge era franco-canadense, com um leve traço japonês. Uma mistura engraçada. Em vez de pronunciar "Ma-kêi-di", como deveria ser, ele falava mais "Ma-ka-di", como se ela fosse alguma espécie de sushi.

– É a última?

Serge era um homossexual careca e bonito, que se vestia dos pés à cabeça de Versace. Ou então de uma imitação perfeita de Versace, Mak não sabia ao certo.

Mak e Serge olharam ao mesmo tempo para a arara de roupas à direita de ambos. Ela contou seis conjuntos coloridos: cinza, azul-escuro, azul-claro, vermelho, vermelho com cinza e finalmente preto com cinza. Ela estava vestindo o sétimo e tinha agora o oitavo em suas mãos.

– *Oui*. A última – Serge confirmou.

Os cílios dele eram longos e muito negros. Mak se viu momentaneamente hipnotizada por aquele piscar de olhos: era como ver borboletas se movimentando graciosamente.

– Então, como você deve saber, preciso sair daqui em no máximo trinta minutos. Tenho um compromisso importante.

– Teste?

– Hum... é, tipo isso... – respondeu vagamente.

Serge presumia, como a maior parte das pessoas, que ela era uma aspirante a atriz. Sempre achavam que o visual de estrela de Makedde tinha algo a ver com o desejo ou o talento para atuar. Modelos que viravam atrizes eram comuns em Vancouver, a Hollywood do Norte, como se dizia às vezes. Mak nem se dava mais ao trabalho de corrigir essa ideia equivocada das pessoas, pois isso traria à tona o tema dos seus estudos. Seu trabalho atual e seus sonhos para o futuro pareciam incompatíveis e ela raramente falava de uma coisa no ambiente destinado à outra. Como na história de Kipling, o Leste e o Oeste nunca podiam se encontrar.

Além do mais, corrigir Serge naquele momento significaria entrar no mérito da verdadeira natureza de seu compromisso, algo que ela com certeza não desejava discutir.

“Vamos logo acabar com essa sessão de fotos e ir em frente.”

Mak evitou prolongar a conversa. Passou seu cérebro para o modo de operação de modelo, saiu de perto de Serge e foi até o vestiário – que na verdade não passava de um pequeno canto separado do resto do estúdio por duas placas compridas de isopor mantidas unidas com fita isolante preta. Ah, o glamour... Posar para catálogos de lojas de departamentos e trocar de roupa atrás de um biombo de isopor não era exatamente o que Mak tinha em mente quando, aos 14 anos, começou a trabalhar como modelo, mas ali estava ela, mais de uma década mais tarde, fazendo bem aquilo.

Havia uma cadeira solitária de metal no cubículo de vestir, com um cabide torto de arame pendurado no espaldar. Um cachecol estava enrolado no cabide, com sua etiqueta à mostra: *100% poliéster. Made in Hong Kong.*

Ela tirou o top e o short pretos com que acabara de posar e ficou por um momento quase nua, apenas com a calcinha fio dental cor da pele, o uniforme de baixo padrão de todas as modelos. Tirou o cachecol do cabide e o colocou sobre o rosto e os cabelos, para proteger o penteado e a maquiagem enquanto deslizava aquele último top sobre sua cabeça.

Vestindo as novas roupas, Mak foi até o espelho de maquiagem e se inclinou para colocar a calça de lycra no lugar. Gostava do estilo das roupas esportivas da Nike e, graças a seu hábito de correr e às horas recentemente passadas na academia, ela estava suficientemente em forma para vesti-las. Makedde também havia passado uma dose de autobronzeador na noite anterior, para disfarçar a brancura da pele que marcava a aproximação de cada inverno canadense. Agora sua pele exibia um leve brilho dourado, que contrastava bem com o top branco gelo. As horas passadas dentro de bibliotecas e diante de computadores podiam ameaçar uma carreira de modelo. Medidas preventivas eram necessárias.

Ela colocou uma mecha longa e dourada atrás da orelha e ficou se observando no espelho por um instante. Receava que sua falta de sono e seus outros problemas fossem percebidos na agência, mas o único sinal visível de que a senhorita Makedde Vanderwall não era a imagem da saúde estava em seus olhos avermelhados, que já não respondiam aos colírios, e nas ligeiras olheiras. Mak ficou aliviada: não estava tão mal assim. Já havia passado uma camada de corretivo antes de ir para o estúdio, que fora reforçada durante a maquiagem para a sessão. Estava cansada, mas conspirava com Elizabeth Arden para esconder esse fato. A cafeína também entrava no complô. Chegava a tomar cinco copos de café com leite por dia, o que significava cinco vezes a sua dose normal dos tempos sem insônia.

Entretanto, duvidava que cosméticos e cafeína pudessem enganar alguém como a doutora Morgan.

"Droga, Mak. Pare com isso. Pense em roupas. Pense no seu trabalho de modelo. Ou melhor... simplesmente pare de pensar."

Quando Makedde finalmente conseguiu trazer sua mente de volta para o trabalho em questão, a porta se abriu, fazendo entrar uma lufada de fumaça e ar frio. Era Monica, a maquiadora.

– Sente-se, que vou dar um retoque em sua maquiagem – ela declarou com sua voz açucarada.

Mak olhou novamente para o relógio: quatro e meia em ponto. Tomara que o trânsito estivesse bom.

Em câmera lenta, Monica colocou um chiclete na boca, colocou a mão no quadril e girou a cabeça, fazendo com que cachos violeta caíssem sobre seus olhos, borrando sua visão. Só depois de algum tempo, foi tocar o rosto de Makedde, com os dedos apontando para fora, enquanto esfregava os polegares sobre as bochechas de Mak. Depois de toda a esfregação sem sentido, com cada movimento sendo executado em ritmo irritantemente vagaroso, Monica decidiu que o melhor a fazer seria pegar o pó-de-arroz... devagar.

Tudo isso parecia confirmar as suspeitas de Makedde de que Monica acabara de sair da escola de maquiagem. Ela tinha desaparecido sem deixar rastros algumas horas atrás e Mak só podia torcer para que ela tornasse a desaparecer em breve.

– Estou com pressa – disse Mak com firmeza.

Sentia que uma dor de cabeça estava por vir.

Monica pareceu nem ter ouvido. Empoando lentamente o rosto de Makedde, comentou:

– Acho que eles vão querer um penteado para cima com essa roupa.

"Ah, meu bom Deus..."

Mak tentou não revirar os olhos.

– Preciso ir embora dentro de vinte e seis minutos – declarou, olhando de novo para o relógio.

De repente, seu cabelo foi puxado para cima e amarrado num estreito rabo de cavalo. Os olhos de Mak lacrimejaram e a dor de cabeça que se anunciava enfim chegou.

– Nossa, quanto cabelo! – exclamou Monica, puxando e repuxando.

Makedde tinha uma cabeleira cheia, volumosa, nada parecida com os cabelos escorridos de sua irmã. Acordava todos os dias parecendo um leão. Teria sido ótimo se houvesse nascido uma década antes, mas Mak havia passado boa parte de sua carreira tentando domar sua cabeleira loura. Agora o novo milênio havia chegado e finalmente Mak tinha conseguido controlá-la. Mas isso não queria dizer que outras pessoas conseguissem também, muito menos aquela garota, Monica.

– Deixe para lá. Pode deixar que eu mesma faço.

A maquiadora continuou se esforçando inutilmente para puxar e pentear.

Além de incompetente, surda.

"Fabuloso."

– Sério, pode deixar. Eu mesma faço – repetiu Mak.

As mãos de Monica continuavam a lutar com os cabelos.

"Já chega!"

Mak virou sua cabeça abruptamente e olhou com dureza para Monica. As mãos da maquiadora interromperam o que faziam e a expressão de Monica denotava medo.

"Trabalho como modelo há doze malditos anos. Tenho certeza de que consigo fazer um simples rabo de cavalo. Muito obrigada!"

Em uma questão de segundos, Mak escovou o cabelo e o prendeu num rabo de cavalo bem alto. Deu uma última olhada no espelho, retocou os lábios com uma nova camada de gloss e saiu pisando firme em direção ao cenário das fotos. Monica estava sem palavras e parecia a ponto de chorar. Com o canto dos olhos, Makedde a viu sair correndo pela porta.

Capítulo 33

Mak saiu pela rua chuvosa no centro de Vancouver e foi até seu carro. Deu uma olhada no relógio: eram quase 17 horas. Se fosse rápida, talvez conseguisse chegar a tempo.

Por mais que temesse o encontro, não queria parecer grosseira chegando atrasada, já que Ann havia oferecido tão generosamente seu valioso tempo. Mak nunca quisera discutir seu passado recente com ninguém, nem mesmo com um profissional, mas parecia que o momento havia enfim chegado. A falta de sono estava afetando as relações com seus amigos e sua família. Ela chegara ao ponto de usar Roy para tentar esquecer Andy e esse expediente nem mesmo funcionou!

"Droga."

Makedde destrancou Zhora e pulou para o assento do motorista, jogando sua pesada bolsa de modelo sobre o estofado rasgado de couro branco.

Enquanto dirigia pela cidade em direção à ponte Burrard, continuou se questionando sobre os mesmos temas.

"Será que estou ficando louca? Realmente preciso de um psiquiatra? Por que não consigo parar de ter pesadelos? Por que Andy voltou a entrar na minha vida?"

Ela encontrou o trânsito bom ao longo da ponte e da Quarta Avenida. Ao ver os inconfundíveis talheres gigantes diante da porta do Sophie's Café, Mak diminuiu o ritmo, observando os números enquanto mantinha o olhar na rua. Precisou rodar pelas ruas vizinhas várias vezes até encontrar uma vaga de tamanho adequado para Zhora. Depois de subir uma pequena ladeira para voltar à rua principal, foi até a clínica.

DRA. ANN MORGAN, PSIQUIATRA.

"Psiquiatra. Não acredito que estou aqui."

O nome era um dos três que constavam da pequena tabuleta. Mak empurrou a porta da clínica e olhou para o relógio, enquanto se dirigia à recepção. Faltava um minuto para as 17 horas.

O lugar era bem moderno. Um biombo curvo de oitenta centímetros de altura separava a bancada da recepcionista da sala de espera. Mak viu um rabo de cavalo preto bem-arrumado balançar para um lado e para o outro atrás do biombo e ouviu o barulho de dedos digitando num teclado. Quando se aproximou, a recepcionista levantou os olhos da tela do computador. Tratava-se de uma bela mulher, de trinta e poucos anos, com feições japonesas perfeitas realçadas por gloss e um rímel preto bem aplicado.

– No que posso ajudá-la?

– Tenho uma consulta com a doutora Morgan.

– Makade Vanderwall?

– Makedde – corrigiu Mak.

– Desculpe. Por favor, sente, Makedde – convidou a recepcionista, desta vez pronunciando perfeitamente o nome, para em seguida voltar ao teclado.

Mak olhou ao redor. Havia dois sofás de couro perpendicularmente dispostos na sala de espera. Uma mulher absurdamente abaixo do peso normal se sentava no canto de um deles, perto de uma samambaia, lendo uma revista tipo Caras. Estava vestida com um *tailleur* bege e usava o cabelo num coque apertado. Seus joelhos pontudos despontavam abaixo da barra da saia como dois ossos de galinha sem carne. Um cachecol marrom e dourado tinha sido cuidadosamente enrolado para encobrir a magreza do pescoço. Mak sentiu uma pontada de tristeza pela mulher, mas depois se reprovou pela piedade. Quem era Makedde para dizer que os problemas visíveis daquela mulher eram piores que os problemas dela escondidos?

Sobre uma mesa quadrada, posicionada entre os dois sofás, repousava uma pilha de revistas cheias de orelhas. Mak pegou uma *Time* do topo e sentou do lado oposto do sofá, enquanto esperava para ser atendida. Folheou a revista devagar, mal olhando para as páginas. Estava perdida em pensamentos – o "incidente" em Sydney, Andy, Roy, seu pai, sua mãe.

Imaginou Ann fazendo cálculos mentais. Vamos ver... Romance desastroso = dez sessões. Morte na família = doze sessões. Morte de uma amiga próxima = doze sessões. Assassino em série = ... Quantas sessões mesmo seriam necessárias para um problema com um assassino em série?

Um barulho vindo do corredor da clínica interrompeu seus devaneios. Era Ann, que se dirigia à sala de espera. A médica usava um terninho escuro com uma blusa creme de seda por baixo. Parecia um pouco mais formal do que no jantar na casa dos Vanderwall. Mak estava nervosa; ainda assim, era um alívio ver a doutora Morgan. Tinha chegado ao ponto de associar Ann à sua última chance de recobrar a sanidade mental.

– Boa-tarde, Mak. É ótimo ver você aqui – disse a médica, apertando a mão de Makedde. – Tenha a bondade de me seguir.

Ann conduziu Mak através de um corredor até um consultório na segunda porta, de um total de quatro.

– Por aqui, Makedde – convidou, segurando a porta e deixando que Mak entrasse primeiro.

O consultório era simples, mas elegante. Ann era evidentemente uma profissional de sucesso e tinha muito bom gosto. Num canto, ficava a escrivaninha, sobre a qual se viam uma bandeja de papéis, uma caneta Montblanc e um pequeno relógio prateado de mesa. Havia ainda uma pasta aberta, com uma folha pautada à espera das anotações da psiquiatra.

– Por favor, sente-se.

Ann apontou para uma poltrona de couro perto da parede e se sentou à mesa. A cadeira dela já estava virada para o resto da sala e Mak percebeu que a doutora Morgan não lhe deu as costas ao sentar. A distância entre terapeuta e paciente era de pouco mais de um metro, sem nenhuma mesa no meio para criar barreiras inconscientes. Mak era uma entusiasta daquelas teorias, mas achava que uma barreira poderia ser útil quando chegasse a hora de ter seu consultório como psicóloga forense, dependendo do paciente com que se deparasse.

Mak se acomodou na poltrona que expeliu um pouco de ar sob o peso de seu corpo.

– Está confortável? – perguntou Ann, num tom educado e gentil.

Mak demorou um pouco para responder. Fisicamente, sim. Mentalmente, não. De qualquer forma, disse:

– Sim, obrigada.

– Foi tudo bem com a sua sessão de fotos? Percebi que você não chegou atrasada.

Mak pensou em como quase precisou arrancar a cabeça da maquiadora para isso.

– Ah, consegui sair de lá a tempo.

– Mas, então, como é que eu posso ajudá-la?

A linguagem corporal de Ann era aberta e atenciosa: joelhos apontando para a paciente, braços curvados numa posição relaxada sobre as coxas. Os grandes olhos castanhos eram simpáticos e diretos. Seu olhar não vacilava e Mak ficou impressionada com a calma com que Ann esperava a manifestação da paciente.

– Eu... hum... bem, tenho tido problemas para dormir. Insônia, acho. Tenho tido também uns pesadelos recorrentes. Simplesmente não durmo direito à noite e, quando consigo fazer isso, é horrível.

"Meu Deus, Makedde, dá para relaxar um pouco?"

– Você quer me falar mais sobre os seus padrões de sono? Quantas horas de descanso você tem conseguido atualmente? – perguntou Ann.

– Bem, na verdade, tenho escrito um diário com as minhas observações, então posso lhe dar essa informação de forma precisa.

Mak tirou o caderninho da bolsa. Ann pareceu impressionada.

– Manter um diário é uma excelente ideia. Costumo recomendar isso para os meus pacientes.

Mak abriu o caderno e leu em voz alta algumas das anotações: pesadelos em que ela vestia o uniforme de policial de seu pai, o sentimento de impotência, a criatura de feições demoníacas que matava sua mãe, a faca...

– A descrição é bem intensa – comentou Ann. – É bom você manter esses registros. Faria sentido estimar que você tem conseguido entre três e quatro horas de sono por noite nesta semana?

– Isso.

– E sempre com pesadelos?

– Os sonhos são bem consistentes, intensos, e só começaram este ano, com a insônia, que eu nunca havia tido antes. Mas os pesadelos estão ficando cada vez mais fortes e a insônia está piorando – disse Mak, procurando o tom mais casual possível.

– Hum...

"Agora vem a pior parte."

Makedde pigarreou e foi em frente:

– Sabe, houve um incidente no ano passado, quando eu estava na Austrália. Imagino que tenha alguma coisa a ver com tudo isso da insônia e dos pesadelos... Ou melhor: tenho certeza de que tem a ver. Para começar, os últimos anos não têm sido exatamente um mar de rosas...

As palavras saíam aos borbotões e Mak fechou a boca para não dizer mais nada. Seu dedão direito estava começando a coçar de novo. Por muitos meses depois da microcirurgia, ela não conseguia sentir nada ali. Agora, vinha essa coceira.

– Tenho certeza de que o meu pai contou para você sobre o episódio – disse enfim Makedde, como uma forma de encerrar sua parte na conversa.

Havia uma clara nota de ressentimento na frase, algo que não deveria ter passado despercebido à psiquiatra. A doutora Morgan sorriu.

– Seu pai me contou alguns detalhes bem básicos. Nada muito específico. Seria melhor que você contasse do seu jeito.

"Tenho certeza de que ele falou tudo."

Inquieta, Mak ficou contemplando a sala. Havia uma porção de diplomas emoldurados na parede. Uma estante bem alta abrigava livros de psicologia, alguns dos quais Makedde também tinha: o *Manual diagnóstico e estatístico das doenças mentais*, quarta edição; o *Psicoterapia existencial*... Ali, porém, não havia nenhum livro de criminologia. Nada sobre assassinos em série. Uma caixa de lenços de papel repousava sobre a mesa da doutora. Além dos lenços, havia uma foto de Ann sorrindo junto com dois adolescentes: um garoto e uma garota. Nenhum homem na foto. Nada de sargento Morgan.

"Será que o meu pai vai acabar num desses retratos?"

– São Connor e Emily – explicou Ann, percebendo que Mak observava a foto. – Connor atualmente está morando com o pai. É um bom garoto. Mas precisava de um pouco mais de ambição.

Makedde sorriu. Ainda se sentia agitada e nervosa. Sua mandíbula estava rígida e o dedão do pé começara mesmo a incomodá-la. Tinha vontade de tirar o sapato e coçar até sangrar.

"O café. Você tem que parar de tomar tanto café."

Ann adotou novamente o tom profissional:

– Normalmente eu começo a conversar com meus pacientes fazendo uma série de perguntas para delinear melhor o passado deles e conhecê-los um pouco. Talvez possamos começar também dessa maneira. Depois disso, podemos explorar melhor o problema que você anda tendo e tentaremos encontrar algum tipo de solução.

– Com que tipo de pacientes você trabalha?

Os modos da médica mudaram ligeiramente. Ela se inclinou um pouco para trás.

– Todos os tipos. Trato de pacientes adultos com esquizofrenia, transtorno bipolar, transtorno de identidades múltiplas, distúrbios de humor. Já trabalhei com uma porção de pacientes com distúrbios de sono. Acredito que possa ajudá-la, Makedde, se me permitir. Você mesma é uma estudante de psicologia, e uma boa estudante, segundo o seu pai. Tenho certeza de que você entende os benefícios que podemos extrair deste nosso espaço, desde que trabalhemos juntas visando ao mesmo objetivo.

Mak olhou novamente para as suas mãos e fez um esforço consciente para descruzar os braços.

"Pare de enrolar e acabe logo com isso."

– Tenho sofrido um bocado ultimamente – ela disse. – Mas o que me fez realmente ligar para você foi que... eu fiz a coisa mais estúpida do mundo ontem à noite.

Atenta, a doutora Morgan inclinou-se mais para a frente. Mak continuou:

– Lembra quando você estava lá em casa e eu recebi um telefonema de um detetive que estava envolvido naquele caso de assassinato na Austrália? Lembra que todo o mundo estava olhando para mim ao telefone?

– Sim, eu me lembro disso.

Mak contou a ela sobre seu passado com Andy: o episódio em Sydney, seu breve caso amoroso, a interrupção da comunicação entre os dois havia cerca de um ano.

– Então, de repente, do nada, ele vem aqui para a cidade... É porque está acontecendo um grande evento, uma conferência sobre psicopatia.

– Ouvi falar.

– Andy está passando um período na academia do FBI, em Quantico, fazendo um curso na área de Elaboração de Perfis. De repente, ele me aparece aqui em Vancouver para a conferência. Ele veio junto com um especialista em perfis que era um dos palestrantes.

Os olhos da doutora Morgan se espremeram ao ouvir isso.

– Pelo seu tom, você não parece muito convencida de que a conferência tenha sido a verdadeira razão para ele estar aqui em Vancouver.

Makedde refletiu um pouco sobre o que Ann dissera.

– Não estou bem certa. Acho que estou meio chocada com tudo isso. Não sei bem o que pensar.

A psiquiatra escreveu algumas linhas em seu bloco de anotações e Makedde permaneceu calada.

"O que eu posso pensar dessa aparição repentina?"

– Você tem interesse em reatar um relacionamento com esse detetive?

– Não – ela respondeu rápido até demais. – O que não quer dizer que eu não tenha acabado...

Mak se calou e cruzou novamente os braços.

"Droga, dormi com ele. Não acredito que fiz isso!"

– E como a presença dele aqui a afeta, Makedde?

Ela levou algum tempo para responder.

"Ele me confunde toda."

– Fico completamente confusa. A presença dele me traz muitas lembranças... Lembranças ruins.

Mak gaguejou ao pronunciar as últimas palavras e lágrimas assomaram aos seus olhos.

"Droga! Não chore! Não chore!"

As lágrimas se penduraram nos cílios de Mak e ela jogou a cabeça para trás, esperando que assim elas voltassem para o lugar de onde vieram, num esforço vão. O pranto começou a escorrer silenciosamente por suas faces.

A doutora Morgan lhe estendeu os lenços de papel e Mak aceitou alguns. Enxugou os olhos e o nariz, segurando um pouco a respiração para tentar interromper o choro.

– Desculpe – disse Mak.

Havia ficado surpresa consigo mesma por ter chorado, pois sempre tivera pouca tolerância com as manifestações de sua dor. Preferia sempre encarar as coisas de modo prático.

– Acho que você não deve ter ideia de como é terrível aceitar que... que você estava... perdida. Quando realmente importava... eu estava impotente. E foi preciso que alguém chegasse para me salvar.

– Aqui é um lugar apropriado e seguro para você falar sobre isso, Makedde. Se tem necessidade de chorar, então chore. Não precisa se desculpar. Você tem todo o direito de se sentir mal com sua experiência passada.

A doutora Morgan exibia muita calma... Era como se ela emanasse uma espécie de energia serena e reconfortante que de algum modo convidava Mak a se abrir. Aquilo fazia parte do trabalho da médica, evidentemente, e Makedde tinha que admitir que estava diante de uma profissional muito competente no que fazia.

Mak levou alguns instantes para se recompor.

– Então, mal consigo acreditar que Andy está aqui. Era tão fácil não pensar nele, quando ele estava a milhares de quilômetros de distância... Eu podia agir como se tivesse deixado tudo para trás, lá na Austrália. Mas aí, de repente, ele me aparece aqui...

– Deve estar sendo difícil, sem dúvida. Você sente como se fosse injusto da parte dele aparecer assim sem avisar?

– Sem dúvida! – exclamou Makedde, enxugando a ponta do nariz. – Isso me irritou. Quer dizer, sei que ele andou deixando recados e fui eu que não liguei de volta, mas mesmo assim ele poderia ter dado um jeito de me dizer. Ele poderia ter explicado nos recados a razão dos telefonemas.

– Sim. Isso teria sido o certo a fazer, da parte dele – concordou a doutora.

– Será que ele não percebe o que a presença dele significa para mim? Quero dizer, ele salvou minha vida! Ele me encontrou nua, sangrando, impotente... e me salvou. E eu não consigo me perdoar por isso. Precisei ser salva. Se houvesse alguma forma de reviver o passado... eu faria qualquer coisa para mudar isso. Eu...

– Tome cuidado com o que você deseja – disse Ann.

– O quê?

– Não fique desejando reviver o trauma por que passou ou você se arrisca a atrair mais violência para si. Se não na vida real, pelo menos em seus sonhos. Já foi ruim o suficiente ter que enfrentar tudo isso uma vez, mas você vem revivendo toda a angústia da situação em seus pesadelos, como se pudesse criar assim um novo desfecho para a história.

Mak parou por um momento e deixou que aquelas palavras penetrassem até o seu íntimo.

“Meu Deus, ela tem razão!”

– Nunca pensei nisso dessa forma.

Ann encarou Makedde diretamente, com seus inteligentes olhos castanhos.

– Você foi raptada por um criminoso terrível e a polícia conseguiu encontrá-la antes que fosse tarde demais. O crime estava no seu rapto, Makedde, não no seu salvamento!

“Mas ninguém foi capaz de salvar a minha mãe. Por que eu pude ser salva, se ela não pôde?”

Diante do silêncio de Mak, Ann prosseguiu:

– Esse detetive, Andy Flynn, não fez nada de errado, a não ser talvez ter dado pouca atenção a seus sentimentos em relação a toda a situação.

– Ai, ele me faz tanto mal. Não dá para explicar... – disparou Makedde, com as lágrimas correndo livremente pelo rosto. – Não sei o que ele tem. Basicamente, ele é uma pessoa correta, mas tem alguma coisa problemática nele. Alguma coisa que sinaliza problemas. Mas agora estou saindo com um cara... É a primeira vez que estou com alguém desde que voltei daquela confusão toda lá na Austrália. Ele se chama Roy Blake e parece ser uma pessoa muito bacana.

Ann encarou-a.

– Roy Blake? – perguntou.

– Isso. Ele é alto e bonito e trabalha como agente de segurança lá na universidade. Eu sei, eu sei... detetives, seguranças... Tudo isso se parece um pouco. Mas é um cara legal. Ele tem preocupação comigo, e me dá flores...

Mak percebia que seu pensamento estava indo em dez direções ao mesmo tempo.

– Makedde, o fato de você estar saindo com uma nova pessoa é um sinal extremamente positivo. É exatamente o que você deve fazer: sair e desfrutar da companhia de novas pessoas. É um sinal de que você está evoluindo...

– Mas eu ainda não terminei – apartou Mak, hesitando um pouco em reabrir a boca para continuar a falar.

O assunto era delicado.

– Acabei dormindo com Andy ontem à noite. Aconteceu, simplesmente. Não foi algo planejado. Era isso o que eu estava querendo dizer quando afirmei que fiz algo estúpido. Não sei, estou me sentindo uma completa... vagabunda, qualquer coisa nessa linha. Está tudo errado. Quero dizer, isso de Andy aparecer de repente, assustando-me com essa história de investigação na universidade. Os crimes de Nahatlatch. Do jeito que ele fala, parece que tem algum psicopata caçando suas vítimas na UBC, para depois arrastá-las até uma floresta e matá-las como se fossem animais... E isso está acontecendo na minha universidade! De qualquer forma, antes disso eu já não andava mesmo bem. Parece que está tudo saindo de controle. Eu estou fora de controle. Viu? Cheguei a dormir com ele...

"Acalme-se, Makedde. Você está perdendo a linha de raciocínio."

– Mas você não quis isso? – perguntou Ann.

Mak respirou fundo e refletiu a respeito. Sim, ela havia querido. Não tinha planejado, mas tinha querido.

Ann expôs o que achava:

– Você está tentando simplesmente passar por cima de algumas questões. Sua insônia é a forma que seu corpo encontrou de lhe dizer: "ei, você precisa resolver esses assuntos pendentes". É preciso que cada decisão sua seja algo que a coloque mais próxima de uma solução para esses temas, Makedde. Acho que foi muito importante você ter tomado a iniciativa de se abrir sobre isso.

"Nem acredito que demorei tanto para dar esse passo."

– Não sei bem o que fazer agora. Nunca me senti desse jeito antes – comentou Makedde, pensando em como tinha sido capaz de ter estado com Roy e de ficar com Andy bem na noite seguinte. – Nunca agi dessa forma. Estou com medo de tomar mais decisões equivocadas.

– Acalme-se e pense em suas prioridades, certo? E lembre que você não deve nada a nenhum desses homens, Makedde. É legítimo querer ter o próprio espaço.

"Mas eu devo a Andy a minha vida."

Mak não disse isso em voz alta, mas pensou.

"Devo a Andy minha maldita vida."

* * *

A doutora Morgan sugeriu que se vissem novamente dentro de dois dias e Mak concordou. Depois, voltou dirigindo para casa, sentindo-se esgotada. Caiu na cama e ficou horas deitada esperando o sono chegar.

Capítulo 34

Debbie Melmeth acordou com o ruído de passos. Tentou abrir os olhos e sentiu uma pontada quente de dor se irradiando em seu rosto. Seu olho esquerdo, inchado e machucado, se recusava a abrir mais de um centímetro.

Ela permaneceu sentada, quieta, e dirigiu o olhar para a direção do som, para a direção da única entrada para a salinha onde estava havia vários dias confinada. Os passos cessaram. Ela viu a maçaneta sendo girada...

"Não! De novo, não!"

Havia sido enganada.

"Canalha!"

Ela se entregara a ele e não conseguira nada com aquilo. Agora ele a chamava de vagabunda, de cachorra, e Debbie permanecia confinada.

Viu seu raptor se aproximar, vestido de preto dos pés à cabeça, com um rifle de caça nas mãos.

Ele apontou a arma para a testa de Debbie, contemplando-a sem compaixão. Ela não moveu um músculo, com medo de ele apertar o gatilho. Sentia o cano gelado na pele.

– Agora, mocinha, colabore, e você ficará bem.

Ele deu um riso falso, ajoelhou-se e tocou os tornozelos de Debbie, que se contraiu ao toque. Alguns cliques metálicos e as pernas da menina estavam livres.

Será que ela deveria dar um chute nele? Conseguiria fazê-lo? Debbie imaginou o disparo da arma estourando seus miolos e preferiu segurar seu impulso. Permaneceu imóvel.

Seu raptor levantou e abriu as algemas que a prendiam. A garota finalmente tinha os braços e pernas livres.

"Meu Deus, estou livre!"

Debbie foi empurrada para a frente e instintivamente abraçou o próprio corpo. O homem forçou novamente os braços dela para trás e, com tanta força quanto antes, algemou os pulsos dela outra vez.

Mandou que ela ficasse de pé.

Mas Debbie não conseguia se mexer. Não tinha vontade, nem a força física necessária. Ficou calada, sentada ali com os braços algemados para trás e os tornozelos em carne viva latejando de dor. Não queria se levantar. Àquela altura, acreditava que nenhuma atitude sua fosse fazer qualquer diferença. Ele já havia conseguido o que queria dela.

– De pé.

O homem empurrou o cano frio da arma entre as omoplatas de Debbie, impelindo-a para a frente.

– De pé. *Agora.*

Relutantemente, Debbie se forçou a levantar. Um grunhido involuntário escapou de sua garganta durante o esforço e ela lutou para reunir forças, mesmo com seus joelhos ameaçando desabar. Não queria cair aos pés daquele homem. Não queria perder qualquer traço de dignidade que ainda lhe restasse.

– Agora, caminhe. Para a frente, vamos.

O cano da arma a empurrava e os dois se moviam juntos numa espécie de marcha fúnebre, em direção à porta para a qual Debbie ficara tantas horas olhando, por tantos dias seguidos. Logo ela se viu fora da sala, caminhando num corredor. Sonhara com o momento em que atravessaria aquela porta, mas jamais poderia ter imaginado que isso aconteceria daquele jeito, com uma arma apontada para as suas costas, sentindo-se tão usada e derrotada.

– Por favor... – ela começou.

Já havia usado a mesma expressão muitas vezes nos últimos dias, sempre sem sucesso.

Debbie foi conduzida até a porta da frente, enquanto o piso de madeira estalava sob seus pés. O homem abriu a porta com um chute e a garota pôde ver a escuridão lá fora. Já era noite e não havia nenhuma luz ao redor.

Ela continuou a ser empurrada pelo cano da arma, através da grama úmida.

– Caminhe.

Ela obedecia.

Debbie bateu com o dedão do pé em algo e tropeçou. Caiu para a frente, perdeu o equilíbrio... mas logo mãos saídas da escuridão a agarraram, mantendo-a de pé.

– Cuidado aí...

Um comentário muito estranho, por sinal.

"Cuidado aí ou então o quê? Posso me machucar?"

Muitos metros adiante, o caminho na grama parecia terminar numa parede de árvores. A arma foi enfim retirada de suas costas e Debbie se viu no meio do nada, diante da floresta fria e escura.

"Chegou a hora", ela pensou. "Hora de morrer."

Sentiu um puxão nos pulsos e ouviu em seguida o clique das algemas. Finalmente, tinha os pulsos livres, estava solta, fora daquela sala horrível e daquela casinha... Mas ela tinha consciência de que isso não significava absolutamente nada naquele momento e naquelas condições.

– Corra – ordenou friamente a voz atrás dela. – Agora.

Não havia nenhuma luz para guiá-la.

Nada. Só a escuridão.

Os olhos de Debbie se acostumaram devagar ao fraco brilho do luar, mas ainda assim ela não conseguia enxergar nada. Não queria correr. Não queria jogar aquele jogo. Se ele iria libertá-la, então deveria deixá-la perto de uma estrada, onde houvesse chance de ela encontrar ajuda. Não daquela maneira. Não numa floresta desconhecida, sozinha.

Em vez de correr, como fora instruída, Debbie se voltou para seu raptor. Era melhor encarar a morte de cabeça erguida do que levar um tiro pelas costas, se era isso o que aquele homem tinha em mente para ela. Ela se virou devagar, buscando aqueles olhos impiedosos que a tinham visto chorar e implorar compaixão.

Não os encontrou. No lugar onde deveriam estar os olhos, havia dois longos tubos.

Debbie gritou e começou a correr.

O Caçador lhe deu sessenta segundos.

Depois, ajustou seus óculos de visão noturna e foi atrás dela.

Capítulo 35

Era um lindo dia na Universidade de British Columbia, um dia ensolarado, mas com o ar frio do outono. Mak estava sentada num banco, esperando Roy, com o pescoço enrolado num cachecol bem quentinho. Ao acordar naquela manhã, sabia exatamente o que fazer. O sono havia ajudado a clarear sua mente. Precisava de tempo sozinha, consigo mesma. Precisava de espaço.

Mak havia telefonado para o celular de Roy e deixado um recado para que ele a encontrasse no *campus*. Era melhor simplesmente ser honesta e acabar logo com aquilo. Eles mal tinham tido a chance de se conhecerem, mas ela precisava parar de vê-lo. A chegada de Roy em sua vida poderia ter funcionado como uma barreira entre ela e seu antigo caso, mas isso não impediu que ela se visse novamente entre os lençóis de Andy. Não queria ficar dividida entre dois homens. Era melhor romper com os dois e ficar sozinha até que conseguisse colocar a cabeça no lugar.

Viu Roy se aproximando pela alameda, bem na hora marcada. Ele usava seu uniforme de segurança e carregava uma caixinha embrulhada num lindo papel dourado. Mak sabia que se tratava de um presente para ela, e seus músculos se contraíram num espasmo.

Roy a cumprimentou com um beijinho e se sentou no banco ao lado de Mak, sorrindo jovialmente. Estava recém-barbeado e o rosto dele cheirava a loção pós-barba Azzaro. A pele do rapaz reluzia suavemente sob o sol. Mak quase teve vontade de não abandoná-lo.

– Oi, Mak. Você está muito linda hoje... Bom, na verdade você está sempre linda – ele comentou com uma expressão animada.

Mak cerrou os dentes.

– Obrigada. Hum... Na verdade, queria falar uma coisa com você, Roy.

O rosto dele se iluminou ainda mais, em sua inocência.

– Tudo bem – ele disse, estendendo uma caixinha. – Isto aqui é para você.

– Obrigada, Roy, mas...

– Não quer abrir agora?

Makedde respirou fundo.

– Acho que devemos esperar até que eu lhe diga o que preciso falar. Obrigada pelo presente, mas... Preciso conversar com você antes sobre outra coisa.

Ele balançou a cabeça e ficou olhando para Mak com seus grandes olhos castanhos. Sua expressão se tornou séria.

– Não é sobre aquilo de eu ter seguido você até em casa, é? Desculpe-me, mas eu só estava querendo cuidar de você...

– Roy... Acho que devemos passar um tempo sem nos vermos – ela disse, enfim.

O rosto do rapaz desmoronou.

– Hum?

– Tem uma porção de coisas acontecendo em minha vida agora e eu preciso me encontrar no meio disso tudo. Por isso, acho que é melhor não sair com ninguém nesse momento. Desculpe-me...

Roy parecia completamente confuso.

– Foi alguma coisa que eu fiz?

– Não, não. Você tem sido fantástico. Eu é que prefiro ficar sozinha agora...

Além de confuso, Roy parecia ferido. Sim, definitivamente estava ferido.

– Sei...

– Perdão, Roy. Não é culpa sua. É culpa minha. Não queria evitar você, nada do tipo. Preferi ser franca.

Ele apertou os olhos e contraiu os lábios.

– Tem outra pessoa na história? – ele perguntou desconfiado.

Mak não gostou do olhar dele ao fazer a pergunta nem do tom que o rapaz usou.

– Não, não exatamente. É coisa minha.

"Não meta Andy nisso."

Os olhos de Roy se estreitaram.

– Não *exatamente*? Então quer dizer que *tem* outra pessoa?

– Não – repetiu Makedde, desta vez com mais firmeza.

Não estava gostando daquela agressividade repentina.

– Quem é o cara? – perguntou Roy.

Mak percebeu uma nota de raiva na pergunta dele, o que a deixou nervosa. Ela se empertigou no banco.

– Quem é ele? Como assim? Acabei de dizer que não tem ninguém na história. Não quero mais sair com você, está certo? Será que você não consegue entender?

Aquilo saiu de modo um pouco mais rude que o necessário.

– Não! – ele disparou. – Não, não está certo. Quero uma boa razão. Uma boa razão para você me dispensar desse jeito. O que você é? Uma espécie de armadilha?

O queixo de Makedde caiu.

– Roy!

Ele ficou quieto e cobriu o rosto com as mãos.

Mak disse:

– Roy, você não está sendo nada razoável...

– Desculpe, desculpe. Não devia ter dito isso – disse ele, balançando a cabeça. – Não quis dizer isso. Estou errado. Por favor, perdoe-me. Dê uma segunda chance para mim...

– Não acho que nós devamos continuar a nos ver – disse ela firmemente.

– Mas, Makedde, eu realmente me importo com você... Posso ser seu amigo, pelo menos? Por favor!

Ele buscou a mão dela, mas Mak a retirou.

– Olhe... Aceite minhas desculpas e vá embora, só isso. Sem ressentimentos nem nada do tipo.

– Você não me quer? – perguntou ele no tom de uma criança mimada.

– Roy, não faça isso...

Mak estava irritada com a reação do rapaz. Lançou para ele um olhar de "caia fora" e sentiu seu corpo se preparar para um possível confronto.

"E se ele surtar e ficar violento?"

Roy ficou olhando para ela.

– Mas, Makedde, eu posso ajudar você. Sei o que você tem passado e posso ajudar.

Um arrepio percorreu a espinha dela.

– Hum?

– O professor Gosper me contou tudo o que aconteceu. Foi realmente horrível. Posso compreender por que você está me afastando, mas, sério, eu posso ajudar...

– O professor Gosper contou sobre *o que* para você?

– Sobre o homem que raptou você em Sydney. O assassino em série.

O sangue de Makedde gelou nas veias. O dedão dela começou a latejar.

– Não vou falar sobre isso com você.

– Não aja assim, Makedde. Eu posso ajudá-la – ele implorou.

– Não preciso da sua ajuda.

– Não me abandone! Eu compreendo você! Eu posso te ajudar!

Roy ia abrir a boca novamente para continuar a protestar, mas parou no meio, levantou-se e jogou o presente no chão com tanta força que ele chegou a quicar. Saiu apressado na mesma direção de onde tinha vindo.

Makedde continuou sentada no banco e abanou a cabeça.

"Droga."

Não tinha sido tão fácil quanto ela esperava.

E ele sabia tudo sobre Sydney!

Quando Makedde finalmente se levantou do banco, não sabia o que fazer com a caixinha dourada. Devolvê-la para Roy significaria ter de encará-lo novamente e deixá-la no local de trabalho dele ou coisa do tipo seria o mesmo que esfregar sal nas feridas do rapaz. Desejou que ele tivesse levado embora o presente, o que quer que fosse aquilo.

"Talvez eu devesse pelo menos abrir a caixa", Mak pensou.

Makedde se inclinou para pegar a caixinha. Cuidadosamente, desembrulhou o papel.

Chocolate.

A caixa quadrada tinha um grande coração de chocolate sobre um leito de papel celofane vermelho, mas, com a queda, o coração se partira em dois, bem ao meio.

O coração estava dividido.

* * *

Mak lutou contra uma terrível melancolia, enquanto dirigia de volta para casa.

Em pouco tempo, o clima se tornara péssimo, assim como seu dia. As nuvens cobriram o céu assim que ela pegara Zhora no estacionamento da universidade e, naquele momento, a chuva batia com força nos lados do carro.

"Amanhã, você vai encontrar Ann novamente e aí fará mais progressos. Tudo vai ficar bem. Não entre em pânico."

Mas ela *estava entrando* em pânico. Makedde não conseguia se lembrar da última vez em que se sentira tão mal.

Por volta do meio-dia, estava trancada em seu apartamento, mergulhada num livro: o *Manual diagnóstico e estatístico das doenças mentais*. Sem condições de encarar a conferência ou qualquer outra pessoa.

"Você vai ficar bem... Você vai ficar bem..."

Ela abriu o livro na página 320: "Episódios Depressivos Graves".

Quando o telefone tocou, Mak não moveu um músculo. Deixou que a secretária eletrônica atendesse.

"*Oi, Mak.*" Era Jaqui. "*Acabei de ver seu recado. Está tudo bem. Você parecia meio triste... Estou preocupada com você. Ligue para mim.*"

"Também estou preocupada comigo."

Pouco depois, o telefone tocou novamente e Mak pensou em atendê-lo. Devia ser Jaqui novamente.

Mas a secretária eletrônica atendeu antes.

"*Makedde, é o Roy. Atenda...*"

"Oh, não..."

"*Atenda...*"

Ela não se mexeu.

"Atenda, Mak. Atenda, atenda, atenda..."

O som da voz de Roy fez com que Mak se sentisse gelada por dentro, o que lhe provocou arrepios.

Makedde ficou escutando os ruídos de fundo, os sons do vento e da chuva. Roy estava claramente ligando de algum lugar ao ar livre, provavelmente do celular. Algum lugar com chuva e vento.

Os olhos de Mak pousaram na janela, atrás da qual as árvores balançavam ao vento.

"Meu Deus! E se ele estiver lá fora?"

Ela se levantou de um salto e foi verificar se a porta estava trancada. Colocou a corrente de segurança e foi fechar as cortinas de todos os cômodos. Com as mãos trêmulas, espiou a rua lá fora através de um rasgo na cortina da janela principal. Nenhum sinal dele.

"Estou ficando louca. Não posso mais suportar isso."

Quase ofegante, Mak abriu o armário do banheiro. Seu coração e sua cabeça latejavam. Tirou de uma gaveta a caixa de um remédio que ela nunca usara.

"Aqui está..."

Makedde tirou um pequeno comprimido da embalagem e o dividiu em dois. Depois o engoliu com um pouco de água da pia. Em menos de dez minutos, começou a se sentir entorpecida.

Por volta das 13 horas, Makedde se jogou na cama e caiu num sono profundo, quimicamente induzido.

Capítulo 36

Frustrado e aborrecido, Roy dirigiu pela estrada.

"Ela não quer mais me ver. Por quê? Por quê?"

Ele realmente se importava com Makedde. Queria ajudá-la. Por que ela não entendia isso? Não a julgava pelo seu passado. Não a julgava pelas coisas que ela havia atravessado ou que estava atravessando. Ele realmente a compreendia, compreendia suas necessidades.

Era uma boa garota, que havia enfrentado muitas dificuldades. Agora, porém, ela o estava rejeitando.

"Por quê?"

Roy decidira ficar um pouco fora para se acalmar. Passaria algum tempo com seu irmão, em meio à natureza. Lá planejava ordenar melhor seus pensamentos, para ser capaz de pensar numa forma de reconquistar Makedde.

Danny iria ouvi-lo com atenção, como sempre acontecia.

"Quem sabe não saímos para caçar?"

Aquela era a atividade favorita de Danny. E já fazia um tempo que os dois irmãos não caçavam juntos.

Capítulo 37

– Vejo você na semana que vem, Martin.

A doutora Ann Morgan levantou da cadeira para acompanhar a saída de Martin Sawyer de seu consultório. Ele era o último paciente do dia, que por sinal havia sido longo. Outro atendimento depois do fim do expediente normal, mas Martin tinha insistido muito para vê-la imediatamente.

Ela ficou contente em perceber que o rapaz paranoico esquizofrênico de 34 anos estava respondendo bem a uma mudança recente em sua medicação. Depois de algum tempo usando o haloperidol, a droga antipsicótica-padrão, com pouco sucesso, ela havia prescrito a olanzapina, uma droga relativamente nova. Até ali, estava dando muito certo. Martin parecia ser outra pessoa em relação ao paciente ansioso, irritado e confuso que tinha aparecido pela primeira vez em seu consultório. Mostrava apenas um pouco de receio de que sua medicação fosse descoberta por sua nova parceira, mas parecia que a doutora Morgan havia conseguido tranquilizá-lo.

Ele parou na porta para apertar vigorosamente a mão dela antes de sair.

– Muito obrigado – disse, dando um largo sorriso com seus dentes acavalados.

– Não precisa me agradecer – respondeu ela.

Apesar de ser sempre uma grata recompensa observar aquele tipo de mudança positiva, Ann sabia que a recuperação dele estava longe de ser missão cumprida. Um dos maiores desafios que os psiquiatras enfrentam é conseguir manter seus pacientes fiéis à medicação, uma vez que tenham apresentado melhora, e Ann esperava sinceramente que Martin continuasse com sua dose diária quando chegasse a hora de interromper as sessões regulares de análise. Os estudos sobre a olanzapina mostravam um maior nível de aderência ao tratamento em relação a outras drogas antipsicóticas por isso ela se permitiu sentir um otimismo cauteloso em relação ao futuro de Martin, enquanto o via sair da clínica.

Com seu último paciente fora do consultório, a mente de Ann passou com exatidão para a próxima tarefa e uma nuvem de apreensão nublou seu espírito. Seu dia oficial estava terminado, mas tinha alguma coisa que Ann sentia que precisava fazer. Queria checar um nome nos arquivos do porão antes de ir embora da clínica e suspeitava que o que encontraria lá não a deixaria exatamente feliz.

Ann caminhou pelo corredor e foi até a mesa da recepcionista que estava ocupada digitando algo no computador.

– Oi, Sai. Você poderia, por favor, me passar a chave do depósito?

Sai apontou seus argutos olhos escuros na direção de Ann e seu rabo de cavalo bem-arrumado balançou para o lado como um chicote negro quando ela virou a cabeça. Sem dizer uma palavra, ela tirou a pequena chave da gaveta superior da escrivaninha e encarou novamente Ann com seu rosto perfeitamente simétrico.

Em japonês, o nome Sai significa inteligência. Ann achava que os pais da garota haviam escolhido bem o nome dela. Ela era de longe a melhor recepcionista que já haviam tido na clínica.

Ann agradeceu e Sai voltou a se concentrar em seu trabalho no computador.

– Você vai ficar muito mais tempo por aí? – perguntou Ann.

Sai se virou novamente e a encarou um tanto confusa, mais uma vez distraída de seu trabalho.

– Na verdade, não estava planejando ficar. Tenho um jantar marcado...

– Tudo bem. Vou encerrar por hoje – disse Ann. – Estarei lá embaixo se precisar de algo.

Qualquer quebra na rotina da clínica era incomum e o comentário de Ann pareceu intrigar Sai.

– Está tudo bem? – indagou Sai, com uma linha de preocupação em sua testa lisa.

A pergunta era inevitável.

– Sim, tudo certo. Só preciso checar uns arquivos de clientes antigos e não sei quanto tempo vai levar.

Sai assentiu com a cabeça.

Com a chave esquentando devagar em suas mãos, Ann foi até os fundos do prédio, onde ficava a escada que levava ao depósito. O corredor parecia cada vez mais frio, à medida que ela avançava para o interior do edifício, e ela ficou satisfeita por estar usando um confortável terninho de lã. Puxou o colarinho da blusa um pouco mais para cima.

"E se eu estiver certa sobre isso?"

Ann imaginava que deveria ponderar com cuidado as opções possíveis, mas só se suas suspeitas se confirmassem. Naquele momento, ela precisava simplesmente checá-las.

Chegando ao depósito, antes mesmo de destrancar completamente a porta, o ar viciado de mofo e poeira inundou as narinas dela. Ann tateou às cegas até encontrar o interruptor de luz numa das paredes. As lâmpadas fluorescentes se acenderam trêmulas, com um zumbido abafado, enquanto iluminavam os fichários de metal onde se encontravam os arquivos da clínica inativos há mais de dois anos. A parte de cima dos fichários estava coberta por uma grossa camada de poeira e Ann achou ótimo não ter que descer lá com frequência.

Ela foi até a primeira estante à esquerda – de "A" a "B" – e abriu uma gaveta. Seus dedos trabalharam com destreza até chegar a seu objetivo.

BLAKE.

Quando Makedde Vanderwall mencionara aquele nome durante a consulta, um alarme havia soado na cabeça de Ann, mas só naquele dia ela se dera conta do que se tratava. Quando fez a associação, Ann se flagrou desejando jamais ter ouvido aquele nome masculino vindo da boca da filha atormentada de Les Vanderwall.

Blake...

Ela precisava ter certeza.

Capítulo 38

O telefone celular de Roy Blake tocou quando ele estava a apenas vinte minutos da casinha do bosque.

– Alô, Blake falando.

– Oi, Roy, aqui é Georgina.

Ela fazia parte da equipe de segurança da Universidade de British Columbia. Trabalhava como telefonista.

– Como vai, Georgie?

Ouviram-se alguns ruídos na linha. Ele estava começando a sair da área de cobertura.

– Bem, obrigada. Desculpe incomodá-lo fora do seu horário de serviço, mas acabaram de ligar para você aqui. Era uma mulher, querendo que você ligasse de volta para ela o mais cedo possível.

"Ela?"

– Ah, é?

"Makedde?"

– Sim, uma tal de doutora Ann Morgan. Ela disse que era muito importante.

Roy levou um momento para ligar o nome à pessoa. Quando finalmente o fez, sentiu uma onda de pânico.

– Claro, Georgie – conseguiu articular. – Espere só um instante enquanto eu encosto o carro.

Não havia muito tráfego em volta e ele conseguiu parar facilmente no acostamento. Roy pegou uma caneta no porta-luvas e um pedaço de jornal amassado no chão do carro.

– O.K., qual é o número?

Ela foi ditando os algarismos, que ele rabiscou na capa do jornal do dia anterior.

CRIMES DE NAHATLATCH

Estudantes jovens encontradas mortas. A Universidade de British Columbia entra em pânico, e a polícia não tem pistas...

Capítulo 39

Agora a doutora Ann Morgan enfrentava um dilema.

Roy Blake.

O que ela sabia complicava tudo.

Quando vira a matéria no jornal sobre os crimes de Nahatlatch, tinha ficado pensativa. O tipo de caçador que Makedde havia mencionado... Nahatlatch... Ela conhecia pessoas que gostavam daquele lugar... ou pelo menos costumavam gostar. Gente que tinha uma casa não longe dali.

Os irmãos Blake.

Roy e Daniel Blake formavam um par curioso. Ann tinha conhecido os dois ao contratar Daniel para alguns trabalhos básicos de jardinagem. Ele havia deixado um panfleto xerocado junto com a correspondência. Os preços eram bons e, com a agenda atribulada do consultório, não dava mesmo para ela fazer sozinha o serviço de casa. Mas, depois de trabalhar algumas vezes para Ann, o rapaz começou a dar sinais de grande interesse no fato de ela ser uma psiquiatra. Ele começou fazendo perguntas sobre determinados problemas psíquicos... problemas que Ann logo suspeitou que dissessem respeito a ele mesmo. Ela julgava pouco provável que ele alguma vez tivesse falado sobre suas preocupações com outra pessoa. Estava claro que o rapaz andava confuso e precisava de ajuda.

Por muitos anos, as pessoas contaram a Daniel Blake que ele fizera coisas das quais não se lembrava. Era comum alguém cumprimentá-lo na rua sem ele ter a menor ideia de onde conhecia o sujeito. Vez por outra, encontrava em seu quarto objetos que não lhe pertenciam.

Daniel era um múltiplo.

Transtorno de Personalidades Múltiplas ou Transtorno Dissociativo de Identidade – Ann já havia se deparado com isso antes. Como ocorrera com muitos outros distúrbios psicológicos, o nome oficial tinha mudado algumas vezes, em busca de maior precisão e de termos menos estigmatizantes. O traço característico do distúrbio é a presença de várias personalidades distintas que controlam de forma recorrente o comportamento do paciente. Fica difícil o paciente lembrar informações pessoais importantes quando está sendo dominado por outra de suas personalidades múltiplas: era essa a origem da confusão de Daniel. As diversas identidades tendem a envolver uma transformação completa de caráter, maneirismos e até mesmo inflexões de voz. Em alguns casos, idiomas distintos chegam a entrar na história.

Uma das personalidades de Daniel era um caçador fanático.

Ann se lembrava claramente dele. O tal caçador não gostava do fato de Daniel ir até lá para se consultar com ela. Não mesmo. Ele havia aparecido na terceira sessão.

Daniel Blake queria se tornar um ser psicologicamente íntegro, só que, por ironia do destino, não foi o caçador que atrapalhou o processo, mas seu irmão bem-intencionado, Roy.

A relação entre os dois era complicada. Ainda jovens, tinham sido abandonados pela mãe, que foi embora de casa deixando para trás também o marido. Na época em que Daniel frequentou o consultório de Ann, o pai dos rapazes já estava velho e internado num asilo, ausente da vida dos filhos. Roy tinha como um dever seu assegurar o bem-estar do irmão e, quando a doutora Ann sugeriu que o problema de Daniel provavelmente requereria um período de internação, Roy tirou o irmão da terapia.

Isso havia sido tudo. Depois de apenas seis sessões, os irmãos Blake desapareceram da vida da doutora Morgan.

Até aquele momento.

Mak tinha se encontrado com um deles. O que Ann poderia dizer a Makedde sobre os irmãos? Não podia violar o sigilo de um paciente. O que Mak teria a lhe dizer sobre os dois? Até onde ela estaria inteirada? Será que Mak sabia que Roy tinha um irmão?

Podia ser mera intuição, mas alguma coisa naquelas matérias sobre os crimes de Nahatlatch estava fazendo que Ann pensasse em Daniel... ou em seu alter ego, o Caçador. Roy havia dito a ela que achava que o melhor para seu irmão era sair da cidade, ir para algum lugar onde ele pudesse “juntar os caquinhos da sua mente”. O que ele poderia estar fazendo sozinho num tal lugar?

Se Ann estivesse errada, se Daniel estivesse naquele momento internado em alguma instituição sem que ela soubesse, ou se houvesse deixado a região, ou ainda se estivesse preso em alguma cadeia, seria um grande alívio.

Mas e se seus receios se mostrassem fundamentados?

Capítulo 40

Após seis horas de sono profundo, Makedde Vanderwall despertou um pouco grogue, porém não aflita. A metade de um comprimido para dormir havia proporcionado a ela um sono tranquilo e sem sonhos. Tinha comprado o remédio para usar em voos longos, mas nunca o experimentara até então.

"Relaxe. Tudo vai ficar bem."

Mak esperava que Roy fosse respeitar seu pedido de espaço. Ele sem dúvida a deixaria em paz. Tudo o que precisava fazer era continuar firme. Logo, Andy também iria embora para a Austrália. Mak devia apenas se perdoar pelo momento de fraqueza no Hotel Renaissance e superar a história, seguir em frente. Ann tinha razão, ela não havia feito nada de errado. Afinal de contas, era um ser humano, sob uma pesada carga de estresse. Além do mais, Jaqui provavelmente ficaria orgulhosa por Mak ter conseguido se deixar levar pelo momento. Isso se tivesse coragem de contar a história para sua treinadora. Teria sido melhor se aquela noite no hotel não houvesse acontecido ou não tivesse deixado lembranças, mas já não importava. Aquele fora o último adeus. Logo Andy estaria bem longe e ela ficaria em paz.

E então poderia dormir. Sem remédios.

E então poderia terminar sua tese, e ficaria bem.

E então o telefone tocou.

Makedde caminhou até a mesinha para atendê-lo. Se fosse Roy, ela iria dar uma bronca nele.

– Alô?

– Makedde? – perguntou uma voz que não soava familiar.

– Sim, eu.

– Aqui é Ann falando.

– Oi. Tudo bem? – respondeu Mak, um pouco surpresa com o telefonema inesperado. – Não reconheci a sua voz.

– Você acabou de chegar em casa?

Automaticamente, Makedde deu uma olhada na secretária eletrônica da cozinha. A luz de mensagens estava piscando.

– Eu, bem... na verdade, estava dormindo. Você tentou falar comigo?

– Dormindo? Bom, eu realmente tentei falar com você mais cedo.

Makedde nem tinha ouvido a campainha do telefone.

Ann continuou:

– Tem uma coisa que eu gostaria de lhe perguntar pessoalmente. Se você puder dar um pulinho aqui em casa... o mais cedo possível...

– O que está acontecendo? – Mak perguntou.

– Acontecendo, exatamente, nada, mas queria falar com você. Não precisa ficar assustada.

– Tudo bem, vou só tomar um banho rápido e seguir direto para aí. Qual é a rua?

Mak anotou o endereço. Não ficava muito longe.

"O que significa isso tudo?"

A cabeça de Mak deu uma latejada. Seu instinto lhe dizia que havia algo de errado naquela história.

* * *

Não havia muito tráfego e logo Makedde estava diante da casa da doutora Morgan. Checou novamente o endereço antes de reduzir a velocidade e parar. O lugar era um pouco estranho, com um corredor de arbustos verdes e um lance de escadas que conduzia ao vestíbulo, onde uma luz de boas-vindas ficava acesa para as visitas. Uma guirlanda de flores secas enfeitava a porta da frente. A casa estava quase toda às escuras, com exceção da sala de estar.

Mak estacionou Zhora com facilidade na ruazinha tranquila, bem em frente à casa de Ann, algo impossível de conseguir perto da sua casa, lá em "Kitsilano maneiro", como Ann havia dito. Desligou o motor e permaneceu por alguns segundos sentada ao volante, no escuro.

"Ela quer falar comigo sobre 'uma coisa'. É praticamente o mesmo que disse Andy."

Mak saiu do carro, levando apenas a bolsa, e foi até o vestíbulo. Tocou a campainha. Ouviu o som de passos e, em poucos segundos, Ann estava na porta, convidando-a para entrar.

– Fico contente por você ter podido vir. Por favor, fique à vontade.

A expressão de preocupação camuflada no rosto da médica era inquietante.

Ann convidou Mak a sentar e foi até a cozinha, provavelmente para pegar alguma bebida. Makedde se acomodou no sofá, o mais perto possível da mesinha lateral. Percebeu que Ann estava lendo *Habitantes do paraíso*. O marcador de páginas, uma espécie de flor laminada estampada num belo pedaço de papel pardo, estava colocado quase no fim do livro.

– O que você quer beber? Refrigerante? Vinho? – perguntou Ann, lá da cozinha.

– Só água, obrigada.

Ann voltou para a sala logo depois, trazendo dois copos altos de água mineral. Os cubinhos de gelo tilintavam e estalavam lá dentro, com o movimento. Ann colocou o copo de Mak sobre um suporte na mesinha lateral e sentou na poltrona ao lado.

– Então, como vai você? – começou Ann.

– Tudo bem. Obrigada de novo por ter concordado em me atender naquele dia. Acho que a consulta realmente me ajudou a tirar um peso do peito.

– Imagine, foi um prazer. De verdade. E obrigada por vir até aqui – respondeu Ann, para em seguida assumir uma expressão mais séria. – Makedde, sei que essa não é uma situação convencional, mas queria lhe fazer umas perguntas e senti que não dava para esperar.

O inconfundível gosto do medo passou pela língua de Makedde. Ela cruzou os braços e sentiu um bolo se formando na garganta.

– Na sua última sessão, você me disse que o homem com quem estava saindo se chamava Roy Blake – continuou Ann.

O estômago de Makedde se contraiu.

– Sim.

Ann balançou a cabeça.

– Você poderia descrevê-lo para mim? Fisicamente, digo.

Makedde mudou de posição no sofá. Não estava gostando nada do rumo daquela conversa.

– Tudo bem. Ele é... hum... bem alto. Deve ter por volta de 1,90 metro.

Mak fez uma pausa forçada para se lembrar de respirar. Por alguma razão, isso não estava acontecendo muito naturalmente.

– É um cara muito bem-apessoado. Conhece aquele ator, Vincent Vaughn? Então, o Roy se parece um pouco com ele. Os cabelos são castanhos, levemente cacheados, e os olhos também castanhos... Rosto bem barbeado. Talvez alguns anos mais velho que eu... deve andar aí pelos 30. Ele trabalha como segurança na universidade...

Ann balançou novamente a cabeça e Makedde interrompeu sua descrição desconexa.

– Sim – disse Ann suavemente, num tom que mesclava reconhecimento com desgosto. – Quando você mencionou esse nome, um alarmezinho soou na minha cabeça. Sabe, trabalhei com um paciente de sobrenome Blake alguns anos atrás. Hoje fui dar uma verificada nos arquivos, para ter certeza absoluta de que era o mesmo nome. Roy disse para você alguma coisa sobre o irmão dele?

Nesse momento, tocou o telefone, aliviando um pouco a tensão da conversa.

Ann se levantou na mesma hora.

– Desculpe. Estou esperando uma ligação importante.

Ela ainda parecia bastante nervosa. Mak achou estranho vê-la daquela forma.

Ann foi até o telefone em seu quarto e fechou a porta. Torceu para que fosse Roy.

– Alô? – ela disse.

– Alô. Eu poderia falar com a doutora Morgan, por favor?

– É ela.

– Aqui é Roy Blake.

“Graças a Deus.”

– Olá, Roy. Obrigada por ligar...

Capítulo 41

Roy estava sentado no cantinho dos troféus, falando com a doutora Morgan no velho telefone a disco da casinha do bosque.

– Há quanto tempo não ouço falar da senhora. O recado dizia que era urgente.

– Bem, hoje estava dando uma olhada em alguns arquivos de pacientes antigos e queria saber como Daniel tem passado.

Roy conferiu seu relógio de pulso. Era estranho que ela desse telefonemas daquele tipo naquele horário.

– Está tudo bem com ele – respondeu Roy lacônico, um pouco chateado por ter sido importunado.

Havia tido um dia difícil e aquilo não ajudava a melhorá-lo.

– Onde ele está, exatamente?

Roy franziu o rosto.

– Bem, como disse para a senhora da última vez em que nos vimos, Daniel tem estado aqui em Squamish, na casinha. Tudo saiu ainda melhor do que eu esperava. Ele está muito bem e parece adorar este lugar.

Roy fez uma pausa para contemplar por um instante os animais que Daniel havia caçado e empalhado. O irmão se tornara um excelente caçador, bem melhor que o próprio Roy.

– Ele tem levado uma vida produtiva, dedicando-se à taxidermia. Na verdade, estou na casinha neste exato momento. Daniel adora isto aqui, posso garantir para a senhora. Ele está no quartinho ao lado, passando muito bem.

– Daniel não está ouvindo, está?

– Não.

– Ótimo.

Roy se sentia cada vez mais desconfortável com a conversa. Nesse instante, ouviu um barulho e Daniel entrou no cômodo, sorrindo para o irmão e indo em seguida sentar no sofá.

– Então... Como eu disse, não estamos precisando de sua ajuda. De qualquer forma, obrigado por telefonar.

Roy não queria que Daniel soubesse que ele estava ao telefone com uma psiquiatra falando sobre o irmão. Só serviria para chateá-lo. Daniel havia pensado em continuar com a terapia, até que Roy lhe dissera o que os médicos tinham em mente para o seu caso: remédios pesados e internações. Não poderia deixar que Danny passasse por isso.

E precisava encerrar aquele telefonema imediatamente.

Roy percebeu que o jornal em suas mãos, aquele em que havia rabiscado o número de Ann, era intensamente observado pelo irmão.

– Agora preciso desligar – disse Roy para Ann.

Daniel levantou bruscamente e saiu do cômodo. Assim que ele foi embora, Roy retomou a conversa:

– Honestamente, ele está bem. Anda muito contente, tem levado uma vida produtiva aqui e não está causando problemas para ninguém. Eu disse que ele ficaria bem e ele ficou mesmo.

– Tem certeza? – provocou Ann.

Roy não gostou do tom de voz que ela usara.

– Sim, tenho – retrucou, já começando a perder a paciência.

Daniel voltou trazendo dois copos de cerveja.

– Tem alguém morando aí com ele? Daniel tem algum tipo de supervisão?

– Bem, não. Não exatamente – respondeu de modo vago.

Roy agarrou o copo de cerveja que o irmão lhe oferecia e agradeceu com um gesto de cabeça. Os dois brindaram no ar. Daniel tornou a sentar no sofá, pegou uma revista e começou a ler.

– Isso quer dizer que ele está na casinha sem qualquer tipo de vigilância?

Roy deu um grande gole em sua cerveja.

– Não tem necessidade disso – respondeu num tom propositalmente superficial. – Olhe, agradeço o seu interesse, mas está tudo sob controle. Obrigado por ligar.

– Roy – ela começou.

– Tchau.

Roy desligou o telefone na cara de Ann e balançou a cabeça. Tinha ficado um pouco irritado com aquela intromissão. Ela teria colocado Daniel num sanatório, se ele não houvesse impedido. Roy tinha certeza disso e não deixaria que ela entrasse de novo na vida deles, depois de todo esse tempo de tranquilidade.

– Desculpe, Danny.

Roy tomou outro grande gole de cerveja.

– Era a doutora Morgan, não é?

– Hum? – fez Roy surpreso, engolindo com força a cerveja em sua boca para não cuspi-la.

– Você estava falando com ela, não é?

– Não... era um vendedor de aspiradores de pó. Eles me fizeram telefonar de volta para a loja. Fizeram com que eu pensasse que era algo importante. Esse pessoal é cheio de armadilhas para vender...

Roy não queria que Daniel soubesse que Ann andava xeretando a vida dos dois.

Daniel parecia estar relaxado e tomou mais um pouquinho de cerveja. Roy acabou com a sua em grandes goles.

Quando os dois haviam terminado as bebidas, Daniel falou novamente.

– Você está mentindo para mim. Era ela. Eu sei que era. O nome dela está escrito no jornal que você está segurando.

“Droga, ele viu.”

Roy tinha sido pego e não sabia ao certo o que dizer. Não queria chatear Daniel. Sua mãe havia lhe dado a tarefa de proteger o irmão. Daniel era diferente, Roy era especial.

– Ann acha que fui eu quem fez isso – continuou Daniel.

– O quê?

Daniel apontou para o jornal, completando:

– E você também acha o mesmo.

Os crimes de Nahatlatch? Será que Daniel se referia àquela manchete?

– Hum?

– Não se preocupe. Vou cuidar de tudo direitinho, Roy. Não vamos ter nenhum problema.

Roy queria perguntar ao irmão sobre o que ele estava falando, queria saber se Daniel havia tido outra crise, mas as palavras o abandonaram. Não estava muito bem. Sentia-se tonto, enjoado. A sensação veio de repente, com toda a força.

– O qu...?

O cômodo girava, os animais empalhados dançavam com seus olhos de vidro em ciranda em volta dele. Era como se estivesse inacreditavelmente, impossivelmente bêbado.

Em menos de quinze minutos, Roy Blake estava frio e desacordado.

Capítulo 42

– Oi, Andy, aqui é o Bob.

– Oi. Tudo bem com você?

Andy estava ainda úmido do banho e secou o peito com a toalha numa das mãos, enquanto segurava o telefone com a outra.

– Temos alguns progressos na investigação dos crimes – disse-lhe o doutor Harris.

– Ótimo.

A pista de Evan Rose não havia dado em nada depois do resultado do teste do polígrafo, então tinham começado a trabalhar em outras vertentes. Como o especialista do sistema canadense de análise de crimes não havia encontrado nenhuma ligação significativa entre outros relatos, não dava para fazer muito mais que esperar algum erro por parte do criminoso, isto é, que ele se delatasse de alguma forma.

– Demos uma verificada de rotina na documentação de um dos veículos vistos perto do local dos crimes e temos um nome. Fiquei interessado porque o sujeito trabalha exatamente na Universidade de British Columbia.

– Sério?

– Ele é segurança lá.

– Sei...

Uma boa parte das pessoas que trabalhavam com segurança privada havia sido rejeitada pelas forças policiais, o que fazia com que se desse atenção especial a suspeitos com essa ocupação. Enquanto um mau pretendente a policial era facilmente descartado pelo rigoroso processo seletivo, muitas pessoas não tão bem intencionadas, sujeitos atrás do "gostinho do poder", conseguiam facilmente ingressar nos serviços de segurança privada.

– Ele estava na lista de presença da conferência de Bob sobre psicopatia.

– Nossa. Agora isso está começando a ficar interessante.

– Estava aqui pensando se de repente, por acaso, você não teria topado com ele por lá. Seu nome é Blake. Roy Blake. Infelizmente o nome não me diz nada.

Andy forçou a memória. Ele não havia conhecido muitas pessoas novas durante a conferência. Estava concentrado demais em Makedde para isso.

– Nem para mim. Só encontrei uns professores universitários, mais nada.

– Fomos meio antissociais, hein?

– Engraçadinho.

– É, imagino que você estivesse mesmo meio distraído... – provocou Bob.

– Muito engraçado mesmo, ha, ha, ha. Mais alguma coisa?

– Não, só isso. Queria apenas saber se o nome lhe dizia algo.

– Não me diz nada, Bob. Que pena.

Capítulo 43

Uma caminhonete Ford preta passou zunindo pela estrada, sujando o asfalto recém-lavado pela chuva com a terra dos pneus. O homem atrás do volante tinha pressa, mas estava sóbrio, e dirigia sem tirar os olhos da pista.

O Caçador havia pegado emprestada a picape de seu irmão. Ela era bem mais rápida que a velharia deixada para ele por Roy na casinha.

Precisava chegar logo à cidade.

Tinha uma missão a cumprir.

Capítulo 44

– É, entendo que seja uma posição meio complicada – disse Makedde, expressando simpatia, enquanto tomava um gole de chá de menta. – Mas gostaria que você me contasse o que fosse possível.

Ann apertou os lábios e juntou as mãos.

– Desculpe por não poder ser mais explícita sobre o problema de Daniel. Preciso levar em conta o sigilo dos meus pacientes e, se você não sabe nada sobre ele... bem, então é isso.

– Oh, não foi minha intenção comprometê-la profissionalmente – falou Mak.

– De qualquer forma, os irmãos formam um par estranho – continuou Ann. – Na verdade, eles são gê...

Tump.

Makedde e a doutora Morgan olharam ao redor ao mesmo tempo, alarmadas com o ruído bem atrás das duas.

– Você ouviu isso?

Tump-tump.

De novo o mesmo barulho.

O som vinha de trás da porta. Não sobrava espaço para dúvida: havia alguém se movimentando no vestíbulo.

A campainha da porta tocou. Surpresa, Ann se levantou e estacou por um momento.

Makedde se ergueu devagar e ficou observando a médica ir até a porta da casa. Aquilo parecia durar uma eternidade. Era só Ann atendendo a porta de casa, mas o estômago de Makedde se contorceu num nó apertado.

"Tem algo de errado aqui."

– Você está esperando alguém? – perguntou, mas Ann já estava perto da porta.

Makedde queria gritar alguma coisa para ela, recomendar que tomasse cuidado, que saísse de perto da porta... mas a médica já estava espiando pelo olho mágico.

– Não estou vendo ninguém... – disse Ann confusa.

Novo ruído: desta vez, o som estrondoso de vidro sendo quebrado. No entanto, o barulho não vinha da porta da frente: vinha de trás de Makedde. Ela girou e olhou para a porta da cozinha.

Havia alguém ali. Tinham tocado a campainha e corrido para os fundos.

As mãos de Makedde estavam vazias, nenhuma proteção, nenhuma arma.

"Pegue a arma... Não, está no carro lá fora. Pegue a bolsa... Use o spray de pimenta..."

Mak tirou a bolsinha do chão, atrás do sofá, e mesmo com as mãos trêmulas conseguiu abrir o zíper do compartimento principal. Então tateou lá dentro...

"Onde está esse negócio?!"

Poucos segundos depois, ela o encontrou e girou novamente em direção à cozinha, removendo instintivamente a tampa da latinha enquanto avançava. Ela esticou os braços, com o spray pressurizado à frente, como se estivesse mirando a porta da cozinha com o cano de uma arma. Mak havia pensado muitas vezes que o spray poderia lhe ser útil, particularmente naquele último ano, porém sem saber ao certo em que situação ele se mostraria necessário.

"Oh, meu Deus!"

Roy saiu da cozinha.

Roy Blake!

Makedde respirou fundo. Seu coração mergulhou no ácido do estômago e a garganta pareceu congelar, inundando sua boca com um forte gosto metálico.

Havia uma aura de inevitabilidade no que estava acontecendo, sem que Mak soubesse precisar por quê. Era quase como se ela já esperasse aquilo.

Roy estava usando uma touca ninja, mas Makedde tinha certeza de que era ele. Aqueles grandes olhos castanhos, tão familiares, dirigiram-se diretamente para ela, bem para Mak. Mas desta vez Roy não trazia nenhum sorriso, nenhuma caixa de bombons prestes a se espatifar no chão, nenhuma rosa, nenhum sentimento romântico. Ele não estava tentando impressioná-la. Não queria convencê-la de nada. Parecia óbvio que tinha outras coisas em mente.

Roy saltou em direção à mão de Mak assim que viu o spray, mas ela apertou o botão primeiro, liberando um jato pressurizado de gás de pimenta diretamente no rosto dele. Mak sabia que o produto funcionava a uma distância de até cinco metros e Roy estava mais perto que isso. O problema, claro, era a touca ninja. Com o rosto bem protegido, o spray só funcionaria se ele respirasse fundo ou tivesse os olhos bem abertos naquele exato momento.

Nenhuma das duas alternativas.

Em questão de segundos, Roy segurou Mak e torceu o braço dela para trás, numa técnica clássica que ela já havia aprendido. Apesar dos esforços de Makedde, a manobra fez com que ela largasse a lata de spray em um reflexo involuntário. Quando ouviu o som da latinha atingindo o chão e em seguida quicando, Mak praticamente perdeu a esperança.

Roy estava atrás dela. Uma das mãos de Mak estava livre, enquanto a outra, sem o spray, era dolorosamente mantida nas suas costas. Roy passara seu braço em torno do pescoço dela, posicionando o cotovelo logo abaixo do queixo de Mak e a apertava com força. O ar cheirava a gás de pimenta e os olhos de Makedde começaram a lacrimejar. Logo o nariz dela também começaria a escorrer. Ela ficou se perguntando se Roy teria sido atingido pelo jato e se aquilo iria afinal afetá-lo, por pouco que fosse.

Mak usou seu braço livre da melhor forma de que era capaz, tentando dar socos para trás e arranhar Roy, mas sabia que seus esforços não valeriam muito na posição em que se encontrava.

"Preciso usar meu outro braço para empurrá-lo. Preciso do outro braço!"

– Solte! – urrou e sentiu uma pontada aguda de dor no ombro direito quando Roy forçou seu braço mais para trás.

Mak gritou mais alto que o necessário, acalentando a esperança de que algum vizinho preocupado chamasse a polícia e uma ilusão ainda mais remota de que Roy talvez afrouxasse um pouco a pressão que fazia, se soubesse que causava tanta dor assim para ela.

Mas ele não afrouxou nada, nem um milímetro.

"Não posso deixar que ele quebre minha clavícula... ou minha costela..."

Seria fácil partir os ossos de Makedde onde eles já haviam sido quebrados antes. As fraturas tinham pouco mais de um ano. Mak pensou em Ann perto da porta, tudo acontecera muito rapidamente, em questão de segundos, e ficou se perguntando onde a médica estaria agora.

O bandido girou com Mak a reboque, em direção à sala, e a pergunta de Makedde foi respondida. Ann estava vindo para cima de Roy com um afiado garfo de lareira. Mak não sabia como ela tinha conseguido pegar aquilo tão rapidamente, mas torcia para que desse certo. Ao mesmo tempo, sentiu que Roy não estava mais tão concentrado nela. Ele relaxou um pouco a pressão e ela aproveitou a oportunidade para livrar o braço direito. Empurrou os quadris para a frente e se curvou um pouco, mas Roy apertou ainda mais o braço ao redor da garganta de Mak assim que percebeu o que ela estava tentando fazer.

Makedde esticou o corpo e levantou os dois braços para trás, para agarrar o seu agressor. Uma das mãos segurou firmemente os cabelos de Roy através da máscara de tricô que cobria a cabeça dele. Se a mão de Mak deslizasse e ela ficasse segurando só a touca ninja, o esforço seria inútil. A outra mão de Mak prendeu ao mesmo tempo o ombro de Roy e, numa manobra tantas vezes praticada, ela se curvou para baixo e para a frente, dobrando-se num arco com toda a sua energia. Depois, com um grito que mais pareceu um rugido, Mak arremessou Roy de costas, fazendo com que ele caísse no chão a seus pés. Por conta do peso dele, porém, Mak também se desequilibrou e caiu sobre um de seus joelhos.

Ela sempre soubera que o que contava naquilo era o movimento de alavanca, e não o tamanho da pessoa, mas ainda assim ficou espantada com o fato de a técnica ter funcionado tão bem com um homem do porte de Roy.

Sem perder um segundo, Ann apareceu fazendo uma meia-lua no ar com o garfo da lareira, mirando bem no rosto de Roy. Seria um golpe perfeito, mas ele rolou bem na hora e o garfo passou a milímetros da cabeça dele. Mak havia saltado para o lado para não atrapalhar o golpe de Ann e encostou em uma das pontas do sofá. A mesinha lateral estava virada de pernas para o ar e o copo de água, estilhaçado em caquinhos úmidos sobre o assoalho de madeira.

Mak escutou uma pancada assim que o garfo de lareira voou da mão da médica e bateu no chão. Virou-se para olhar: Roy estava agarrando Ann. Foi quando, para o cúmulo de seu horror, ouviu um estampido abafado por um silenciador e o clarão do disparo iluminou a sala.

Por um instante Makedde pensou que tivesse sido atingida, mas, quando viu Ann cair no chão, compreendeu o que havia acontecido.

– Não! – gritou. – Não!

"Meu Deus! É culpa minha! Eu o rejeitei e ele não conseguiu suportar! Veio me seguindo até aqui e agora Ann está morta!"

Roy a encarou.

O olhar dos dois se encontrou.

"Você é doente. Nunca soube mesmo nada sobre você..."

Mak girou e saiu em disparada, saltando sobre as almofadas do sofá, mas Roy já estava atrás dela, tentando agarrá-la. Ela chegou rapidamente ao outro lado do sofá e saltou para o chão, sempre correndo. A intensidade do impulso fez com que as pernas do sofá rangessem contra o piso.

Havia uma arma no porta-luvas de seu carro. Era a sua surpresinha não registrada e Mak sabia que estava carregada. Precisava daquela arma *imediatamente*. Precisava ir lá fora e abrir a porta do passageiro.

"Será que deixei a porta trancada? Droga, deixei, sim. Será que eu consigo quebrar o vidro da janela?"

Roy estava gritando:

– Aonde você acha que vai?

Makedde continuava a correr, mas logo seu tornozelo foi agarrado pela mão de Roy, potente como um alicate. Ela caiu no chão com força, mal tendo tempo de levantar os braços para amortecer a queda com os cotovelos.

Mak gritou por socorro tão alto quanto era capaz, mas logo foi silenciada por grandes mãos que cobriram sua boca. Ele agora estava sobre ela, amordaçando-a com brutalidade, enquanto segurava com os joelhos os ombros de Makedde. Ela tentou chutar as costas dele com os calcanhares, mas o impacto era ridículo. Tentou lutar contra o peso dele, mas era impossível ganhar estando naquela posição, estendida sobre o assoalho. Ele era grande demais.

Assim que foi amordaçada, Mak teve os braços amarrados atrás das costas e foi erguida do solo, com o rosto em chamas e dando coices freneticamente.

"Meu Deus, o que ele vai fazer comigo?"

Capítulo 45

Andy estava assistindo ao telejornal no quarto do hotel quando um pensamento invadiu sua mente.

"UBC... a conferência..."

Ele agarrou o telefone e discou o número do quarto de Bob.

O hóspede que você chamou não está respondendo. Se quiser deixar uma mensagem, por favor, fale após o sinal...

Biiiiip.

– Bob, aqui é Andy. Acabei de pensar numa coisa. Acho que Makedde está saindo com um cara chamado Roy. Descobri o nome dele... "Num cartão junto de umas flores deixadas para Mak bem na manhã seguinte à noite que passamos juntos fazendo amor." Bom, não importa como eu descobri o nome dele, mas se o cara for quem eu estou pensando, trabalha mesmo como segurança na Universidade de British Columbia. Lembra-se de Makedde saindo com um sujeito de uniforme no primeiro dia, na hora do almoço? Mera coincidência? Espero que sim, por Deus! Ligue para mim assim que ouvir este recado...

Capítulo 46

Makedde Vanderwall estava amarrada a uma cadeira na sala de estar de Ann Morgan, com o supercílio sangrando. Tinha sido amordaçada com um trapo velho que cheirava vagamente a gasolina e lhe dava ânsias de vômito.

Atrás dela, Ann estava morrendo ou talvez já estivesse morta.

Mak podia sentir o corpo da médica contra suas costas. Se ela ainda respirava, era fraco demais para que Makedde pudesse detectar. Uma poça de sangue se alastrava pelo piso debaixo de ambas: o suficiente para conscientizar Makedde de que estava sozinha naquela batalha.

A casa se achava completamente revirada e Roy se ocupava com os toques finais de seu competente trabalho de saquear e bagunçar o ambiente. Todos os quadros haviam sido arrancados das paredes e atirados ao chão. Cada gaveta tinha sido aberta e esvaziada. Roy enfiara alguns itens aparentemente mais valiosos em dois grandes sacos de lixo. O espelho que ficava sobre a lareira jazia agora sobre o pavimento, em cacos, exatamente no ponto em que Ann estivera sentada menos de quinze minutos antes.

Roy desamarrou Makedde e a ergueu com um puxão, ainda amordaçada, com os pulsos amarrados atrás das costas. Ela lutou contra a tontura e o espanto e se debateu em coices e pernadas – uma, duas, três vezes –, conseguindo apenas dar uma joelhada acima do quadril de seu agressor e errando seu verdadeiro alvo por vários centímetros. Para a decepção dela, logo descobriu que Roy podia controlá-la com facilidade.

Makedde foi empurrada para fora da casa de Ann e arrastada no escuro até uma caminhonete preta, com a ponta de suas botas mal tocando o chão. Uma mão robusta ficou colocada todo o tempo sobre sua boca, apoiando a mordaça na tarefa de impedir que Mak gritasse. Ela bem que tentou, mas não conseguiu emitir mais que um murmúrio abafado. Ninguém conseguiria ouvir aquilo. Tampouco havia alguém ali, naquela tranquila rua residencial, para presenciar a cena.

Mak tentou pensar em algum modo de chegar até Zhora. Se pudesse ao menos alcançar o porta-luvas, lá pegaria sua arma. Mas para isso precisaria da chave e ela estava em sua bolsa, dentro da casa. Existiria alguma chance de enganar seu agressor? Teria como sugerir, de repente, que usassem Zhora em vez do carro dele? Não, Roy nunca cairia nessa. Ele podia ser muitas coisas, isso estava até bem claro, mas estúpido não era uma delas. Chamar a atenção para o carro de Mak só iria servir para forçá-lo a tirar Zhora dali, removendo assim uma pista importante de que Makedde estivera naquela casa e de lá saíra contra sua vontade. Talvez essa remoção do carro já estivesse nos planos de Roy.

"Assim que eu estiver dentro desta picape e fora deste bairro, estarei morta."

Makedde lutou desesperadamente, sem sucesso, para se soltar no caminho até a caminhonete, consciente de que ele tinha uma arma, mas que as mãos do agressor não estariam livres para atirar enquanto estivessem ocupadas em segurá-la. Todavia, seus esforços foram inúteis e logo ela estava dentro da picape, ajoelhada no piso do lado do passageiro e com o rosto enterrado no assento, na mesma posição de um condenado à guilhotina.

A porta foi batida.

Ela se contorceu, mesmo de joelhos, e tentou alcançar a maçaneta da porta com os braços amarrados atrás das costas, lutando para tocá-la com a ponta dos dedos. Mas era tarde demais: o motorista já havia ocupado seu assento e a observava.

"Merda."

– Se você tentar qualquer coisa, eu atiro – disse ele, com a arma apontada para Mak.

"Estou ferrada. Ele pode me levar aonde quiser... Jogar-me em um, rio... Matar-me na floresta... E não vai ter Andy Flynn para me salvar desta vez."

Capítulo 47

– Andy, é o Bob. O que você estava dizendo naquela mensagem?

– Você está no seu quarto?

– Isso.

– Já estou indo para aí.

Quando Andy chegou, Bob estava sentado na cama com as malas abertas e seus pertences espalhados em volta. Ele ia viajar de volta para Quantico na manhã seguinte.

– Você se lembra de quando encontrou Makedde na conferência? – perguntou Andy. – Antes de irmos almoçar? Ela saiu com um cara... Um rapaz alto, jovem...

– Foi. Também me lembro de você todo ciumento.

– Não fiquei com ciúmes.

Bob lançou um olhar incrédulo para Andy.

– Enfim, eu me lembro do sujeito – disse Bob. – Era um agente de segurança. O nome dele é Roy?

– Bem, pode ser que sim. Makedde está saindo com um cara chamado Roy.

– Qual é o sobrenome?

Andy pensou no cartão sobre as flores.

– Não faço a menor idéia.

– Tudo bem, e sobre a foto no documento do carro? É o mesmo cara?

– Teria que olhar com calma. Não o reconheci de imediato. Mas pode ser que seja a mesma pessoa. Você acha que uns 29 anos de idade batem com o perfil?

– Infelizmente sim. E você está dizendo que a sua namorada está saindo com esse sujeito?

– Ela não é minha namorada.

– Claro que não – retrucou Bob com o rosto sério. – Bem, se este for o nosso cara, essa garota tem mesmo um farol para psicopatas.

– Ela uma vez disse que era um "ímã de psicopatas".

– Bom, pelo menos tem consciência. Vamos dar uma ligada para sua namorada e ver o que ela pode nos dizer sobre ele – sugeriu Bob.

Makedde, porém, não respondia.

Com o pânico nas veias, Andy ficou parado no corredor do hotel. O telefone havia tocado diversas vezes e só a secretária eletrônica atendia. Ele não queria deixar recado, precisava falar com Mak imediatamente.

Voltou ao quarto do professor.

– Ninguém responde – disse para Bob. – Mas sei de alguém para quem ligar.

Andy discou o número do pai de Makedde em Victoria. Ficou feliz de ter aquele número à mão... até que a secretária eletrônica atendeu também.

– Droga – praguejou em voz alta. – Alô, senhor Vanderwall, aqui é Andy Flynn. Por favor me ligue assim que possível...

Capítulo 48

Makedde olhou para seu raptor com ódio e espanto.

"Por que você está agindo assim, Roy?"

Só que Makedde não sabia que era o irmão de Roy, Daniel, quem dirigia a toda velocidade em direção à área rural, sem tirar os olhos da estrada. Quando Daniel girou e pegou Mak olhando para ele, sorriu e forçou uma gargalhada sem graça.

"E pensar que cheguei a gostar desse sorriso..."

Amordaçada, tudo o que ela podia fazer era olhar pela janela, tentando captar num relance qualquer coisa reconhecível: o topo de um prédio conhecido, um monumento, uma placa de estrada... qualquer coisa que pudesse lhe dar alguma ideia de para onde estavam indo.

Nada. Apenas o céu escuro e uma ou outra copa de árvore no caminho. Nada de útil.

Se ela ao menos pudesse tocar a maçaneta daquela porta e pular para fora do carro... mas a caminhonete se deslocava muito rápido. Mesmo na hipótese pouco provável de Mak sobreviver à queda, ele atiraria nela como em um cavalo manco, quando estivesse deitada, ferida, às margens da rodovia. Afinal de contas, ele já havia matado Ann. Mas e se houvesse outro carro? Uma testemunha? Makedde pensou melhor. O mais provável é que ele fosse matar também uma eventual testemunha que parasse para ajudá-la, não?

"Será que ele é o matador de Nahatlatch? Será ele o responsável pelo assassinato das alunas da universidade?"

As coisas começavam a fazer sentido... Roy era agente de segurança na UBC... tinha acesso aos estudantes, contava com a confiança deles.

Será que ele a levaria até Nahatlatch para matá-la e enterrá-la por lá? Ou ele teria agora um novo local? Quanto saberia sobre a investigação?

Mak pensou novamente na maçaneta. Conseguiria abrir a porta com os pulsos amarrados? Valeria a pena correr o risco de levar um tiro? Seria melhor morrer tentando naquele momento ou esperar uma ocasião mais favorável?

Capítulo 49

A doutora Ann Morgan estimou uma distância de cerca de um metro entre ela e o telefone de sua sala de estar. A médica sabia que tinha perdido muito sangue. A ferida aberta pelo tiro em seu estômago havia tingido de rubro suas roupas e fazia com que sua cabeça girasse. Alguns anos atrás, ela tinha salvado uma vítima de esfaqueamento nas ruas da zona leste de Vancouver, depois de topar com a cena completamente por acaso. Havia sido um episódio sangrento. Mas agora, pela primeira vez na vida, as mãos e os joelhos da doutora Morgan estavam pegajosos de um sangue que pertencia a ela.

Ann já havia perdido os sentidos duas vezes desde que fora atingida e temia perder novamente a consciência e nunca mais recobrá-la.

"190. 190. 190."

Tudo o que precisava fazer era chegar até aquele telefone e discar.

Ann tinha que rastejar até o fio do telefone e puxá-lo da mesa. Simples assim. Ele cairia no chão diante dela e então Ann poderia ligar. Três algarismos – 1, 9, 0 – significavam sua chance de sobreviver e rever seus filhos. Não poderia abandonar Emily e Connor daquela maneira. Não ainda. Eles eram apenas adolescentes. Precisavam de uma mãe. Ann Morgan queria viver para ser uma boa mãe e, quando chegasse o tempo, uma boa avó. Desejava viver para vê-los crescerem como adultos felizes e centrados, sem muitas sequelas da então distante separação de seus pais. Isso era o que Ann mais queria.

Ela pensou em Les Vanderwall e sua filha...

"Makedde."

Daniel Blake havia raptado Makedde. Ann precisava avisar alguém. Tinham que encontrar a jovem antes que fosse tarde demais.

"Alcance esse telefone!"

Ann lutou ao longo do piso rígido de madeira de sua sala de estar, com a cadeira de espaldar duro ainda amarrada nas costas, retendo-a como uma bola de ferro numa corrente. Ela havia comprado aquela cadeira num leilão com Tony, quando o casamento dos dois ainda parecia ter chance. Ann havia ficado muito feliz com a compra, era o perfeito conjunto de jantar antigo de oito lugares que tanto procurara. E agora não conseguia se ver livre daquilo.

Mais quinze centímetros... Ann estava progredindo... estava chegando lá... o fio do telefone estava agora mais perto...

Capítulo 50

Mak se encontrava algemada a uma cadeira numa casinha isolada fora de Vancouver.

Seu raptor havia trocado as cordas por algemas nos pulsos e tornozelos de Makedde. A mordaça continuava em sua boca. Ela sabia que o roubo dos objetos na casa de Ann tinha sido mera encenação para justificar a morte da psiquiatra. Mas por quê? Se ele estivesse simplesmente atrás de Mak, por que não esperou para raptá-la depois que ela tivesse saído da casa de Ann Morgan?

Ou Roy achava que a médica o havia descoberto?

– Bem-vinda à Toca do Caçador. Não é como eu geralmente faço, mas vou tentar acomodá-la da melhor forma possível. No fim das contas, isso foi meio inesperado – disse Daniel, recolocando nos lábios seu falso sorriso, após o ridículo gracejo.

"Sim, ele matou as outras garotas... Meu Deus... Roy é o assassino de Nahatlatch!"

Mak não tentou falar ou pedir a remoção da mordaça. Ele estava conduzindo uma espécie de jogo e ela não queria participar daquilo. Era evidente que ele só retiraria a mordaça quando bem entendesse. Enquanto isso, era melhor aproveitar o tempo para observar e refletir. Mak precisava clarear seus pensamentos. Havia muitas coisas que não sabia sobre aquele homem com quem saíra.

CAPÍTULO 51

Connor Morgan estava faminto. Ele cozinhava tão mal quanto o pai, mas, sendo um adolescente de 17 anos, em fase de crescimento, tinha o dobro do apetite.

Connor morava em meio à bagunça de um sótão convertido em quarto sobre a garagem do pai. O arranjo funcionava bem, porque ele podia morar de graça e tocar bateria tão alto quanto quisesse, a qualquer hora. O barulho não incomodava ninguém, porque o pai nunca estava em casa mesmo. Tony Morgan trabalhava até tarde da noite na polícia local desde que o filho se entendia por gente.

A despensa estava deprimente: vazia. O número do Pizza Hut estava armazenado na discagem rápida do telefone da cozinha, depois apenas do número do trabalho de Connor e, quando ele não estava lá mastigando uma pizza supreme com bordas recheadas e tudo o mais a que tinha direito, pedia a comida em casa. Era assim que as coisas funcionavam. Valia a pena o sacrifício pela sua bateria.

Connor estava voltando para casa, depois de um ensaio da sua banda com os colegas Scott e Jake, quando a fome bateu forte. Desacelerou seu Toyota Corolla ao se aproximar de uma conhecida loja de conveniência, bem próxima à casa de Jake, e pensou nos itens que costumava comprar lá: um sanduíche com presunto e mostarda, uma barra de chocolate, uma Playboy se quem estivesse no caixa fosse o Rigby.

Por alguma razão, as melhores ofertas da lojinha de conveniência não pareceram tão interessantes naquele momento. Connor passou direto por ela. Podia viver várias semanas só à base de Pizza Hut e da lojinha de conveniência, mas até ele tinha um limite e, quando esse limite chegava, não havia conversa. De vez em quando, ele precisava de uma refeição de verdade e só existia um lugar onde podia obtê-la sem estourar seu orçamento.

Connor olhou para seu relógio de pulso. Passava um pouco das 21 horas. Não era tarde. Será que ela estava assando uma torta de maçã?

Quem sabe não havia algum resto de frango à Kiev ou uma lasanha? Valia a pena tentar. De qualquer forma, era relativamente perto da casa do pai. E talvez ela agora não ficasse mais enchendo sua paciência com perguntas sobre a escola ou a banda.

Sua mãe tinha melhorado nesse ponto.

Capítulo 52

A mordaça havia sido removida, e Makedde queria respostas.

– Então quer dizer que você também trouxe as outras até aqui. A "Toca do Caçador", como você chama. Como conseguiu arrastá-las até este lugar? – perguntou o mais corajosamente que podia, esforçando-se para não parecer amedrontada, apesar de estar amarrada à cadeira de metal. Mas o tremor ligeiro e incontrolável dos lábios traía seu medo.

O homem enorme diante dela abanou a cabeça e cruzou os braços.

– Claro... as outras. Você sabe das outras. Foi a médica, não foi?

"É, parece que eu tinha razão."

Toda a bagunça sem sentido na casa de Ann tinha sido feita de propósito, como encenação. Aquele monstro era esperto o bastante para mudar sua maneira de agir ao executar a tarefa. Chegou até a usar cordas para amarrar Ann, em vez das habituais algemas, para o caso de os legistas terem atentado para esse detalhe nas autópsias das vítimas de Nahatlatch. A polícia não conseguiria ligar o assassinato de Ann ao das outras mulheres. Não havia conexões suficientes.

Mak não respondera à pergunta, então o homem continuou:

– Na verdade, foi bem simples. Alguns drinques e elas vêm por vontade própria. Vocês mulheres são todas iguais.

– Você quer dizer, alguns comprimidinhos de rohypnol e elas vêm.

Ele olhou bem fixo para Mak.

Era fácil conseguir rohypnol. Ela já havia visto vários relatos assim nos jornais, ligados a casos de assédio no *campus*, em que as mulheres acordavam em lugares estranhos, sem terem a menor ideia de como tinham ido parar lá. Tudo muito simples: dissolvido num drinque, o rohypnol não apresenta cheiro, cor ou sabor. Faz efeito em alguns minutos e a vítima sofre uma amnésia ao recobrar os sentidos.

– Com rohypnol não tem graça, isso não é nenhum desafio – zombou Makedde. – É quase o mesmo que matar coelhinhos dentro de um barril, não acha?

– Você fala demais, garota.

– Tenho certeza de que faz o tipo esportista.

"Assim como Robert Hansen."

– Uma pessoa como você não atiraria numa mulher drogada pelas costas, atiraria?

O homem espremeu os olhos.

– Tem razão. Isso seria falta de espírito esportivo. Não, eu gosto de igualar o jogo. Sou correto. Você vai ver.

"O que será que isso quer dizer?"

– Quantas mulheres você trouxe até aqui? – perguntou Mak.

– O suficiente para saber que você não é nada de especial – respondeu o homem com uma polidez zombeteira. – Não vá para lugar nenhum, hein?

Capítulo 53

Connor Morgan estacionou na rua ao lado do BMW azul-marinho da mãe e bateu na porta. O carro dela estava longe de ser o último modelo, mas ganhava disparado da velharia que ele tinha. O Corolla de Connor era barulhento, feio e cor de abóbora, nada parecido com o amarelo-canário do Alfa Romeo Spider no pôster atrás da porta de seu quarto-sótão.

Connor estava determinado a conseguir seu adorado Spider assim que a Dirty Pistol, sua banda, ganhasse o disco de platina com seu primeiro álbum. O pai dele havia rido ao ouvir isso. Connor prometera ao pai um BMW do último tipo quando chegassem ao estrelato. Pensava que o pai iria gostar de um carro desses para impressionar a mãe.

Mas até então, no entanto, nem sinal de um carro novo. O seguro do seu velho Corolla laranja custava mais que o carro em si. Connor se imaginava contando essa história quando virasse uma celebridade do mundo do rock, diante do riso da plateia. A Dirty Pistol tinha potencial para estourar nas paradas. Ele acreditava nisso. Só tinha que convencer Jake a parar de escrever as letras das músicas. Seu melhor amigo era um bom cantor, mas péssimo compositor.

Connor subiu os degraus da frente da casa saltando-os de dois em dois e abriu a porta, pensando apenas em sua fome e no Alfa Romeo Spider amarelo. A porta estava quase sempre destrancada e não tinha sido diferente daquela vez.

– Mãe... Estou aq... – começou a dizer, enquanto entrava na casa. – Mãe? Ai, meu Deus, mãe!

A mãe do rapaz jazia em meio a uma mistura viscosa de sangue e cacos de vidro no chão da sala de estar, com o telefone na mão direita e o fio enrolado no braço. Por um momento, pensou que ela pudesse ter caído de uma cadeira e batido a cabeça, levando junto algum quadro ou jarro que houvesse se partido em cacos na queda. Mas isso não fazia nenhum sentido. Em pânico, olhou para o resto da sala. O cômodo estava de pernas para o ar. Percebeu então que a cadeira da qual pensava que ela pudesse ter caído estava na verdade amarrada às costas dela. O que significava aquilo? Viu marcas de arrasto pelo chão. Alguém havia entrado e saqueado o lugar! Alguém amarrara sua mãe! Será que ela estava morta? Alguém a teria assassinado?

– Mãe! Oh, meu Deus, mãe, você está bem? – ele gritou.

A voz de Connor saiu trêmula e aguda. Tentou verificar se ela ainda respirava, mas não conseguiu ter certeza. E era impossível checar o pulso dela com as mãos tremendo tanto. Ele não sabia o que fazer. A técnica da respiração boca a boca, a manobra de Heimlich e os procedimentos a executar em caso de terremoto passaram todos por sua cabeça, sem nenhuma utilidade. Foi então que se lembrou do número nacional para emergências. Nessas horas o melhor a fazer era discar 190.

– Mãe! – tentou novamente. – Mãe, você consegue me ouvir? O que aconteceu?

Foi quando escutou uma voz feminina abafada. Mas não era a mãe dele respondendo.

A voz vinha do telefone.

Connor arrancou-o da mão ensanguentada de sua mãe. Quando tentou erguê-lo, o fio se enroscou no braço de Ann, que se moveu de leve no chão.

"Ela está viva... Graças a Deus..."

Connor sabia que poderia começar a entrar em hiperventilação se não tomasse cuidado. Precisava continuar calmo. Deitou-se de lado no chão, junto de sua mãe, segurando os dedos frios dela em sua mão esquerda e o telefone com a direita.

– Alô?

– Emergência 190. Com quem falo?

– Connor Morgan. Meu nome é Connor Morgan, e minha mãe está morrendo aqui do meu lado!

Ele não sabia mais o que dizer. Não sabia mais o que fazer.

– Tem muito sangue! Acho que levou uma facada ou um tiro, alguma coisa assim. Precisamos de uma ambulância rápido!

Connor deu o endereço à telefonista. Ela lhe garantiu que a ambulância havia sido acionada alguns minutos atrás e estava a caminho.

A porta da frente continuava escancarada e logo Connor viu os paramédicos entrarem correndo por ela. Nunca assistira a uma cena assim, a não ser pela televisão. Ficou sentado de boca aberta, enquanto os profissionais socorriam a mãe.

– Senti o pulso! Senti o pulso! – gritou um deles.

Era a melhor coisa que Connor Morgan poderia escutar em toda a sua vida.

Capítulo 54

Makedde Vanderwall fechou bem os olhos e imaginou a liberdade de uma corrida em torno do Lago Elk, perto da casa de seu pai, como a que fizera poucas noites atrás. Podia sentir o vento nos cabelos, o escuro da mata ao redor, os reflexos trêmulos das luzes noturnas sobre as águas, o cheiro dos musgos e das árvores, o fluxo da adrenalina através de seu corpo. Liberdade.

Quando reabriu os olhos, continuava prisioneira na sala de troféus de caça.

"Ele me encurralou como a um desses pobres animais."

Tentou permanecer calma e se convencer de que iria sobreviver. Havia uma saída. *Tinha que haver* uma saída. Tudo o que precisava fazer era descobri-la.

Ele havia dito que não esperava isso... não estava esperando encontrá-la na casa de Ann. Então talvez não quisesse fazer isso com ela? Seria possível dissuadi-lo?

"Droga. Por que eu tinha que sair com ele? Por que tinha que rejeitá-lo daquela forma e criar todo esse ódio?"

Era mais fácil raciocinar quando o homem não estava por perto, mas tentou permanecer calma quando ele voltou à sala. Precisava manter os nervos sob controle. Tudo o que tinha à sua disposição eram sua mente e suas palavras e teria que usar adequadamente essas ferramentas, se quisesse ter alguma chance de escapar.

Fisicamente, Mak estava bem. O corte sobre a sobrancelha havia parado de sangrar. O lado direito do seu rosto estava latejando por ter sido atingido durante a luta na casa de Ann, mas não parecia ser nada sério. Ela ainda era capaz de correr, bater, chutar. E tinha planos de fazê-lo.

"Mas, mesmo que eu consiga escapar desta cadeira, para onde vou? Como faço para me proteger?"

Correu o olhar pela sala, à cata de uma possível arma. Uma caneta sobre a mesa – inútil. Provavelmente, haveria facas na cozinha, se ela conseguisse chegar até lá. Só que seu algoz tinha uma arma. Ela não seria páreo para ele se simplesmente lutasse. Precisava escapar quando não estivesse sendo observada ou teria que manipular a vontade do homem para que ele a conduzisse para fora, onde poderia aproveitar a escuridão para correr e se esconder.

"E depois o quê? Esperar para ser caçada na floresta por um psicopata? Esperar congelar até a morte?"

As palavras de Ann voltaram à sua mente... perseguindo-a até mesmo na terrível situação em que se encontrava.

"Tenha cuidado com o que você deseja."

Capítulo 55

Durante todo o trajeto até o Hospital Geral de Vancouver, Connor segurou a mão da mãe na ambulância. Rezava para que ela sobrevivesse e fez uma promessa de que, se isso acontecesse, tornaria a morar com Ann, mesmo que ela não o deixasse tocar bateria após as 21 horas. Sabia que sua mãe o queria em casa, principalmente depois que Emily tinha se mudado com o namorado, Alex. Sim, se sua mãe sobrevivesse, ele voltaria a morar com ela, e iria protegê-la, iria dizer o quanto a amava e que a perdoava por ter se separado de seu pai. E tudo seria sincero, de coração.

Connor chegou a prometer também que manteria seu quarto arrumado e lavaria toda a louça, como sua mãe sempre quis.

"E vou também encontrar os canalhas que fizeram isso, meu pai e eu vamos arrebentar a cara deles."

Assim que chegou ao hospital, achou um telefone para ligar para seu pai. Mas o sargento Tony Morgan estava de plantão e Connor só conseguiu deixar uma mensagem no pager, com uma breve explicação do ocorrido e o número do hospital. A próxima pessoa para quem ligou foi Jake.

– Oi, aqui é o Con...

– Você tem ideia de que horas são?

Era a mãe de Jake.

– Senhora Webster, desculpe-me por telefonar tão tarde, mas...

– Sei, você deve sentir muito mesmo. Não mandei pararem com a barulheira hoje à noite para você me acordar uma hora depois!

Jake havia dito que ela estava ficando irritada com o barulho. Talvez não fosse mais possível ensaiar lá.

– Perdão por fazer a senhora se levantar, mas a minha mãe está no hospital e eu...

– Ann está no hospital? – a voz da mulher mudou completamente. – Oh...

– Ela foi atacada e eu a encontrei. É grave.

Quando Connor finalmente conseguiu que a senhora Webster passasse o telefone para Jake, levou uns dez minutos para convencê-lo de que estava falando sério. Assim que o amigo percebeu que aquilo não era mesmo invenção, sentiu-se culpado, tanto quanto a senhora Webster.

Depois de ligar para o pai e para Jake, a próxima pessoa para quem Connor telefonou foi Les Vanderwall. Sabia que sua mãe teria querido que fosse assim.

Capítulo 56

Roy Blake abriu os olhos.

Estava em um quarto escuro, cuja única luz vinha de baixo da porta que dava para o corredor. Encontrava-se completamente vestido, deitado em uma cama com um cobertor quente jogado sobre seu corpo. Os sapatos continuavam nos pés.

"O quê...?"

Estava desorientado, mas, enquanto sua visão borrada se reajustava e seus sentidos retornavam, Roy se deu conta de que aquele era o quarto do irmão. Sentia-se péssimo e zonzo, como se estivesse passando pela pior ressaca do mundo.

Roy grunhiu e lutou para se sentar. Sua cabeça girava, fazendo entrar um caleidoscópio de cores em seus olhos. Quando a onda de náusea passou, esticou a mão e tateou em torno da mesinha de cabeceira até achar o interruptor do abajur. Viu então o gaveteiro de Danny, a pilha de roupas sujas no canto e os pôsteres de filmes – *O predador, Rambo, Halloween* e *O caçador*. Sobre a cama, a cabeça de uma rena caçada pelo irmão enfeitava a parede, bem acima de Roy.

Passava muito da meia-noite.

"Meu Deus! Fiquei horas dormindo!"

Roy não se lembrava de estar tão cansado. Na verdade, não se lembrava sequer de ter deitado na cama. Por que ele estaria dormindo, completamente vestido, na cama do irmão, em vez de usar a caminha de armar do anexo dos fundos, onde sempre dormia quando vinha fazer visita?

Ainda na cama, Roy moveu as pernas devagar até tocar o chão com os sapatos. Tomou impulso e tentou levantar-se, mas seus esforços culminaram numa sensação de tontura. Caiu para trás sobre a cama macia e lá ficou.

"Meu Deus, sinto que estou completamente bêbado. O que será que aconteceu comigo?"

Roy decidiu ficar quieto na cama até que se sentisse melhor. Esfregou os olhos e, ao reabri-los, notou alguma coisa balançando um pouco acima. Tinha algo pendurado nos chifres da rena exposta na parede. Ele ergueu a mão e tocou a peça de ouro com a ponta do dedo, até que ela deslizasse, caindo sobre a cama.

Boquiaberto, Roy examinou o objeto.

Um relicário em forma de coração.

Era um relicário de ouro, igual àquele que aparecera dependurado no pescoço da garota assassinada na primeira página do jornal – a garota que tinha sido encontrada em Nahatlatch por caçadores.

Roy contemplou horrorizado o relicário.

“Então ele está na casinha do bosque sem qualquer supervisão?”, a doutora Morgan havia perguntado naquele tom de suspeita.

“Meu Deus, o que o meu irmão fez?”

Capítulo 57

Pouco a pouco, Ann começou a recobrar a consciência. Não reconhecia nada nem ninguém em volta, mas podia perceber que havia alguém de jaleco verde inclinado sobre ela. Um médico. Ele a fitava com intensidade. O olhar dos dois se encontrou e, em seguida, ele se afastou um pouco.

"Um hospital. Estou no hospital."

A princípio, ela pensou que tivesse sofrido um acidente de trânsito. Lembrou-se de todos os avisos que tinha recebido por não dispor de um airbag em seu BMW. Será que ela havia mesmo batido com o carro? Não. Não. Outra coisa havia acontecido. Alguma coisa em casa.

Ann se sentia péssima, mas ainda pior que sua dor física era aquela sensação angustiante de medo que não conseguia identificar. Tinha algo que ela precisava lembrar com urgência. Alguém estava em perigo. Mas quem?

– Doutor... – começou, mas sua voz não estava ajudando.

O médico se inclinou novamente para ela. Desta vez, outros rostos o acompanhavam.

– Não tente falar – ele recomendou.

Uma enxurrada de lembranças inundou sua mente. O arquivo morto. O nome *Blake*. Makedde...

"Makedde. Será que encontraram Makedde?"

Ann se lembrou da luta. Recordou o som do estilhaçar dos vidros, o estampido, a pontada de dor. O sangue.

– Makedde...

– Shhhh. Não fale. Só relaxe. Relaxe. Você vai ficar bem – disse o médico.

– Mas...

O corpo de Ann queria se deixar levar para a inconsciência, mas ela precisava dele, precisava se manter alerta e pensar.

– Só relaxe...

Do fundo do quarto ouviu-se uma voz:

– Precisamos acalmá-la.

– A Makedde estava... – tentou Ann novamente, mas ninguém a ouvia.

Quase nem deu tempo de sentir a agulha entrando no braço.

Capítulo 58

"O que você fez, meu irmão? O que você fez?"

Se Danny havia se metido em encrenca, era por culpa de Roy. Ele deveria ter tomado conta do irmão como havia prometido para a mãe. Tinha sido ideia sua levá-lo para aquela casinha do bosque, onde pensava que Danny não teria a possibilidade de machucar ninguém e estaria a salvo dos olhos intrometidos de psiquiatras e especialistas. Além do mais, na casinha, Danny poderia dar vazão ao seu amor pela caça.

Os dois irmãos tinham apenas 7 anos de idade quando a mãe fez as malas e abandonou os filhos e o marido, que naquele momento se encontrava no trabalho. Ela foi embora com um olho roxo e nunca mais voltou.

– Tome conta do Danny agora, Roy – havia dito a mãe, com lágrimas nos olhos. – Proteja seu irmão. Ele é mais fraco e precisa de você. A responsabilidade fica sendo sua agora, está bem? Não perca seu irmão de vista. E não deixe que seu pai encoste um dedo nele...

Roy fitou novamente a parede, na direção dos chifres da rena empalhada, de onde o relicário tinha caído. À medida em que seus olhos se acostumavam à escuridão, percebeu que existiam mais coisas penduradas ali: joias, joias e bijuterias femininas. Havia três anéis de ouro e prata, enfiados na ponta de um dos chifres, e um pingente dependurado no outro.

Roy ouviu sons na casinha: ruídos de passos, movimento, um tinido metálico. Alguém estava acordado. Tinha que ser Danny. Será que ele conseguiria explicar a presença daquelas joias ali? Será que poderia explicar por que Roy tinha acordado no quarto do irmão? Danny seria ainda capaz de explicar o horrível torpor de Roy?

– Danny? – chamou Roy assustado com a lerdeza de sua mente e de seu corpo.

Teve então a impressão de que haviam cessado os movimentos na casinha. Chamou novamente o irmão, desta vez mais alto, e seu grito acabou coincidindo com o som de passos no corredor.

A porta se abriu em seguida e Roy viu a figura do irmão.

– Ah, você acordou – foi o que este se limitou a dizer.

– Danny?

– Não se preocupe. Já cuidei de tudo.

Danny estava vestido de preto dos pés à cabeça. Usava um macacão de zíper, um colete com vários bolsos e botinas negras. Roy achou que o irmão mais parecia um arrombador de residências ou um ladrão de joias saído de um filme.

"As joias..."

– Eu me livrei dela. Eu me livrei da Ann – disse Danny, enquanto Roy tentava compreender as palavras do irmão. – Não vamos mais ter problemas. Não precisamos fugir. Já cuidei de tudo.

– O quê? O que você está dizendo?

– Que eu me livrei da Ann. Não vamos mais ter problemas com ela.

A cabeça de Roy girou novamente e ele apertou a mão contra a testa. Sua palma estava fria e pegajosa.

– Danny, o que você fez? O que você fez? – gritou.

O olhar de Daniel pousou no relicário sobre a cama e se iluminou de repente.

– Vou mostrar para você.

Capítulo 59

– Você sabe onde está a minha filha?

Andy piscou e olhou para o relógio digital no quarto do hotel. Meia-noite e vinte e cinco.

– Ouviu? Sabe onde a minha filha está?

A voz de Andy saiu desafinada. Tinha sido acordado de um sono profundo.

– É o senhor Vanderwall?

– Isso. Sabe o paradeiro de Makedde?

Andy queria perguntar a razão de ele estar telefonando àquela hora, mas a pergunta não parecia apropriada. Havia um tom alarmado na voz do inspetor-detetive aposentado e aquilo não parecia um telefonema social.

– Tentamos falar com Makedde nesta noite, mas não conseguimos – admitiu Andy.

Ele achou melhor não contar ao pai de Makedde que queriam interrogá-la sobre um possível suspeito de assassinato com quem ela talvez estivesse saindo. No fim, acabaram desistindo por aquela noite, deixando para perguntar a Makedde, na manhã seguinte, se conhecia um homem chamado Roy Blake.

– Ela não está com você? – perguntou Les num tom vagamente acusativo.

– Não, não está. Aconteceu algo de errado?

– Minha filha está desaparecida. Não está em casa, nem na casa de Ann.

– Les, espere, o que você está dizendo? Quem é Ann?

– Ann Morgan é uma querida amiga nossa que foi atacada nesta noite. Ela está no hospital agora, completamente sedada. A bolsa de Makedde foi encontrada na sala de estar e o carro dela estava parado na frente da casa. Makedde sumiu.

"Oh, meu Deus", pensou Andy.

– Preciso descobrir o paradeiro dela. Vou estar no heliponto perto do Trade Center em trinta e cinco minutos e quero que você vá. Não é longe do seu hotel. Qualquer taxista sabe chegar.

– Les, vou estar lá antes de você – prometeu Andy, arrancando as cobertas enquanto desligava o telefone.

Capítulo 60

– Temos que fazer tudo direito – disse Daniel Blake, com os olhos faiscantes de excitação. – Não posso mostrar, se você não fizer tudo bem direitinho.

– O.k. – concordou Roy, sem saber ao certo o que dizer.

Apesar de Daniel ser idêntico a Roy, sua outra metade, e também a pessoa mais cara para ele, havia algo de estranho em Danny naquele momento. Alguma coisa perturbadora, que Roy não via fazia muito tempo. Algo que ele pensava, ou esperava, que tivesse desaparecido.

Roy e Daniel conheciam muito bem um ao outro. Eram gêmeos univitelinos, gerados pela ruptura e pela consequente separação do mesmo óvulo fecundado no útero da mãe, e se pareciam de um modo único. Sim, Roy era o "mais velho", nascido dois minutos antes de Daniel, e tinha sempre exercido o papel do irmão mais forte, mas eles ainda eram um só, eram irmãos, tinham o mesmo sangue e uma ligação impossível de ser desfeita.

Só que agora Roy não sabia o que fazer. Tudo estava diferente. Quando Danny ficava daquele jeito, era como se não fosse mais o irmão dele.

– Coloque isto – ordenou Danny.

Logo Roy estava também vestido como o irmão, com um macacão de caça preto dos pés à cabeça.

Eles já haviam saído juntos para expedições diurnas, mas nunca à noite. Roy nem sabia que o irmão possuía aquelas vestimentas, porém estava disposto a jogar de acordo com as regras de Danny, para poder descobrir o que estava acontecendo.

– Pegue aqui – disse Danny, passando para ele um rifle de caça.

– Danny – finalmente Roy ousou perguntar –, como podemos sair para caçar à noite? Não vai dar para enxergar nada!

– Está tudo bem. Tenho tudo o que precisamos. Vou mostrar para você. Vou mostrar como é que eu faço.

Roy refletiu um pouco sobre as consequências do que seu irmão teria feito, as consequências do que ele havia deixado o irmão fazer.

"Será que teremos que ir para o sul e recomeçar? Ou para o norte? Podíamos conseguir emprego no Alaska, onde ninguém nos perguntaria nada. Não importa o que ele tenha feito, podemos deixar tudo para trás e recomeçar..."

* * *

Os gêmeos caminharam pelo corredor, com Roy atrás, ainda em choque e sentindo os efeitos colaterais da pequena dose de rohypnol que o irmão lhe havia dado. Danny conduziu Roy até a porta da sala da casinha. Assim que ela se abriu, Roy viu uma mulher algemada a uma cadeira de metal no centro do cômodo.

A mulher era Makedde Vanderwall.

Capítulo 61

Mak ouviu passos.

Ele tinha voltado.

Mas ela podia jurar ter ouvido dois pares de pés. Seu coração acelerou ao ver a maçaneta girando. Quando a porta enfim se abriu, Mak mal pôde acreditar em seus olhos.

Dois Roy Blake.

"Dois."

Idênticos.

Ambos metidos em macacões pretos iguais. Os dois armados com rifles.

"Caramba! O.k., mantenha a calma. O que você está vendo são gêmeos, Makedde."

Mak lutou para controlar o ritmo da respiração e seus batimentos cardíacos acelerados. Ann lhe havia dito que Roy tinha um irmão. Logo, esse irmão era um gêmeo.

"Mas qual dos dois é o Roy?"

Aquele com quem tinha lutado na casa de Ann, aquele que havia acertado um soco em seu olho, aquele que a tinha levado até ali era mesmo o Roy?

Se ela havia lidado com um deles todo o tempo, precisava tentar descobrir quem era quem. Precisava tentar conquistar sua simpatia.

"Fique calma. Tente apenas ficar calma."

Pouco a pouco, passou o choque inicial e ela reparou que um deles parecia mais entusiasmado que o outro. Sim, o irmão da esquerda a olhava com espanto absoluto. Por quê?

Ele pegou o outro pelo cotovelo, ordenou impacientemente que o seguisse e empurrou o outro gêmeo para fora da sala.

Capítulo 62

– O que ela está fazendo aqui? – exclamou Roy.

– A garota? Foi testemunha – respondeu Daniel, sem emoção na voz. – Tive que pegá-la e além do mais ela é bem bonita, não é? Foi um perfeito golpe de sorte. Agora, meu irmão, posso mostrar para você o que eu faço com as garotas. É bem divertido. Você vai ver...

Roy se sentiu mal.

– Meu Deus, Danny, é a Makedde!

A expressão do irmão permaneceu impassível. O nome não significava nada para ele. Roy não lhe contara sobre Makedde. Na verdade, Roy não costumava falar para ele sobre nenhuma das garotas com quem saiu nos últimos anos, por medo de provocar ciúmes ou descontentamento. Acima de tudo, queria que o irmão se sentisse seguro e feliz naquela casinha, sem pensar no que poderia estar deixando de viver na cidade grande e sem cismar que estava perdendo Roy para outra pessoa.

– Eu a conheço. Conheço essa mulher – Roy tentou explicar, balançando a cabeça. – O que você fez? Que loucura foi essa de trazê-la aqui?

Makedde havia sido raptada. Ela tinha visto Daniel fazer o que quer que ele tivesse feito com a doutora Morgan. Tinha presenciado tudo e Roy sabia que o plano do irmão era matá-la agora. Se não a matassem, ela colocaria os dois na cadeia para o resto de suas vidas. E ele teria decepcionado a si mesmo e a sua mãe da pior maneira possível.

Se não matassem Makedde naquele momento, ficariam presos para sempre e, pior ainda, seriam separados.

Capítulo 63

Andy podia ouvir o barulho do helicóptero. Ficou parado na ponte que levava ao heliponto flutuante, protegendo-se com os braços do frio vento canadense.

"Onde estará ela?"

Pedia a Deus que tudo aquilo fosse uma reação exagerada da parte deles. Rezava para que Makedde estivesse bem. Talvez ela estivesse com aquele cara, o tal Roy Blake, dormindo em paz, e o sujeito não seria culpado de nada além de dirigir perto de Nahatlatch e trabalhar como vigilante na universidade. Andy tentou imaginar Mak segura nos braços do homem, mas o ciúme o impediu de desenhar mentalmente a cena.

O helicóptero desceu sobre a água, enrugando-a com pequenas ondas. Os cabelos de Andy espalharam com a turbulência, dando pequenas chicotadas na testa, e o som das pás do aparelho era ensurdecedor. Andy ficou parado com as mãos nos bolsos e a mandíbula tensa, indagando a si mesmo como sua vida fôra chegar àquele ponto: ver um helicóptero aterrissar no meio da noite carregando o pai da mulher que amava: uma mulher que não o correspondia nesse amor... e que podia muito bem estar novamente em perigo.

Capítulo 64

Makedde aguçou a atenção quando os gêmeos Blake entraram na sala.

"Aqui vamos nós..."

Os dois pararam um atrás do outro e Mak os encarou com um olhar penetrante. Estavam posicionados a menos de cinco centímetros da cadeira onde se encontrava. Seu olhar saltava de um para outro, em busca de algum indício de familiaridade, tentando descobrir qual daqueles terríveis gêmeos idênticos seria Roy Blake.

"Ou eu os pego, ou eles me pegam. Pobrezinho, não consegue lidar com rejeição... Não consegue lidar com nada em que não esteja no controle, o psicopata nojento."

Mak escolheu aquele que pensava ser Roy, o que se mostrava menos confiante, ligeiramente para trás, e lhe lançou um olhar faiscante de ódio. Em uma ocasião, Roy havia lhe perguntado se achava que conseguiria identificar um psicopata. Será que tinha a noção de que era exatamente o que ele era? Seria aquilo algum tipo de teste perverso?

Teve ímpeto de dizer que os dois juntos não davam a metade de um verdadeiro ser humano, mas a visão dos rifles a silenciou. Decidiu, porém, que iria falar aquilo antes de morrer, se as coisas de fato caminhassem para esse desfecho. Quando chegasse a hora, diria tudo o que lhe viesse à cabeça, mas naquele momento deveria apenas observar. Ver o que eles faziam e procurar uma brecha. A história ainda não tinha chegado ao fim.

O gêmeo que ela julgava ser Daniel se dirigiu a algum ponto nas costas dela. Ela contemplou novamente o outro, que parecia observar o que quer que fosse que o irmão estava fazendo atrás dela.

Mak ouviu uma porta abrir e fechar em seguida e ficou se perguntando onde poderia dar essa porta. Para fora? Não, não havia sinal de corrente de ar. Um closet? Um quarto? O que ele estava fazendo?

Os dois gêmeos desapareceram. Mak ouviu um som metálico e logo sentiu o contorno duro do cano de uma arma entre suas omoplatas. Um dos irmãos se inclinou diante dela, tocando seus tornozelos, e Mak teve vontade de acertar um chute no rosto dele.

– Agora seja boazinha, e nós não vamos precisar matá-la...

"Mentira deslavada."

As pernas estavam livres, mas ela não se moveu. Em vez disso, examinou-os com atenção. Teriam ainda de libertar seus braços antes de fazerem qualquer outra coisa. O mesmo gêmeo, fosse Roy ou Daniel, foi até suas costas, tocou seus pulsos, torcendo-os um pouco, e abriu as algemas. As mãos estavam livres.

– Levante-se.

"Isso é o que eles fizeram com todas elas", pensou Mak numa certeza amarga. "É quando eles matam as garotas. É o momento em que vão me matar."

– Levante-se. Se você colaborar, vai ter uma chance.

"Vão me levar até o bosque e me matar ali. Lá é melhor para eles. Não vão querer me matar nesta sala, não com uma arma de fogo como a que têm. Eu iria estragar seus preciosos tapetes e seus troféus."

Uma espécie de torpor havia tomado conta dela. Era como se seus nervos tivessem derretido e ela tivesse se tornado incapaz de sentir qualquer coisa. Mak decidiu que essa recém-adquirida serenidade diante do horror era algo maravilhoso, de que deveria se orgulhar e que deveria conservar consigo para sempre, fosse nesta vida ou na outra.

– O que você tem em mente? Por que o mistério? Você me conhece, então fale para mim!

Um deles tentou abrir a boca, mas o outro o interrompeu.

– Algeme a garota – ordenou.

Ele agarrou os pulsos de Mak e os algemou novamente.

"Droga! Dane-se! Dane-se você e dane-se o seu irmão também! Dane-se o Assassino do Salto Alto e todos os imbecis como você que têm medo de agir como seres humanos de verdade."

– Caminhe.

Ela hesitou e disse para ambos:

– Estão cometendo um grande erro. Vocês foram vistos comigo. Digam por que estão fazendo isso. Preciso entender.

"Não permita que a levem para fora. Vão atirar nas suas costas, como atiraram nas outras, assim que você estiver fora da preciosa casinha deles. Pense em outra coisa. Suas pernas estão livres."

Ela quis girar o rosto para ver a porta atrás dela, ver onde ela dava, mas assim que se virou sentiu o rifle batendo forte em suas costas.

– Caminhe.

Se aquilo fosse uma espécie de depósito e eles tivessem mais armas ali, provavelmente não estariam carregadas e prontas para o uso. E eles iriam matá-la sem pestanejar se Mak tentasse pegar aquelas armas. Ela não podia fazer aquilo, não ainda. Teria primeiro que despistá-los.

"Assim que você estiver lá fora, vão matá-la como se fosse um animal de caça."

– Mexa-se!

Mak foi novamente empurrada pela arma, desta vez com mais força.

Ela começou a caminhar, com a cabeça erguida. Roy havia pensado que Makedde seria um alvo de primeira pelo que tinha descoberto sobre ela, era isso? Bem, pelo menos ele não tinha conseguido o que queria. Não completamente. Ela tinha dignidade.

O chão oscilava sob os pés dela enquanto se aproximava da porta. Precisava descobrir quem era quem ali. Não sabia por que, mas aquilo significava muito para ela, talvez porque lhe daria uma sensação de controle. Claramente, fazia parte do jogo dos dois confundi-la, mostrarem-se intercambiáveis. Por que outra razão estariam vestindo aquelas roupas idênticas?

Logo Mak atravessou o umbral da porta e se encontrou fora daquela terrível sala cheia de animais de olhares estúpidos na parede. Estava sendo conduzida através de um pequeno corredor ("não deixem que a levem para fora!") e ficou pensando para onde poderia fugir. De quanto tempo ainda dispunha? Nenhum. Quantas chances tinha de escapar deles? Nenhuma.

"Sua hora vai chegar, Makedde. Sua hora vai chegar."

A porta da frente já estava quase diante dela. Roy a abriu – era Roy, não era? – e ela podia ver lá fora. Podia ver toda aquela natureza selvagem e intocada e desejou correr em direção a ela, fugir e ficar livre do pesadelo. Preferia morrer ali fora tentando. Qualquer coisa era melhor que morrer como nos planos dos dois psicopatas gêmeos.

Um empurrão e ela estava fora da casa. Um passo, dois passos. Fazia frio ali. O céu era negro como piche. Makedde desejou roupas quentinhas, desejou uma porção de coisas de que não dispunha. Não conseguia enxergar na escuridão, mas sentia que um deles tinha mais que uma arma. Ele havia pego alguma outra coisa naquele quarto atrás dela.

Makedde ousou girar a cabeça para ver o que podia ser.

Congelou.

"Oh, não..."

O homem trazia alguma coisa no rosto, uma geringonça com hastes longas como os olhos de um caranguejo. Ela já havia visto algo parecido. Era um instrumento usado às vezes por militares.

Visão noturna.

O homem usava óculos de visão noturna.

Mak foi novamente empurrada; desta vez, porém, foi pega desprevenida e caiu para a frente. Tentou se escorar, mas suas mãos estavam algemadas para trás. Deu então um passo à frente e conseguiu se reequilibrar no último segundo.

Examinou-os outra vez.

Agora o outro estava também usando os mesmos horríveis óculos. Os olhos haviam sido substituídos por aquelas medonhas hastes.

– Mexa-se – um deles ordenou novamente.

Abalada, Mak sentiu que começava a hiperventilar.

"Fique calma, fique calma..."

Pensou nas outras garotas mortas. Tentou imaginar pelo que tinham passado, o que enfrentaram e como haviam sido deixadas. Será que os gêmeos conseguiram obter o que queriam delas? Será que teriam obedecido e sido mortas assim mesmo? Era óbvio que sim. Teriam esperado liberdade, compaixão, piedade?

Perfuradas por um tiro nas costas.

Caçadas.

Como animais.

A procissão estacou num ponto à margem do bosque. Makedde sentiu mãos removendo as algemas de seus pulsos. Seus braços estavam livres.

– Corra! – fez uma voz atrás dela. – Agora!

Eles dispunham de armas e de óculos de visão noturna. Honestamente, será que pensavam que era uma disputa justa? Dava para imaginar que ela pudesse ter alguma chance?

Mak girou e falou para as duas formas no breu total:

– Vocês devem saber que tem um especialista em perfis do FBI nessa história, certo? Ele é um dos melhores do mundo nisso. Lida com tipos como vocês o tempo todo – disparou. – Sabem qual foi a primeira coisa que ele disse? Que vocês eram covardes. Disse bem assim: "tiro nas costas com um rifle... um covarde." O que vocês acham de serem uns covardes?

Um dos dois bateu no rosto dela com o cano da arma. Aquilo interrompeu o fluxo de suas palavras.

– Ande. Agora.

Ela se virou para eles uma última vez antes de obedecer ao comando, com o rosto doendo da pancada.

– Quantos minutos um verdadeiro esportista dá para a caça? – perguntou em tom de desafio. – Quantos minutos para os que estão em desvantagem? Vocês são dois. Eu não tenho sapatos, nem esses... óculos.

– Você tem sessenta segundos. Sugiro começar a correr.

Um dos gêmeos disparou um tiro de advertência, que atingiu o chão em algum ponto perto dos pés de Mak. Um jato de adrenalina inundou o corpo dela, e ela começou a correr tão rapidamente quanto era capaz.

Correu por entre as árvores à frente. Iria correr setenta e cinco passos para a frente, depois virar à esquerda, outros setenta e cinco passos, outra guinada para a esquerda, mais passos, esquerda de novo, outros passos. Atrairia os dois para longe da casinha e tentaria depois voltar para ela.

"Você pode voltar para a casa, achar uma arma e se esconder. Só não se perca..."

Vá!

Vá!

Vá!

Seu relógio de pulso brilhava fracamente na escuridão. O ponteiro dos segundos parecia se mover muito rápido... Ela acreditava no que eles tinham dito. Iriam lhe dar sessenta segundos: nem um a menos, nem a mais. Sairiam atrás dela em trinta segundos... vinte e nove... vinte e oito...

"Corra..."

Vinte e cinco passos à frente agora. Será que eles ainda conseguiam vê-la por entre as árvores? Precisava estar fora do alcance da vista deles antes de mudar de direção. As árvores teriam que ser grossas o suficiente para encobrir seus movimentos. Eles tentariam escutá-la também. Quarenta passos agora...

Quarenta segundos haviam se passado. Ela precisava correr mais rápido, mais rápido...

"Ai, não posso dar nenhum passo em falso, não posso tropeçar..."

Mak continuou correndo, esquivando-se de troncos e galhos de árvores. Cinqüenta passos agora e ela sabia que não demoraria muito para saírem atrás dela. Virar logo... virar e correr por alguns minutos, depois mais setenta e cinco passos em direção à estrada. Tinha que funcionar.

"Posso fazer isso. Sou rápida o suficiente. Posso correr no escuro. Vou conseguir."

Sessenta passos... Eles logo estariam no encalço dela. Deu uma olhada no relógio – quase um minuto passado. Foi quando Mak tropeçou num monte escorregadio de musgo e raízes retorcidas, escorregou e bateu numa árvore e sentiu uma grande dor no pulso já machucado.

"Não! Eles já estão atrás de você agora! Levante-se! Corra!"

Capítulo 65

Roy viu o irmão levantar o relógio de pulso à altura dos olhos.

– O.k. Pronto?

Através das lentes esverdeadas dos óculos de visão noturna, Roy viu o movimento dos lábios de Daniel e o sorriso que se seguiu, mas aquele não era o irmão dele.

Roy o segurou pelo braço.

– Não.

Daniel se desvencilhou.

– Estamos nisso juntos agora. Confie em mim, você vai gostar.

– Não consigo entender. Você não pode fazer isso...

– Pare de perder tempo. Ela já teve os sessenta segundos. Chegou a hora.

Roy segurou o rifle com firmeza em uma das mãos e levantou a outra, com a palma para cima, como havia feito tantas outras vezes em situações de desentendimento entre os dois.

– Você foi longe demais, Danny – disse com suavidade, tentando acalmar o irmão. – Vou conseguir ajuda para você. Vai ficar tudo bem.

Capítulo 66

Makedde torceu para que seu rumo estivesse correto e continuou a correr.

"Você consegue. Não desista..."

Setenta e cinco passos, depois uma guinada. Ela dobrou à esquerda e tentou correr novamente em linha reta. Se perdesse o rumo, se calculasse mal seus passos, estaria no meio da floresta sem qualquer escapatória. Ainda que fosse capaz de se esconder dos gêmeos, provavelmente morreria depois de fome ou frio. Mesmo que sobrevivesse até a aurora, não conseguiria encontrar o caminho de volta.

Mak então ouviu um grito.

BANG!

Um tiro disparado ao longe.

Outro tiro.

Os sons ecoaram na escuridão, rompendo o silêncio. Um dos dois havia disparado. Teriam conseguido vê-la? Não pareciam estar por perto. Ou estavam? Será que aquilo era uma forma de fazê-la saber que a caça havia começado?

"Pare de tentar adivinhar e corra..."

Ela continuou a correr, sem reduzir o ritmo nem olhar para trás e, quando chegou a hora, dobrou novamente à esquerda e se dirigiu para onde julgava que se encontrava a estrada.

Então, como em um milagre, a floresta deu lugar a uma clareira, e Mak pôde ver cascalho... a estrada de cascalhos que levava à casinha. Mak exultou, com a respiração ofegante, e correu pela estrada. Logo conseguiu enxergar a casa.

"Graças a Deus! Vou conseguir!"

Capítulo 67

Makedde subiu correndo os degraus e entrou na casinha. Quando esteve amarrada ali, não seria capaz de imaginar que fosse retornar voluntariamente. Mas era a única estratégia que poderia funcionar.

"Encontre alguma arma, qualquer coisa... e um telefone."

Dirigiu-se primeiro à cozinha, esperando encontrar uma faca por lá. Quem poderia dizer quanto tempo demoraria para que eles voltassem? Talvez já tivessem até mesmo visto seu movimento de retorno com aqueles óculos infravermelhos. Mak identificou algumas latas fechadas de cerveja no armário da cozinha, umas poucas garrafas, um saquinho de batatas fritas vazio. Abriu a primeira gaveta, onde viu colheres, garfos e facas de mesa. Tudo inútil.

Olhou então para o outro lado.

"Bingo!"

Foi até a parede oposta e tirou um facão de açougueiro de um suporte magnético.

"Agora armas... Será que eles têm mais armas e munição? Vá até a sala dos troféus e encontre aquela porta... Descubra o que eles guardam lá dentro..."

Uma pancada surda.

Movimento.

A porta da frente abriu de repente.

Mak olhou freneticamente ao redor, com o facão nas mãos.

"Droga!"

Não tinha como se esconder.

Som de passos se aproximando. Alguém estava vindo para a cozinha. Era um dos gêmeos. Só um deles.

Ao vê-la, ele estacou surpreso.

– Meu Deus, Makedde. Você está bem?

"Como é que é?"

Ele caminhou em direção à porta da cozinha, com uma mão para cima, em gesto de rendição, e a outra segurando o rifle apontado para baixo.

Tinha sangue nas mãos dele.

– Pare aí – avisou ela de pé, segurando com firmeza o facão.

Seu coração martelava.

– Não se preocupe, sou eu... Roy. Estava apenas fingindo cooperar com ele, para ajudar você – disse, balançando tristemente a cabeça em seguida. – Ah, meu Deus... Eu o matei. Matei meu irmão! Precisei fazer isso. Não tive escolha. Ele ia matar você!

Ele deu outro passo para a frente.

– Pare onde está. Não chegue nem um centímetro mais perto. O que aconteceu? Onde está seu irmão?

– Você não está entendendo. Não fui eu quem matou Ann. Não fui eu quem trouxe você até aqui. Foi o Daniel. Ele enlouqueceu.

– Roy...

Ele se moveu novamente em direção a Makedde, com os óculos de visão noturna dependurados no pescoço e o rifle ainda nas mãos.

– Graças a Deus, você está bem! – exclamou.

– Roy, coloque essa arma no chão – disse Makedde.

Roy estava agora na entrada da cozinha.

– Tudo bem, Makedde, não vou machucar você.

– Roy, coloque essa arma no chão! Agora!

Roy a encarou com um olhar simpático.

– O.k. Tudo bem, vou colocar a arma no chão. Sinto muito por tudo isso.

Ele dobrou lentamente os joelhos, fazendo menção de colocar o rifle no chão. Seus olhos não abandonavam Makedde nem o facão nas mãos dela.

Foi quando ela viu aquilo.

O arranhão na mão direita.

"Esse é o homem que matou Ann, aquele com quem lutei, cuja mão arranhei!"

Ele deve ter notado a expressão no rosto de Mak, pois baixou o olhar até a mão e, percebendo que o arranhão o entregava, pegou novamente a arma...

"Rápido!"

Makedde venceu numa fração de segundo os poucos centímetros que separavam os dois e se atirou sobre ele com toda a sua força, segurando o facão bem estendido. Daniel voou para trás com o impacto, desequilibrou-se e foi parar junto com ela no chão de azulejos da cozinha. O rifle caiu de suas mãos e Makedde aterrissou bem em cima dele, usando todo o seu peso para empurrar a faca através do macacão preto e do peito de Daniel. Ela soltou um grito enquanto mergulhava a faca, ele, preso por baixo dela, deixou escapar um gemido agudo. O corpo de Daniel se agitava convulsivamente, enquanto Mak segurava o cabo da faca, enterrada no peito do gêmeo até o cabo.

Ele a agarrou debilmente, arranhando as costas dela com as mãos sujas com o sangue do irmão, mas era tarde demais.

Mak saiu de cima dele e se levantou de um salto, tremendo incontrolavelmente.

"Ahhhhh, meu Deus!"

– Merda! – gritou com raiva o homem a seus pés, enquanto cuspia sangue pela boca.

Com horror, Makedde viu que ele agarrava o cabo da faca e começava a desenterrá-la com as duas mãos.

"Faça alguma coisa!"

Então ela viu o rifle.

Correu para pegar a arma, seguida pelo olhar de Daniel.

– Não! – ele gemeu, tentando alcançá-la também, mas estava lento demais para isso.

Ela a pegou primeiro.

Makedde levou a Winchester 270 até o ombro. Olhou através da mira e centrou na cabeça de Daniel.

Naquela salinha pequena, o estampido foi ensurdecedor.

Epílogo

Um mês mais tarde...

Era o dia do ano preferido de Makedde Vanderwall – o dia da noite, o dia em que monstros e bruxas se misturavam amigavelmente aos meros mortais. Naquela noite de Halloween, o céu estava iluminado por uma Lua cheia cor de abóbora que pairava baixo sobre a ilha de Vancouver. Uma Lua cheia no Halloween era uma combinação perigosa. Os tiras locais já imaginavam que teriam uma longa noite e estavam certos.

* * *

Às 19h30 Makedde despertou da soneca de duas horas que fazia parte de sua rotina neste dia desde sempre. Ela ainda gostava de dormir até depois do pôr do sol e acordar na escuridão, como sua mãe lhe dizia para fazer quando criança.

Usando jeans e camiseta, Mak despertou sozinha em seu velho quarto de dormir, bocejou e fez um rápido alongamento, arqueando as costas. Depois olhou ao seu redor, no quarto iluminado pelo luar, e distinguiu os contornos da sua prateleira de livros, ainda com os livros infantis que sua mãe costumava ler para ela. Seus olhos pouco a pouco se habituaram à escuridão e ela viu seu suéter estendido sobre uma cadeira próxima, além dos pequenos brincos de diamantes de sua mãe, que Mak sempre usava, sobre a mesinha de cabeceira.

Sentiu uma pontada de solidão.

"Sinto falta de você, mãe."

Quando era pequena, Mak quase não ficava sozinha, menos ainda naquele dia do ano.

Levantou-se e esfregou os olhos.

Ela estava fazendo todo o possível para encontrar um lado bom no que havia acontecido em setembro. Era uma sobrevivente e, mais importante, tinha acabado com o bizarro reinado de terror de Daniel Blake. Mas não conseguia esquecer o rosto de Daniel: o olhar agonizante de fúria homicida que ele lhe lançara do chão onde jazia com a faca enterrada no corpo e seu grito final ao ser atingido pela bala que o mandou rapidamente para junto de seu irmão. Um final violento para uma vida torturada e igualmente violenta.

Makedde se sentia triste por Roy. Ele havia sido ingênuo e tinha tomado algumas decisões estúpidas na vida, mas parecia ter um bom coração. Para proteger o irmão, havia tirado-o das mãos de quem talvez pudesse tê-lo ajudado. Não podia compreender o que Daniel, em sua doença, era capaz de fazer. Nem mesmo Ann conseguira adivinhar, antes que fosse tarde demais.

Ann acreditava que o pai dos gêmeos tivesse abusado de Daniel, tanto psicologica quanto sexualmente. Por uma razão qualquer, ele decidira descontar tudo naquela criança. A mãe deles descobrira e por isso tinha ido embora. Ninguém havia conseguido encontrá-la desde então e era praticamente certo que isso jamais iria acontecer. Para completar, o pai dos dois, o premiado caçador, quer tivesse abusado ou não do filho, não passava agora de um homem senil num asilo.

Parecia pouco provável que algum dia alguém pudesse saber toda a verdade.

Mak colocou o suéter, os brincos da mãe e caminhou com suas grossas meias de lã para a sala de estar da casa. Da grande janela da frente, podia ver o quarteirão inteiro. A janela havia sido decorada com o enfeite de Halloween que seu pai ainda pendurava ali todos os anos. Ele tinha pelo menos uma década e meia de história e mostrava uma bruxa sorridente passeando com sua vassoura diante de uma grande lua alaranjada. Era naquele mesmo lugar que ficava o Papai Noel, no período de Natal, e o Coelhinho da Páscoa, em abril. Na parede ao lado, uma abóbora de plástico brilhava levemente perto da entrada principal, complementando a decoração de Halloween. Mak sorriu ao ver esses enfeites antigos e acendeu a luz da porta de entrada: um sinal de que aquela casa tinha guloseimas para oferecer às crianças que perguntavam “doces ou travessuras?”

“Feliz Halloween.”

Assim que Mak chegou à base da escada, o telefone tocou. Ela subiu os degraus de dois em dois e deslizou sobre os azulejos da cozinha.

– Alô?

– Acorde, acorde para brilhar! – disse a voz conhecida.

– Pai! – Mak exclamou alegremente.

– Como vai a minha garotinha?

– Eu estou bem, pai, e você? Como vai a Ann?

Seu pai havia passado boa parte do mês com Ann Morgan, que estava se recuperando bem. Existia claramente algo entre os dois, e Mak se sentia bem em relação a isso. Queria que o pai estivesse feliz e gostava muito de Ann, mesmo que a situação às vezes parecesse meio estranha. Afinal de contas, Ann Morgan estava se transformando na primeira namorada real de seu pai desde que ele enviuvara. Como se não bastasse, Ann sabia tudo sobre os medos mais sombrios e as piores experiências de Makedde, e Mak havia visto Ann lutar pela vida com um garfo de lareira nas mãos. Não era exatamente o que se poderia chamar de um início convencional para uma relação.

– Espere na linha...

– Oi, Makedde – disse uma voz de mulher. – Feliz Halloween!

Era Ann.

– Oh! – exclamou Mak, pega desprevenida. – Feliz Halloween para você também! Como você está?

– Muito bem. Espero que possamos nos ver novamente no próximo fim de semana. Logo serei uma companhia bem melhor e com muito mais mobilidade.

– Vá com calma, viu?

– Pode deixar.

Seu pai voltou à linha.

– A propósito, filha, a imprensa ainda não saiu de cima. Não sabem o seu paradeiro, então estou tendo que aguentar toda a pressão.

– É para isso que servem os pais.

– É. Estão oferecendo dezenas de milhares de dólares só por uma foto sua.

– Hummm... Meu agente iria gostar disso. Se fecharem qualquer negócio do tipo sem eu saber, vou estrangular essa gente.

– Ah, e o professor Gosper está me sondando de novo. Ele quer falar com você.

Makedde deixou escapar um suspiro irritado.

– Eu sei, eu sei, é para depois ele escrever a minha história. Mas que ideia brilhante, a desse Gosper... Mande-o ir se danar, pai. Se eu quiser minha história escrita, escrevo sozinha.

Um momento de silêncio.

– Ah, filha, eu não disse a ele para se *danar*.

"Oh, não!"

– Não disse? Então o que você fez? Você não prometeu que eu iria falar com ele, não é?

"Como ele poderia fazer uma coisa dessas?"

– Não. Disse a ele para se *foder*.

– Pai! – Mak gritou. – Você disse isso? Que linguajar!

Ela não conseguia se lembrar da última vez que tinha ouvido o pai falar assim.

– Você está sozinha? – ele perguntou.

– No momento, sim.

Mak sabia no que Les estava pensando.

– Ligue para ele.

– Está bem, pai. Bem, tenha uma boa noite – disparou, mudando de assunto.

– Você também.

– E obrigada por ligar. Amo você, pai.

– Eu também.

Sorrindo sozinha, Mak foi se sentar na poltrona atrás da bruxa com a vassoura e ficou olhando para fora da janela, observando as crianças vestidas com fantasias que andavam para cima e para baixo sob a luz dos postes. Havia um alienígena aqui, um Drácula ali, uma fada, um Frankenstein.

"Vou ligar para ele", pensou.

Andy tinha vindo de Vancouver para a ilha para visitá-la, agora que o doutor Harris estava de volta a Quantico. Os dois concordaram que seria muito íntimo hospedá-lo na casa dos Vanderwall, por isso Andy se instalou nas redondezas, na casa de uma senhora que alugava quartos. Ele tinha passado os últimos dois dias numa cama minúscula na casa daquela velha com opiniões estranhas e gatos demais para o gosto dele.

Andy planejava voltar para a Austrália dentro de uma semana, mas Mak percebeu que ele não conseguiria aguentar mais um dia naquele lugar. Ela precisava salvá-lo.

Ele havia dado algumas indiretas pouco sutis sobre ela acompanhá-lo na viagem à Austrália, mas Mak não se sentia segura para isso.

"Você ainda não se recuperou completamente do choque. Não vá correndo para os braços dele esperando que isso vá salvá-la das lembranças do que aconteceu aqui."

Mas Mak queria vê-lo e não queria ficar sozinha na sua noite preferida do ano inteiro.

Será que conseguiria convencê-lo a colocar alguma maquiagem e atender à porta com um chapéu enorme ou algo do tipo? Isso seria divertido.

O número do hotel improvisado estava escrito no bloquinho ao lado do telefone. Mak discou.

– Alô? – disse uma voz de mulher idosa.

– Oi. Queria falar com seu hóspede, Andy Flynn.

– Ah, um momento. Ele está aqui do lado vendo TV.

Mak riu sozinha.

– Alô?

– Oi, Andy. É a Makedde.

– Ah, eu reconheceria essa voz em qualquer lugar – ele disse.

E a recíproca era verdadeira.

– Quer dar uma passadinha aqui em casa? – Mak perguntou, sentindo-se um pouco uma adolescente travessa que se aproveitasse da ausência dos pais. – Podíamos pedir comida e ver todos os filmes de vampiros e lobisomens que passarem na TV. O que você acha?

– Ah, você quer que eu largue o especial da turma do Snoopy com a abóbora assombrada do canteiro de abóboras? Estou adorando o desenho!

Mak não pôde deixar de rir.

Andy continuou em voz baixa:

– Falando sério, tire-me daqui. Estava mesmo esperando que você ligasse.

– Eu recomendei o hotel, não foi? Mas não, você quis ir pela sua cabeça... – Mak disse rindo. – Bom, eu não queria que você largasse a turma do Snoopy na casa da vovó. Mas daqui a pouco vai passar *A lenda do cavaleiro sem cabeça* e se você quiser alguém para agarrar quando ficar com medo...

– Estou indo para aí.

Sorrindo de orelha a orelha, Mak voltou à janela.

Lá fora, a chuva havia começado a cair. Ela viu algumas crianças sendo escoltadas pelos pais. Alguns tinham guarda-chuvas abertos e caminhavam apressados para casa, outros procuravam abrigo para esperar a chuva passar. Com sorte, o tempo iria melhorar. Não era muito divertido sair no molhado. A chuva acabava com os chapéus de Drácula, para não falar nas tintas usadas para a maquiagem.

O mau tempo deprimiu um pouco Makedde e ela meditou novamente sobre o que Ann havia dito.

"Tome cuidado com o que você deseja."

No fim, Mak achou que havia conseguido o que desejara: outra chance de provar sua força, de salvar a própria vida. Em alguns aspectos, sentia-se novamente inteira.

– Você veio para me salvar – havia dito para Andy. – Mas desta vez eu não precisei...

Andy e seu pai estavam revirando o apartamento dela em busca de pistas, até que chegou a notícia de que ela tinha ligado para o 190 de uma casinha no meio do bosque de Squamish. Mak não havia precisado de ninguém para salvá-la daquela vez, embora suspeitasse de que não teria conseguido chegar viva a casinha se os irmãos não tivessem se desentendido. A briga dos dois havia proporcionado a ela um tempo extra que as outras vítimas não tiveram.

As famílias de Debbie Melmeth e Susan Walker entraram em contato com Makedde. Eles encontraram algum alívio em saber que o assassino de suas filhas estava morto, mas nada as traria de volta. Nada que alguém fizesse poderia mudar esse fato.

Quem quer que fosse o ser ou a força superior que havia concebido a vida de Makedde tinha uma ideia bem maior em mente. Agora, mais do que nunca, ela estava convencida disso. Quaisquer que fossem seus medos, eles iriam se tornar realidade. No entanto, só agora ela estava se dando conta de que, mais que uma maldição, a adversidade era na verdade um grande presente. Uma vez que os seus maiores medos tenham se tornado reais, você não é mais atormentado por eles. Você sobreviveu, você é mais forte, e você se torna livre.

* * *

A campainha tocou.

Makedde espiou cautelosamente através do olho mágico e viu o rosto conhecido de Andy.

– Não vai dizer "doces ou travessuras"? – perguntou, abrindo a porta.

– O quê?

– Deixe para lá. Entre.

Andy estava molhado da chuva, vestido com um jeans e uma jaqueta de couro e trazia uma garrafa de vinho na mão.

Os dois passaram a noite no sofá assistindo aos especiais de Halloween na TV, abrindo a porta de tempos em tempos para as crianças aventureiras que tocavam a campainha apesar da chuva. No fim, os visitantes acabaram e eles ficaram abraçados em silêncio no sofá. Não havia necessidade de falar.

Por volta de 1 hora, Makedde cedeu ao cansaço. Deu um beijo de boa-noite em Andy e o conduziu até o quarto de hóspedes, sem vontade de mandá-lo de volta para a horrível casa daquela senhora. Mas os pesadelos logo a assaltaram. Ela estava correndo e havia monstros terríveis no seu encalço: vampiros e zumbis. Ouvia-os atrás dela, enquanto eles a alcançavam com rapidez ainda maior que a de suas passadas atléticas. Continuou a correr, ofegante, até que de repente tudo ficou calmo. Havia chegado a um oásis na escuridão, um porto seguro temporário atrás de uma grande árvore retorcida, como aquelas da floresta onde havia sido perseguida pelos gêmeos. E então um barulho... um estalar de galhos... não, arranhões, em algum lugar... o som era real e ela abriu os olhos de repente.

"NÃO!"

Havia um barulho.

Um barulho de verdade.

Na vida real.

Ela pulou da cama. Novamente, o barulho. Vinha lá da entrada.

Daniel... com o sangue de Roy nas mãos...

"Mas ele está morto... eu o matei..."

Andy já estava na entrada, de cueca samba-canção, com os olhos arregalados. Ele também tinha ouvido.

– O que foi isso? – ela sussurrou, chegando perto dele com o coração aos pulos, tentando não tremer.

Andy olhou de relance para Makedde seminua, de calcinha e camiseta, porém não disse nada. O que poderia dizer, se ele mesmo estava seminu?

– Está vindo das portas de correr dos fundos – disse ele em voz baixa. – Acho que tem alguém tentando entrar aqui. Vou lá verificar.

Makedde foi atrás e, quando ele se voltou para ela estendendo a mão como para dizer "fique onde está", percebeu pelo olhar dela que Mak não ficaria em lugar nenhum.

Foram até lá juntos.

No fim do corredor, deram uma olhada na cozinha. De lá podiam observar as portas de correr da varanda e a escuridão atrás.

Silêncio.

Eles chegaram mais perto.

Estavam a cerca de dez centímetros das portas de vidro quando um repentino "buuuuu!!!" atravessou o silêncio. Um horrível rosto verde saiu da escuridão e jogou uma grande framboesa contra os vidros. Grandes lábios brancos espremiam-se contra a janela, com uma língua rosa se contorcendo para fora. A maquiagem ficou ali grudada, numa mistura pegajosa, enquanto o adolescente corria para rir junto com seus espectadores escondidos.

– Droga! – exclamou Andy. – Crianças!

Aliviados, ele e Mak então se jogaram um sobre o outro, no chão da cozinha, abraçando-se e rindo, em seus trajes íntimos.

– Você ficou mais assustado do que eu! – Makedde gritou, mal conseguindo segurar o riso para juntar as palavras.

* * *

Os dois ainda estavam abraçados quando pegaram no sono. Naquela noite, Makedde dormiu profundamente.

E não sonhou.